FML PEPPER

DEUSA de SONHOS

ELA TRANSFORMOU O MUNDO, MAS SERIA CAPAZ
DE MUDAR O PRÓPRIO DESTINO?

🌐 Planeta minotauro

Copyright © FML Pepper, 2024
Copyright © Editora Planeta do Brasil, 2024
Todos os direitos reservados.

Preparação: Barbara Parente
Revisão: Tamiris Sene e Ligia Alves
Projeto gráfico e diagramação: Márcia Matos
Imagem de capa: Drobot Dean/Adobe Stock
Capa: Rafael Brum

Dados Internacionais de Catalogação na Publicação (CIP)
Angélica Ilacqua CRB-8/7057

Pepper, FML
　Deusa de Sonhos / FML Pepper. – 1. ed. – São Paulo : Planeta do Brasil, 2024.
　304 p.

　ISBN 978-85-422-2745-1

　1. Ficção brasileira I. Título

24-2223　　　　　　　　　　　　　　　　　　　　CDD B869.3

Índice para catálogo sistemático:
1. Ficção brasileira

 Ao escolher este livro, você está apoiando o manejo responsável das florestas do mundo

2024
Todos os direitos desta edição reservados à
EDITORA PLANETA DO BRASIL LTDA.
Rua Bela Cintra, 986 – 4º andar
01415-002 – Consolação – São Paulo-SP
www.planetadelivros.com.br
faleconosco@editoraplaneta.com.br

Dedico este livro àqueles que estão na escuridão: cavem fundo, pois basta uma centelha de luz para tudo fazer sentido.
E a vocês, Xande e Rico, sóis da minha vida.

"Cada voz que canta o amor
não diz tudo o que quer dizer
Tudo o que cala
Fala mais alto ao coração…"

Certas coisas, Lulu Santos

Capítulo 1

— O campeão é uma mulher!

A corrida tinha terminado, minha vida havia acabado, mas...

Eu havia lutado, como prometera à minha mãe.

E tinha vencido!

Sem conseguir compreender o que se passa dentro de mim, sinto-me mais viva e mais feliz do que nunca, do que qualquer mulher se atreveria a ser. Sorrio intimamente quando uma certeza estremece em meu peito.

Febril. Irrevogável. Confrontadora.

Não sou covarde! Jamais morrerei como tal!

Então faço o que tenho que fazer. Trago uma golfada de oxigênio, empino o corpo na sela e, sem pensar duas vezes, desfaço o coque e libero a vasta cabeleira ruiva. Faço questão de esticar o pescoço e deixar meu rosto à mostra. Quero que o vejam.

Que me vejam.

Há somente estática no ar.

Tudo paralisado: olhos, bocas, emoções, certezas.

E, então, o inesperado: aplausos!

De início, tímidos e isolados, como gotas num oceano, mas, no instante seguinte, uma onda esmagadora de som e energia, ainda mais pungente que as batidas frenéticas do meu coração.

Comoção generalizada. Estrondos de euforia.

Trovões que acontecem dentro e fora de mim.

Mas também há sol...

O milagre reluz – cintilante e febril – sobre nós.

Sua força colossal rasga o paredão das pesadas nuvens e se infiltra pela arena, dando vida, calor e esperança aos rostos assombrados e seus espíritos descrentes.

Silver Moon! Silver Moon! Silver Moon!

A multidão ovaciona o nome dela, meu grande amor, e o mundo desbotado da minha existência ganha uma paleta de cores vivas e brilhantes, suas nuances de luz e possibilidades expondo áreas da minha alma que eu nem sequer sabia que existiam.

A luta havia valido a pena, afinal. Por Silver, por minha mãe e irmã, por mim!

Giro o rosto de um lado para o outro, mas as imagens chegam desconexas em meio à enxurrada de sentimentos que me asfixia de uma forma tão atordoante quanto arrebatadora. Ainda assim, sou capaz de decifrá-las:

Trincas... Outro tipo delas.

Porque tudo vibra e se parte. De novo, e de novo.

Meu peito. Minhas convicções. O universo que me envolve.

Posso sentir as novas rachaduras se alastrando, criando fendas profundas na minha carne e na atmosfera de Unyan. Um líquido fervente, um jorro de contentamento como um rio de lava incandescente, avança com fúria sobre nós, e, em sua invasão inesperada, ele penetra pelos cascos da minha égua, sobe por minhas pernas e meu espírito, preenchendo numa maré bem-vinda e desenfreada as feridas deixadas por tantas perdas e sofrimentos, soldando nossos corpos em uma comunhão além das palavras. Silver relincha alto, um trovão divino, uma thunder no sentido mais preciso da palavra e, ao mesmo tempo, tão perturbadoramente indefinível. Seu eco reverbera pela arena e substitui o branco marmóreo da opulência pelo vermelho-sangue dos bravos, moldando a terra e o mundo com seus cascos vitoriosos.

Sorrio como nunca. Mais e mais. Verdadeiramente.

Para mim. Para a vida que eu enfim deixaria para trás.

— Ah, Beta! — Acaricio-a um pouco mais, entregue a uma felicidade sem limites sob uma tempestade de aplausos e a vibração da plateia enlouquecida.

Poderia jurar que o calor que me toma não vem de fora, mas é irradiado por minhas próprias células. Sou uma explosão de luz, tão flamejante como o sol que queima minha pele. Rendida ao ardor maravilhoso que me arranca o fôlego, eu a sinto em meio ao astro em chamas que brilha dentro do meu peito, orgulhosa: a silhueta sem rosto dos meus sonhos!

Minha thunder se regozija em resposta, lança sua crina no ar e abre passagem pelos demais cavalos e hookers em estado de choque. Estufo o peito. Quero que *eles* olhem bem, que gravem o rosto de quem os venceu. Quero que suas gargantas queimem, que sintam o fogo desintegrar suas verdades hipócritas, que *eles* finalmente admitam nossa força e importância neste mundo construído em cima das nossas dores.

Uma mulher, ou melhor, duas fêmeas os venceram!

Silver, para minha surpresa, adora ouvir seu nome sendo ovacionado e vai trotando, exibida, em direção à multidão que se aglomera no limite entre a arquibancada e a pista. Onde achei que me depararia com semblantes acusatórios, encontro bocas escancaradas, olhos lacrimejantes e sorrisos gigantescos. Os gritos de euforia se multiplicam, férteis, algo tão raro para um povo estéril e que desistira da vida antes mesmo que ela desistisse de nós. As faces perplexas não sabem se olham para mim, o inimaginável, ou para o sol, o milagre.

Estou na mesma condição.

Ordens bradadas. Abrindo caminho em meio à confusão instalada, a indiscutível massa branca e dourada com armas em punho surge no meu campo de visão: *o Gênesis!*

Os soldados se dividem, uma parte controla a agitação do público enquanto a outra vem em nossa direção, guiando-nos para uma das saídas principais. Por um curto instante, poderia jurar que as fisionomias das pessoas nas arquibancadas se modificam, não parecem satisfeitas com o que está acontecendo. Silver reage, afunda as patas no chão, recusa-se a ir para onde os soldados nos guiam, para o local onde somente nós duas estamos sendo encaminhadas, *ainda mais cedo do que eu imaginava...*

Acalmo minha thunder guerreira quando descubro o motivo de tudo e, ciente de que são meus últimos instantes, despeço-me, acenando para a multidão ensandecida. O sol arde com mais intensidade ainda, reluzindo em minha pele e retinas. Lágrimas de emoção forçam passagem, mas dessas não tenho vergonha. São as mais doces que experimentei. Jamais imaginaria um fim tão perfeito, afinal. Sinto orgulho das lutas que travei e até das batalhas que perdi. Elas são parte da história que punição alguma poderá apagar.

A minha história.

Os berros enlouquecidos são deixados para trás ao atravessarmos o longo túnel de saída da arena. Em seguida, os soldados fecham o majestoso portão de bronze com esculturas em alto-relevo dos mais famosos thunders e hookers de Unyan, e então...

— Argh!

Uma fisgada terrível se alastra por minha têmpora e sou cuspida da sela com violência. Silver relincha e arrasta os cascos, protegendo meu corpo com sua muralha de músculos. A dor faz minha visão embaralhar por um momento, mas é a gargalhada demoníaca que me arremessa de volta ao caldeirão da realidade.

— Escorregou? Coitadinha... — A voz asquerosa, aquela que sempre esteve nos meus piores pesadelos, faz meus pelos carbonizarem. A descarga é feroz, como se um relâmpago acabasse de atravessar minha coluna.

Não é possível!

Ainda caída, elevo a cabeça e dou de cara com uma cicatriz sobre o supercílio direito, aquela que eu mesma talhei quando ainda era uma menina feliz e inocente, antes de o maldito me dar a primeira amostra do que eles são capazes de fazer com qualquer mulher que ouse ter voz.

E me transformar no que sou...

— Você — digo num rosnado.

— Ah, que emoção. Ela me reconheceu! Eu sempre disse que as vadias têm boa memória. — Ele abre um sorriso perverso. Trinco os dentes quase a ponto de quebrá-los. — Tirem a thunder daqui — ordena com um brilho perigoso no olhar.

Para minha má sorte, o capataz que matara minha mãe a socos agora pertencia à guarda armada do Gênesis e, pelo número de estrelas no uniforme, era o líder ali.

Dois soldados vêm em minha direção. Silver bufa alto e torna a esfregar as patas no chão, desafiando qualquer um a se aproximar.

— É melhor não darem nem mais um passo — ameaço com os punhos cerrados ao me colocar de pé.

— Vai arriscar a vida dessa belíssima thunder, colona estúpida?

— Ela é a campeã e nosso animal sagrado — devolvo de estalo. — Você é um covarde, mas não acho que seja idiota a ponto de cometer tamanha loucura.

Os soldados arregalam os olhos ao me verem enfrentar o líder olho no olho e sem um pingo de medo. O desgraçado solta uma risada baixa, horrível.

— A égua pode acordar com uma pata quebrada, pobrezinha... Acidentes acontecem, não é mesmo? E, assim como você, ela terá de ser sacrificada. — Ele lança a ameaça no ar, a voz fria como o gelo, mas seu semblante arde em brasas, era o mesmo daquela noite que transformou minha vida em cacos. — Você decide, vadia. Faça a thunder vir para cá. Tem cinco segundos.

Mais dois soldados armados nos cercam. Silver solta outro relincho estridente. *Sagrada Lynian! Não posso arriscar. Não a vida dela.* Olho ao redor, derrotada. *A quem posso pedir socorro se quem define as regras me quer fora do jogo?* Recuo. Por mais que tente me convencer de que o maldito não faria isso, ele é um monstro. E monstros são capazes de qualquer coisa. A única forma de proteger Silver é deixando-a ir. Engulo a lágrima. *Isso aconteceria de qualquer forma...*

— Vá, Beta. Vai ficar tudo bem, meu amor — balbucio em seu ouvido segurando o soluço que ameaça escapar enquanto meu coração está sendo estilhaçado em milhares de pedaços.

Seria ela capaz de compreender que isso era uma despedida?

Silver emite um barulhinho diferente e esfrega a cabeça na minha, sua maneira de dizer que sabe que há algo errado, mas que confia em mim.

E se deixa levar.

O crápula não perde tempo. Aproveita-se do momento em que minha guarda está baixa para dar o bote: puxa meus cabelos e aponta uma arma para o meu rosto. A dor me faz travar a mandíbula, mas ainda consigo abrir um sorrisinho cínico. Ele rosna e dá outro puxão violento. Fecho os olhos com força quando sinto um tufo ser arrancado. Ele ordena aos subalternos que fiquem onde estão, que não deixem ninguém passar por ali, e aponta a direção que devo seguir. Meus pés se arrastam, pesados como chumbo. Meu coração martela em meus ouvidos.

Avançamos por vários corredores e, enquanto sou guiada para uma área mais interna, passamos por uma imponente porta em arco de onde escuto homens — a cúpula do Gênesis? — em franca discussão. Baseando-me na amostra que acabo de receber, será uma punição memorável a que planejam para mim. Empino o queixo, mas é impossível não estremecer ao ouvir as exclamações bradadas do outro lado:

— Bando de incompetentes! — vocifera um homem. — Como deixaram esse absurdo acontecer?

— É uma afronta às leis de Unyan, às *nossas* leis! — acrescenta outro, o ânimo ainda mais acirrado. — Uma mulher!

— Vergonhoso! — dispara um terceiro, a voz ultrajadíssima. — Uma mulher guiar nossa criatura sagrada?!? Agora outras vão se achar no direito de fazer o mesmo!

O traste solta uma risadinha às minhas costas e, deliciando-se com o debate acalorado, diminui a marcha. Mas, inesperadamente, uma voz se destaca em meio às demais, tão convicta quanto emocionada:

— Assim que ela tocou a fita de chegada, o sol ressurgiu! O sol seguia os passos dessa garota como uma sombra obediente, vocês viram! Todos viram!

— Helsten afirmou que ela silenciou os trovões! E agora ela domou o sol! — diz outro, aproveitando-se do silêncio generalizado deixado pela afirmação anterior. — Exatamente como na profecia de Lynian! Como nos versos da predestinad...

— Versos?!? — Alguém gargalha. — Você é um tolo, Eker! Assim como o finado Helsten! É por causa de homens fracos como vocês que este mundo está ruindo.

Meu pulso dá um salto. *Que versos?*

— Este mundo está ruindo porque homens como você não são capazes de enxergar os sinais tão óbvios que os deuses estão nos enviando!

Estremeço por inteiro. *Sinais...*

— Anda! — o homem grunhe ao bater com o cano da arma nas minhas costas, acelerando meus passos por um corredor com chão e paredes brancas, até uma área afastada e silenciosa. Ele abre uma porta com o pé, mas, antes de me deixar entrar, o maldito se aproxima, passando a mão asquerosa pelo meu corpo. — Vamos ver se vai manter esse sorriso petulante quando eu lhe fizer uma visitinha durante a madrugada — diz, com os olhos cruéis grudados aos meus, a saliva repugnante escorrendo pelos cantos dos lábios. O sangue foge das minhas veias e meu estômago se retorce com a ideia. — Que foi? Não sabia que os trâmites para o enforcamento demoram dias? Tempo suficiente para... — Sorri com malícia. — Nesse meio-tempo ninguém estará preocupado com a honra de uma vadia, não é verdade? E se estiverem... — Ele estala a língua. — Bom, aí não será surpresa se não encontrarem honra alguma, como seria de se esperar. Afinal, quando se é filha e irmã de vadias não poderia ser diferente.

— Se tocar em mim, eu te mato. — Acerto-lhe uma cotovelada.

— Argh! Sua... — Ele afunda as garras no meu pescoço, descontrolado, mas passos ao longe fazem o covarde me empurrar quarto adentro. — Você vai me pagar. E será hoje à noite — avisa ao trancar a porta.

Preciso de algum tempo para abrandar meus nervos e me situar. O lugar é tão minúsculo que mal consigo dar cinco passos largos. Há um copo com água numa banqueta e um colchão sem lençol sobre um estrado de ferro tão curto e estreito que mal cabe o meu corpo inteiro. Mais nada.

Claro que não! Não existem prisões em Unyan! Celas são punições arcaicas, de povos inferiores, de um mundo que não existe mais. Agora é tudo muito civilizado.

Só "desaparecimentos" e... enforcamentos!

Capítulo 2

As horas estilhaçam meus nervos à medida que se arrastam em seu cortejo fúnebre. Suor frio escorre por minhas costas. Estou começando a fraquejar.

Praga de Zurian! Por que não me matam logo e acabam com essa tortura?

Gostaria que tudo tivesse acontecido de forma rápida, enquanto ainda estava protegida pela armadura da coragem, pela fogueira que aquece a alma e que nutre a força invisível que carregamos dentro de nós. No fim do dia, ela nada mais é do que uma chama fraca, incapaz de conter o sopro do medo que me assola impiedosamente.

Uma corda ao redor do pescoço.

Meu prêmio – ou melhor, minha punição – por ter vencido.

Porque não sou um homem.

As garras da expectativa fazem questão de rasgar minha pele e, pouco a pouco, expõem minhas falsas certezas e meu mundo de areia. Um prenúncio sombrio apenas.

O dia mais longo da minha vida estava longe de terminar.

A madrugada interminável avança. Com o corpo encolhido na cama e os olhos abertos no negrume total, escuto os passos do lado de fora.

Era ele! O maldito estava de volta para cumprir sua promessa!

Meu coração dá uma quicada abrupta, jogo-me para o lado, ficando abaixada num dos cantos do minúsculo lugar. Preparo-me para colocar em ação o ataque que treinei diversas vezes, até o último resquício de luz.

Agora era a minha vez de dar o bote!

Tudo seria tão rápido que, quando o cretino percebesse o que estava acontecendo, já estaria de partida para outro mundo. Com um único golpe – ou melhor, sua arma –, eu liquidaria dois problemas. Ele ia pagar pelo que fez à minha mãe e à minha irmã e, de quebra, me concederia uma morte rápida, bem diferente daquela que eles planejavam para mim.

O barulho aumenta. Os nós dos meus dedos latejam em antecipação, meu coração pula para a boca. Cega em meio à escuridão, deixo-me levar apenas pelos meus instintos. A porta se abre lentamente. Prendo a respiração, preparo-me para atacar, uma claridade ofuscante e então...

— Nailah? — A voz inesperada é uma rasteira e tanto.

— Sr. Sacconi?!? — indago boquiaberta, num misto de alívio e incompreensão.

— O-o que houve, garota? — Preocupado, o pequenino intermediador avança em minha direção ao me ver desmoronar no chão como um saco de beterrabas. Atrás dele, um oficial armado nos observa com um lampião em punho.

— N-nada. — Levanto-me aos tropeços. — O que o senhor está fazendo aqui?

Ele pega o lampião do oficial e pede licença para ficar a sós comigo.

— Que cara é essa? Por que você estav...?

A indagação do sr. Sacconi é interrompida por um rosnado raivoso.

— Como não posso entrar? Sou o encarregado por ela! — A porta se abre abruptamente e, conforme prometera, o maldito surge no aposento logo atrás do sr. Sacconi. Sob a luz do candeeiro, sua face é ainda mais hedionda do que me recordava. Não está com o usual rabo de cavalo, e a cabeleira, antes farta e escura, está rala e com fios brancos. — O que está havendo aqui? Quem lhe deu permissão para entrar?

— Saia, Hoover — pede com educação o oficial que acompanhava o sr. Sacconi.

Hoover? Era esse o nome do maldito?

— Como é que é? Eu dou as ordens aqui! — esbraveja o patife.

— Sacconi tem autorização do *Patremeister* e é o intermediador dela. Saia.

— Não vou sair!

— Não me faça chamar reforço. — O colega o fuzila com o olhar, mas não responde no mesmo tom. Pelo número de estrelas no uniforme, os dois têm a mesma patente.

— Reforço? — O antigo capataz bufa uma gargalhada seca e olha, furioso, de mim para o intermediador.

— Não será preciso, caro Theon. Eu resolvo isso — o sr. Sacconi diz sem se alterar.

Theon assente, levando uma das mãos à arma na cintura.

— Que loucura é essa? — Ultrajado, Hoover exige com a voz descompensada. — O que o senhor está fazendo aqui nesse horário?

— Curioso... Faço-lhe a mesma pergunta — o sr. Sacconi devolve.

O canalha se retrai por um momento, repuxa os lábios. Quase posso ouvir as engrenagens do seu ardiloso cérebro maquinando as palavras que vai dizer.

— Sou o oficial encarregado por ela. Vim checar se a condenada estava em condições satisfatórias. — Sua voz vem impregnada de uma nota de ironia familiar, típica daqueles que sempre saem impunes.

— Quanta gentileza. — O esperto sr. Sacconi não se intimida. — Mas, se não me engano, a função do chefe da escolta não é apenas "escoltar" o *réu* até o compartimento de detenção? Jamais imaginei que faria o trabalho de um subalterno, que acordaria no meio da noite somente para... hum... checar se um *condenado* está em "condições satisfatórias" — ele repete as palavras. — Faz isso com todos?

— Quero ver a ordem — rosna o maldito, tenso e impaciente, estendendo a mão.

O sr. Sacconi saca uma folha de papel do bolso interno da casaca e lhe mostra. Hoover engole em seco ao ler o conteúdo, mas é um pilantra de longa data e se recompõe com desenvoltura.

— Mil perdões, caríssimo senhor — diz e, com o semblante mais hipócrita do mundo, emenda uma frase de impacto muito bem decorada: — Apenas prezo pela segurança de todos e pelo cumprimento da ordem.

— Claro que sim — meu intermediador responde no mesmo tom.

— Fique à vontade. Voltarei mais tarde.

— Obrigado, mas não será preciso. Está dispensado do caso, oficial.

O mau caráter se segura como pode, uma veia tremula em seu maxilar retesado e, antes de sair, ele olha de esguelha para mim. Não consigo conter o sorriso triunfante ao vê-lo abaixar a cabeça para o sujeito que mal bate na sua cintura. Ira explode dentro de seus olhos, a ameaça estampada em sua face asquerosa: *Você vai me pagar.*

Meu sorriso se alarga, enfrento-o. *Estou contando com isso.*

Assim que o maldito se vai, Theon também se retira. O intermediador estreita os olhos de águia em minha direção, solta o ar e um muxoxo de indignação. Decifrara o porquê da minha cara assustada quando entrou, do clima tenso, de tudo.

— Terei que ser rápido, Nailah — ele solta de um jeito misterioso, apertando os dedos, assim que ficamos a sós. — A notícia da sua vitória deixou as pessoas em estado de choque e em poucas horas colocou nosso mundo de cabeça para baixo, entretanto... — arfa. — Eu quero te ajudar, juro, mas estou de mãos atadas. Pelas leis de Unyan, você cometeu um crime gravíssimo.

— Então por que veio? — vou direto ao ponto.

Era óbvio que havia algo suspeito acontecendo para que o sr. Sacconi também me visitasse na calada da madrugada. Ele me encara de um jeito diferente. Seus olhos sempre tão astutos parecem perdidos em uma nuvem de questionamentos.

— Porque quero ficar em paz com a minha consciência, apesar de tudo isso ser tão absurdo... tão... — Ele meneia a cabeça. — Eu preciso que me ajude a ajudá-la. Helsten me implorou por isso, foram suas últimas palavras, e depois do que aconteceu na arena... Você não tem nada para contar? Qualquer coisa? — indaga de um jeito incisivo e suplicante ao mesmo tempo, como se soubesse que ainda tenho algo relevante a dizer, *como se...*

Recuo, atônita, enquanto abro passagem para a verdade galopante, aquela que guardei a sete chaves por causa de um plano fracassado.

Pois que se dane! Eu não tinha mais nada a perder!

— Não sou mais uma Branca. — Minha confissão sai baixa, sufocada em meio à onda de culpa, vergonha e fúria.

Omito o estupro.

— O quê?!? Mas...? — Ele arregala os olhos, cambaleia. — Por que escondeu algo tão importante? Teria recebido um lance e tudo seria diferent...

— Eu não podia perder Silver Moon! — Atropelo-o com a voz tão trepidante quanto o meu coração. O intermediador perde a cor, apoia-se na parede atrás de si. — Eu lhe disse naquele dia. Essa égua é tudo que tenho, minha fortuna, minha vida. Marido nenhum poderia substituir o que sinto por Silver! Além do mais, o senhor sabe que Nefret não se classificaria, que eu a perderia se deixasse meu irmão correr.

— Aurora de Lynian! — Ele libera o assombro, espreme a cabeça entre as mãos. — Você deu a sua vida por um thunder?

— Não, sr. Sacconi. Foi Silver quem trouxe a vida de volta a este corpo — rebato com a certeza que vem do fundo da minha alma, todo o inconformismo latejando em minhas veias ao saber o real motivo pelo qual eu estava sendo condenada antes mesmo de ser julgada. — Sou Amarela agora, maior de idade e a proprietária legítima de Silver Moon. Se estou nessa situação é pelo simples fato de ser mulher, não é?

O intermediador congela no lugar por um longo momento, os olhos muito abertos, reluzindo entre o incrédulo e o maravilhado.

— Maldição! Maldito Helsten! Ele previu isso tudo! — ele exclama em alto e bom som. Sua expressão fica diabólica. — Theon!

— Pois não! — O oficial ressurge em nosso campo de visão de maneira tão atabalhoada que eu poderia jurar que escutara a conversa atrás da porta.

— Não saia daqui até eu enviar um mensageiro. Ninguém entra neste recinto sem um documento assinado e carimbado pelo Gênesis, fui claro?

— Perfeitamente, senhor.

O sr. Sacconi capta o alívio em minha face ao terminar de proferir suas ordens.

— Está na hora de eu tomar vergonha na cara e sair de cima do muro. Vou pagar para ver. Você está coberta de razão, garota — ele confessa com o peito estufado. — Que o manto de Lynian cubra nossos próximos passos!

※

— Vista isso e me acompanhe — Theon pede com educação ao me estender um chapéu negro com abas largas e armações duras. Ao colocá-lo, perco a visão lateral, sendo obrigada a olhar somente para baixo e para a frente.

Para onde eles querem...

Compreendo o propósito de tal vestimenta: os hipócritas estão se impondo, mostrando quem detém as rédeas da situação. *Como se eu precisasse disso para saber!* Cerro os dentes, mas sigo seus passos de perto. Theon me conduz até o salão nobre, que, apesar de lotado, entra em um silêncio perturbador assim que alguém anuncia a minha chegada. Duas sombras se unem a nós, acompanhando-nos até o lugar em destaque reservado para mim, uma cadeira de espaldar alto feita de madeira maciça e muito escura. Voltada para o grande palanque, ela se destaca por ser a única no centro do majestoso anfiteatro de mármore. Com a visão limitada pelo chapéu, não consigo saber o que se passa ao meu redor, ver quem são as testemunhas que lotam as tribunas laterais e que me observam atentamente, mas sou capaz de sentir as respirações cada vez mais quentes e os olhares sobre mim, pulsando, seguindo-me e me condenando bem antes de o julgamento iniciar.

Estaria Andriel ali também?

Giro minimamente o rosto para a direita e sinto a advertência na própria carne, a mão enorme empurrando minha cabeça para a frente de forma bruta, o peso do uniforme branco e dourado deixando claro o porquê da sua presença e proximidade: *os soldados do Gênesis de ambos os lados eram para coibir qualquer atitude indesejável da minha parte!* Não me deixo abalar e mantenho as passadas firmes, o peito estufado e o queixo erguido. Assim que os sons dos nossos passos se vão – os únicos no recinto –, recebo autorização para me sentar.

Puxo o ar com força, obrigando-me a permanecer impassível diante deles, e faço conforme solicitam. Avisto meu pai em uma cadeira, num nível abaixo do palco principal, à minha esquerda. Com o semblante ilegível, ele não olha para mim em momento algum. *O que se passa em sua mente? Estaria enfurecido por presenciar a vitória de uma mulher ou, ainda que nunca admitisse, em seu íntimo tinha orgulho de que essa mulher fosse sua filha?*

A cúpula do Gênesis se resume a uma junta de senhores de cenho franzido empertigados atrás do imponente palanque esculpido em ouro e carvalho. O mais grisalho deles, um senhor com os olhos muito vivos e casaca dourada, provavelmente o Patremeister, pigarreia antes de começar a falar:

— Silêncio para o veredito! — A voz do Patremeister, a maior de todas as autoridades de Unyan, faz os pelos da minha nuca se eriçarem e meu corpo esquentar ao mesmo tempo. Procuro por oxigênio, uma brisa mínima de vento para me acalmar, mas não há janelas aqui, só o ar quente das respirações às minhas costas, da seleta plateia masculina que me observa. Sentado na cadeira em destaque do Sancta Mater Auditorium, ele se dirige a mim com autoridade: — De pé, Nailah Wark.

É agora.

Pego fogo e suo frio ao mesmo tempo. Sou a ré numa assembleia histórica, a primeira vez que uma mulher é trazida a este lugar para julgamento.

Apenas homens passam por isso.

Mulheres desaparecem. Mulheres são enviadas para…

Então por que me trouxeram para cá se a pena para a minha infração era clara e cristalina? Que tipo de castigo planejavam para mim, afinal?

— Relato aos nobres desta assembleia extraordinária que o Gênesis, após minuciosa e imparcial análise, chegou à conclusão de que o sol ter ressurgido depois de séculos de maneira tão... *inusitada* — frisa o Patremeister — não passou de mera alteração climática, assim como tantas outras que vêm assolando Unyan ultimamente, que isso fique claro. Entretanto, não somos indiferentes ao momento delicado que o nosso mundo vivencia — afirma em tom cauteloso ao olhar de relance para a plateia. Nada se mexe. Nada respira. Meu sangue congela nas veias. — Sendo assim, à luz do que foi exposto e dos fatos de que acabamos de tomar conhecimento, o Gênesis avaliou a complexa questão sob todos os ângulos e com benevolência poupará a ré de qualquer punição sob uma – *e somente uma* – condição imprescindível e irrevogável.

Cambaleio. Perco o ar de vez. Engasgo.

Tão rápida quanto surgiu, a fagulha de esperança se transforma em pó, desintegrando-se em meio a um furacão de tormentas ainda piores. O todo-poderoso me encara com a expressão neutra, mas seus olhos o traem e reluzem o brilho do triunfo ao determinar a plenos pulmões:

— Nailah Wark terá de se subordinar a um homem o mais rápido possível! — Sua voz sai inflexível em meio ao exalar de alívio e satisfação da plateia masculina. — A ré deverá receber um lance de um pretendente balizado e se casar num prazo máximo de setenta e duas horas, data em que completará dezoito anos. Tempo suficiente para que passe pela vistoria médica e confirme se de fato é uma Amarela e manteve sua honra como mulher. Caso contrário, será imediatamente encaminhada para Lacrima Lunii.

A pancada é tão brusca quanto inesperada.

Meus joelhos se dobram para a frente, como se fossem atingidos por um chute violento por trás. Curvo-me sobre meu próprio abdome, afundo o rosto nas mãos. Eu estava preparada para a forca, mas não para *lá*... o maior de todos os meus medos, a pior de todas as condenações: *Lacrima Lunii!*

"Honra"?

A vistoria médica confirmaria que não, não tenho mais nada disso! Pior. Que sou estéril!

— Contudo — o Patremeister acrescenta com a voz uma nota mais alta, se prepotente ou emocionada não consigo definir dentro de um mundo que gira com velocidade apavorante, o coração, um badalo cruel a martelar furioso meus tímpanos —, para que a sociedade seja testemunha da imparcialidade do nosso sistema, o Gênesis, pela primeira vez em sua história, magnanimamente concederá à ré o direito de escolha caso haja mais de um pretendente.

Relâmpagos ricocheteiam dentro do meu peito.

Fogo. Chamas. Sou lambida por um milhão delas.

Eu tinha escutado direito?

Contraio os olhos com força, lutando para trazer minha lucidez de volta, mas é a imagem da estátua da guerreira Lynian que surge na minha mente, reluzindo em todo o seu esplendor, incendiando-me por inteiro. Agora tenho certeza: o sol que arde está dentro de mim! A escuridão não me levou, afinal. Ainda há luz. E, por mais insano que possa parecer, eu a sinto – ínfima, porém febril e cintilante – em meu próprio espírito. E ela brada alto que, custe o que custar, eu tenho que sobreviver. Ao menos por enquanto.

Três dias. Duas opções.

Casamento ou... o horror do qual sempre fugi.

Meu pulso dispara, irrefreável, diante da possibilidade absurda – e nada honrosa – que incendeia a lógica e o que restou dessa vida tão amaldiçoada quanto surpreendente. Sim, havia uma saída – ainda que provisória – para o martírio em que eu fora arremessada. Bastaria continuar a fazer aquilo que já era parte de mim: lutar!

E, se era preciso um marido para ir adiante nessa guerra, então...

Giro a cabeça e, antes que os soldados do Gênesis me impeçam, encaro as imponentes tribunas de carvalho e bronze – para a plateia masculina e aristocrática – num duelo que dispensa palavras, um caminho sem volta, confrontando – e avaliando – o terreno e o adversário. Por uma fração de segundo, eles se despem de suas máscaras e seus olhares se cravam nos meus, como lanças afiadíssimas, ao erupcionar uma gama de emoções...

Curiosidade. Assombro. Fúria.

Mas, entre a nuvem de sangue, dúvidas e destroços, deparo-me com o intangível – o inimaginável –, as armas que não apenas me protegeriam, mas também seriam a rota de fuga do inferno para onde eles mesmos pretendiam me arremessar: *olhos maravilhados, apaixonados.*

Tique-taque... Tique-taque... Tique...

O cronômetro finalmente para.

E é a vez do meu coração bater com violência – mais vivo do que nunca – ao compreender o que me aguardava ao virar a próxima página da minha existência.

Escancaro o mais guerreiro de todos os meus sorrisos.

Não era o "FIM", afinal...

Ah, sim. A batalha estava apenas começando!

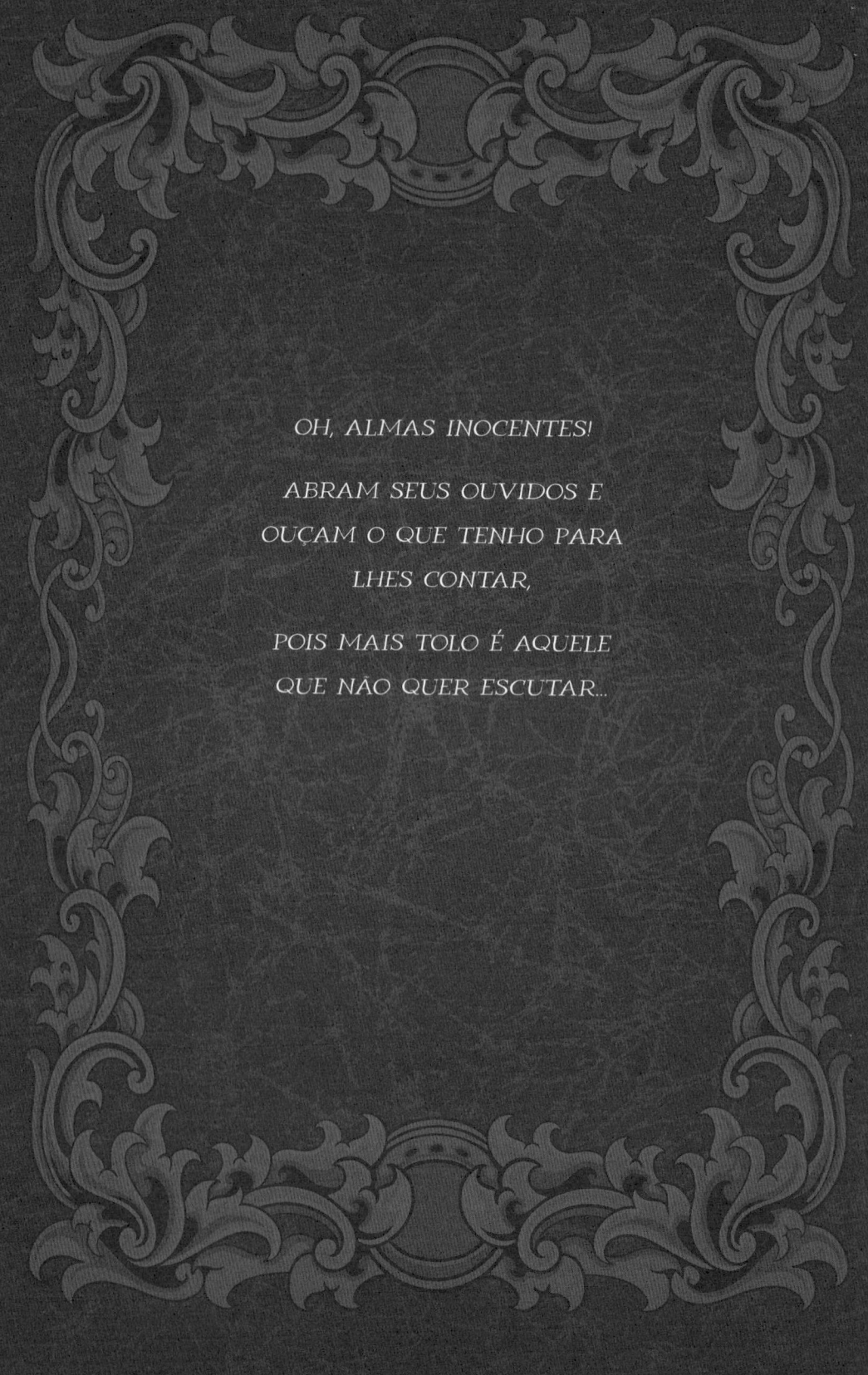

OH, ALMAS INOCENTES!

ABRAM SEUS OUVIDOS E OUÇAM O QUE TENHO PARA LHES CONTAR,

POIS MAIS TOLO É AQUELE QUE NÃO QUER ESCUTAR...

O ATORMENTADO

O fôlego se foi de maneira abrupta, como um vômito represado por tempo demais, uma explosão cósmica.

Em seu lugar, sou preenchido por aquilo que pensei jamais experimentar outra vez: a dor mais avassaladora de todas, a ferida que tempo algum conseguiu cicatrizar, o maldito buraco negro na boca do estômago sugando tudo, devorando-me...

A emoção para a qual não havia defesas... ou *cura*.

Sim, ela estava de volta.

Ainda mais pungente e cruel do que fora no passado.

Sim, *ela* estava de volta.

Uma rainha, uma deusa.

O que é o sol diante da energia mais poderosa de todas, diante *dela*?

Apenas faíscas aos seus pés, um súdito de joelhos, embasbacado, encantado...

Como eu.

Presenciar a arena do Twin Slam e o universo se curvar para a sua força, sentir sua luz se refletir em minha pele e trazer de volta alguma claridade ao vazio sombrio no qual venho me escondendo, experimentar aquilo que julguei erradicado havia tantos invernos...

A energia inigualável estava de volta para me destruir, tão perfeita, tão apaixonante, tão...

Existência maldita e sem sentido!

Flashes dos momentos que passamos juntos, do seu sorriso solar, dos seus cabelos de fogo e seu corpo voluptuoso me desestabilizam. Tentei não interferir, com muito custo tenho me mantido distante, mas nada segue conforme imaginei.

Nada segue como deveria ser.

Sinto-me ardendo em brasas novamente, tão... *vivo!*

Sim, eu quero isso, ainda que por tão pouco tempo.

Sim, eu quero isso, ainda que saiba que ela vai estragar tudo no final.

Como todas as outras.

Mas...

Se está tudo tão diferente dessa vez, quem garante que o final será igual?

Maldição!

Que curso tomar a partir de agora?

Que papel assumir a partir de agora?

Que destino teremos a partir de agora, meu condenado amor?

Porque perdi as rédeas e estou perdido dentro de mim mesmo.

Porque, quando não se sabe o fim da história, início e meio são guerras pelas quais vale a pena lutar.

Capítulo 4

Últimas horas para receber os lances dos pretendentes.

Nenhum até agora.

Nada aconteceu conforme imaginei e meu plano se desintegrava a cada respiração. Fui proibida de sair da propriedade dos Meckil, com suas cercas vigiadas vinte e quatro horas por dia por soldados do Gênesis desde que retornei da corrida. Exceto meu pai e meu irmão, não pude ter contato com qualquer pessoa desde que fui trazida do julgamento para cá em uma Sterwingen que não parecia oficial, com as janelas vedadas por um tecido escuro, o que não me impediu, no entanto, de ouvir o tumulto do lado de fora, como se toda a população de Unyan estivesse cercando a arena de corrida e exigindo algo que não consegui compreender. Sem opção, passei praticamente todo o tempo de espera enfurnada na baia de Silver, tentando controlar a expectativa e as saudades da minha amada. Escuto um ruído e em seguida o brasão dourado do sol entre dois thunders surge na estrada além da cerca da propriedade dos Meckil.

Uma Sterwingen do Gênesis!

Meu pulso dispara ao vê-la passar pela cerejeira e entrar acelerada pelo portão principal ao longe. *Seria finalmente um lance ou...?* Engulo em seco. *Amanhã farei dezoito anos. Independentemente do que viesse a acontecer, uma coisa era certa: eles jamais me levariam para Lacrima Lunii! Jamais!*

Um oficial truculento desce do veículo, parece ter pressa, mas não precisa bater duas vezes. Escuto a voz arrogante do meu pai, aquela que não se dirigiu a mim uma vez sequer desde que tudo aconteceu, saudando-o e o convidando a entrar na nossa casa. A porta se fecha atrás deles. Minhas pernas bambeiam e, mal conseguindo respirar em meio à onda de angústia e impotência, deixo meu corpo tombar, aguardando, afundada no feno, a notícia que mudaria o rumo da minha vida. O vento uiva, salpica gotas de chuva na minha pele, mas o maldito fogo que me consome é capaz de secar tudo, cada uma delas. Depois de minutos que parecem séculos, vejo o oficial sair a passos rápidos, entrar na Sterwingen e ir embora. Impossível controlar o tremor quando, em seguida, o berro do meu pai ecoa pelos eucaliptos e por meus nervos em frangalhos.

Pronto! Foi definido!

— E? — indago ao abrir a porta de casa, mal conseguindo escutar o som da minha própria voz em meio ao ribombar do coração nos ouvidos.

— Você se safou, Diaba. — Com ar vitorioso, meu pai sacode um envelope no ar.

— Quantos lances?

— Não seja convencida, infeliz. Achou que era o morango da torta? A mais cobiçada de Unyan? — Ele faz uma careta, deixando a papada ainda mais evidente. Nefret foge do meu olhar, tem a face pálida como a de um defunto. *Por que ele estava assim?* — Deu sorte de existir um idiota disposto a ter uma desmiolada como você como esposa. Um louco... — meu pai solta com desprezo, mas, em seguida, dá de ombros.

Um único lance?!? Ainda que eu não fosse atraente aos olhos deles, que lhes causasse ultraje, nem mesmo Silver como prêmio os fez mudar de ideia?

— Quem é?

— Não te interessa.

— Como não? Eu tenho o direito de saber!

— Uma maluca como você só tem o direito de ficar de boca calada! Ou prefere ir para o lugar amaldiçoado? — ameaça com um sorriso cruel. Recuo. Para me fazer pagar, meu pai era capaz de tudo, inclusive abrir mão das regalias que receberia com o acordo matrimonial. Em seguida, ele encara Nefret com desgosto. Meu irmão se encolhe ainda mais. Ódio entra em ebulição dentro de mim. Estou acostumada a ser maltratada por esse velho perverso, mas não tolero que faça o mesmo com Nefret. — Não adianta apelar para o fraco do seu irmão. O imprestável está proibido de abrir o bico, senão eu o expulsarei para sempre das nossas vidas!

Mordo as bochechas quando sou somente culpa. Nefret ficou ainda mais introspectivo desde a corrida. Apesar de tudo, ele idolatra nosso pai e agora, com o desprezo declarado dele, sente-se humilhado de todas as formas.

— Nef... — Dou um passo em sua direção, mas meu irmão vira o rosto, foge do meu contato.

— Saia, Nailah! — meu pai rosna. — Vá se lavar! O curadok chegará em breve.

O plano vai de mal a pior. O curadok verá o que me tornei e revelará a verdade ao pretendente. Homem algum admitiria não ser *o primeiro* e, ainda que aceitasse, por mais generoso que fosse, nenhum abriria mão de um herdeiro. É isso que todos almejam e que é ainda mais importante que cavalos ou terras nesse mundo em extinção: filhos.

Inferno de Zurian!

Um arrepio perturbador se alastra pela minha nuca. Por mais que meu coração berre seu nome, uma voz sinistra fica murmurando que o lance pode não ter sido de Andriel, que corro um risco tremendo, que estou perdendo um tempo precioso. Com a cabeça rodando, escuto meu pai ordenar Nefret a ir buscar lenha. *É isso!* Sem titubear, tranco a porta do quarto e, sorrateiramente, saio pela janela poucos minutos depois.

— Nef — chamo assim que o encontro na clareira dos três carvalhos.

— Me d-deixa em paz.

— Eu preciso da sua ajuda.

— P-por que não me s-surpreendo com mais nada do que você faz? — Ele meneia a cabeça, mas continua a separar a lenha já cortada.

— Quem foi, irmão? De que propriedade veio o lance?

— Não s-sei e não fará diferença alguma. O c-casamento já está arranjado — diz de um jeito amargo. Não olha para mim em momento algum.

— Depois de t-tudo que aconteceu, d-deveria estar feliz, não?

Como dizer a ele sobre o estupro, que não posso ser avaliada por curadok algum, que corro o risco de ser condenada a Lacrima Lunii dentro de instantes?

— Por favor — imploro.

— Veja no que me t-tornou, Nailah! — Sua voz sai estrangulada. — Antes eu era apenas o g-gago, mas agora sou a v-vergonha ambulante, o conjunto de todas as coisas desprezíveis que o nosso p-pai e essa sociedade odeiam, o homem que permitiu que uma mulher t-tomasse seu lugar num Twin Slam, um nada. Chega! Estou farto d-de tudo isso! — Ele larga a lenha de repente, descontrolado.

— Eu nunca quis... *isso*. Eu só...

— O q-quê? — Seus olhos se estreitam em minha direção, mais vermelhos do que nunca. — Fala! O q-que você quer, afinal?

— E-eu... — Meneio a cabeça, envergonhada, arrasada.

— Não vai c-contar, não é? — Abre um sorriso estranho, como se soubesse de mais coisas. Engulo em seco com o pensamento. — Sim, eu s-senti.

— O quê? — indago quase sem voz quando não quero acreditar que a nossa conexão pode ter lhe confidenciado o que tentei esconder a todo custo.

— Tudo. Ou uma p-parte... Vindo de você, *tudo* é p-possível. Seus sentimentos são sempre intensos d-demais — afirma ele, sarcástico. — Senti a r-repulsa, a fúria demoníaca que a possuía q-quando aniquilou Taylor naquela arena. F-foi aterrador.

— Houve um porquê.

— Eu s-sei que sim — diz, encarando-me de um jeito intenso. — Qual?

— Não posso contar, eu não...

— Ótimo. Então conviva com seus f-fantasmas e me deixe em p-paz com os meus — dispara, taxativo. — É melhor v-voltar antes que nosso p-pai não a encontre em casa e você receba uma s-surra na véspera do seu *casamento*. — Ele enverga os lábios ao dizer a última palavra.

— Nefret, estou falando sério. Eu preciso saber quem é o pretendente.

— Nailah, não! — Ele perde a paciência, explode. — Por que quer t-tanto saber? Vai m-mudar alguma coisa no f-fim das contas?

— Eu ainda posso fugir. — A confissão sai rápida demais.

— C-como é que é?!? — brada ele, surpreso. — Você c-conseguiu o lance de um aristocrata e ainda v-vai manter Silver! Não s-será enforcada e s-se livrou de Lacrima Lunii! Maldição! Ainda não entendeu q-que tirou a sorte grande?

— Eu não posso passar por essa vistoria! Não posso!

— N-não pode...?!? — Nefret arregala os olhos, a compreensão do que não preciso dizer lhe deforma as feições abruptamente. — Isso n-não está acontecendo, n-não pode ser...— Ele esfrega o rosto, as mãos trêmulas, mais atordoado do que nunca.

— Não é nada do que está imaginando! — rebato, aflitíssima.

— Nunca é. — Seu sorriso é pura fúria e incompreensão.

— Não desta vez, irmão — afirmo, em pânico. — Eu juro.

— Me deixe fora dessa n-nojeira, está bem? Não s-suporto mais essa conversa — devolve com repulsa. — Não q-quero estar por perto quando tudo desmoronar...

— Nefret, me escuta. — Seguro-o pela camisa, interrompo-o.

— Não há mais n-nada a ser dito! — ele ruge e se solta da minha pegada.

— Eu fui violentada! — libero a bomba, minha voz se desintegrando em lascas malditas, apenas pó envenenado em meio ao furacão de tragédias.

Nefret perde a cor, petrifica-se. Presencio o ar entrar com força em seus pulmões e dilatar suas narinas. Seus olhos cravam em mim, escuros e irreconhecíveis.

— O que você d-disse?

— Você ouviu.

— Nailah, eu a p-proíbo de mentir s-sobre algo tão sério — diz com a voz rouquíssima, a expressão vacilando entre a perturbação e a desconfiança.

— Juro pela alma da nossa mãe! Foi após a corrida classificatória — confesso. A vergonha em contar a verdade ao meu irmão parece outro tipo de violência porque a dor em seu semblante consegue aumentar a minha de uma forma terrível.

— C-como? — indaga ele em um sussurro afônico.

— Na volta para casa, durante a tempestade. Tudo ficou inundado, não havia para onde ir. Consegui me abrigar em uma estalagem pelo caminho.

Escondida, claro! — acelero em explicar ao vê-lo mais transtornado do que poderia imaginar. Resolvo ocultar os detalhes. Eles só complicariam as coisas e não há tempo a perder. — Eu estava conversando com um... amigo e...

— "Um amigo"? — A risada sai impregnada em ironia. — Mas é c-claro.

— Escute antes de me julgar — digo de forma incisiva. — Era o aristocrata com quem eu vinha me encontrando às escondidas, aquele de quem você sempre desconfiou — admito. — Não estávamos fazendo nada errado, ele estava preocupado comigo e até arrumou um quarto na taberna para mim. — *Não foi bem ele*, alfineta meu cérebro. — Eu estava contando a ele que havia me tornado uma Amarela e que ele poderia dar o lance em mim, quando fomos cercados por quatro sujeitos mascarados. Ele tentou me defender, mas os bandidos o esfaquearam e depois me atacaram — digo com um fiapo de voz, sem coragem de encará-lo. Escuto seu arfar ainda mais alto. — Não tive como lutar contra quatro. Eles rasgaram minha roupa e... — Meus ombros se curvam, espremo os dedos com força, torno a olhar para ele. — Eu lutei, irmão. Lutei como nunca. Mas foi além das minhas forças. Perdi sangue. Desmaiei. Juro pela alma da nossa mãe.

Nefret cambaleia. Toda a ira se desmancha e seu rosto fica pálido como quem acaba de ver uma assombração.

— Ah, Nai! E-eu não... — ele solta um gemido e me puxa para si, abraçando-me com força exagerada. Sinto o tremor de seu corpo junto ao meu, as mãos geladas me envolvem com desespero. — Suas dores, a apatia f-fora do normal... Tudo f-faz sentido agora... — Sua voz falha, sabe em sua essência que falo a verdade. — Estranhei aquela p-pneumonia e o seu comportamento, eu sabia que você estava me escondendo algo s-sério. Doença ou ferida alguma foi c-capaz de te jogar em uma cama, você sempre foi f-forte demais. — Ele se empertiga no lugar de repente. — Então, como v-voltou para casa?

— Alguém me ajudou.

— Alguém t-te ajudou — ele balbucia as palavras, perplexo. — Q-quem?

— Não sei. Quando acordei estava no meu quarto, sem me lembrar de nada. *Ou quase nada.*

— "S-sem se lembrar de nada"? — Ele arregala os olhos, como sempre faz quando o maldito assunto vem à tona. Sei o que está imaginando.

— Não foi outro episódio de sonambulismo — afirmo com veemência.

— Mas que d-droga, Nailah! Por que escondeu t-tudo isso de mim? Por que não me c-contou que já era uma Amarela?

— O sr. Sacconi afirmou que enquanto eu fosse uma Branca nós ainda teríamos chances de manter a Silver, que a população se compadeceria de uma inocente, uma menor. Silver era tudo que importava para mim — confesso a grande verdade. — E, depois do que me aconteceu, não tive coragem. Eu sabia que você ficaria arrasado e, no fim das contas, isso não levaria a nada. Meu destino já estava traçado.

Nefret anda de um lado para o outro, perturbado demais.

— Você não c-contou a mais ninguém s-sobre o... *sangramento?* — indaga após um tenso momento. Nego com a cabeça, mas tudo em mim arde quando meu cérebro torna a soltar uma risada demoníaca. *Sim, outra pessoa sabia: Blankenhein.* — Isso não t-tem lógica alguma. Marginais não atacam Brancas. Eles s-seriam caçados pelo Gênesis até o f-fim de seus dias — ele rumina as palavras, tenso. — Eles d-deviam saber...

— Sim, eles sabiam — respondo, convicta de que o fato de eu estar usando um vestido vinho na ocasião não teve culpa alguma. — Era realmente a mim que eles almejavam. Os malditos queriam saber se era você o Prímero de Silver. Um deles parecia meio desesperado demais pela informação, para falar a verdade.

A fisionomia de Nefret nubla, encarando-me de um jeito estranho, parece analisar palavra por palavra que sai da minha boca. Continuo:

— Apesar das roupas velhas, a forma prepotente como falavam era típica dos aristocratas e não dos colonos. Entrei na pista com essa suspeita, de que algum deles podia ser um hooker, até que o Taylor... Bem, ele confessou em meio à corrida, sob o calor do momento... Ele disse: "Geme mesmo, Wark! Igual à vadia da sua irmã".

— Verme r-repugnante! Bando de... Ah, merda! — Sua voz parece o ganido de um animal gravemente ferido. A ira se camufla no choro de dor que tenta segurar a todo custo. — Sua fúria s-sobrenatural... Está explicado...

— Não vou descansar enquanto não liquidar com os outros três. Eles não vão parar porque sabem que sairão impunes. Essas maldades têm que ter um fim! Vou matá-los em seu próprio jogo. Um a um. Ainda que seja a última coisa que eu faça nessa vida.

— É um c-caminho sem volta — Nefret diz com a expressão sombria demais. Não sei dizer se a fúria que reluz no rubro de seus olhos é minha ou dele porque, pelo nosso elo, sei que experimenta o que se passa em minha alma.

E compreende.

— Talvez — devolvo desafiadoramente e, pela primeira vez na vida, o lugar maldito não é mais sinônimo de horror. — Mas é o que me mantém viva. Esse ódio. Esse desejo de fazer justiça com minhas próprias mãos. Não posso ser condenada a Lacrima Lunii, irmão.

— V-você não será — ele diz com força. — Droga! A vistoria! O curadok d-deve chegar a qualquer momento! P-preciso arrumar um jeito de t-tirar você daqui.

— Não ainda — digo, apressada. — Andriel afirmou que me queria como sua esposa. Ele manteve sua palavr...

— Andriel?... O orador? — ele me interrompe, a testa crispada. — Foi ele que te d-defendeu e foi esfaqueado?

— Sim. Que cara é essa?

— Nada. P-prossiga — determina, intolerante, e eu o faço, apesar de estranhar sua reação. Não há tempo a perder.

— Foi por isso que Andriel ressurgiu na última hora no Gênesis: para dar seu lance em mim. Mas quem falhou com o plano fui eu ao não anunciar meu sangramento. Eu... tive medo — confesso. — Mas ele não desistiu de mim, do esquema que bolamos para ficarmos juntos independentemente da posição que ele conseguisse no Twin Slam. Teria dado certo se o cretino do Blankenhein não tivesse mandado seu lacaio furtar a carta que Andriel tinha me enviado, a que estava escondida na terra, sob a cerejeira.

— E por que Blankenhein f-faria isso? — devolve ele, sempre astuto.

— Sei lá! Porque é um enxerido! Porque tem ciúmes do Andriel! — disparo, impaciente. Não posso perder tempo precioso falando sobre o canalha do Blankenhein. — Nefret, acredite em mim. Andriel me ama.

— Então, se o lance f-for desse Andriel... — Nef junta os pontos.

— Ele me aceitará qualquer que seja o laudo do curadok — afirmo, convicta. — Ele também foi agredido, sabe que não é mentira, sabe de tudo. E eu o amo, irmão. Muito mesmo — confesso. — Se for ele, tudo ficará bem. Mas se não for...

— Já entendi — ele me corta, mas, apesar da expressão fechada, suas sardas recuperaram a cor. — Vou v-voltar agora, inventar algum motivo que d-distraia nosso pai e o faça sair de casa por algum tempo. Vi q-quando ele entrou no quarto com o envelope. Deve t-ter colocado na cômoda ao lado da cama, como s-sempre faz com os documentos importantes. Vá e v-verifique. Se estiver t-tudo certo, se for esse... Andriel, ótimo; caso contrário, vou d-dar um jeito de te tirar d-daqui, vou bolar algum p-plano — finaliza, e eu sorrio.

Sem imaginar, no entanto, que o grande plano já tinha sido traçado havia muito, muito tempo...

Capítulo 5

Com o ouvido grudado na porta do quarto, escuto as tentativas fracassadas de fazer o velho sair de casa. Apesar da gagueira, Nefret sempre teve uma capacidade de convencimento impressionante, mas o sr. Wark se trancou no próprio aposento, avisou que ia tirar um cochilo e que não queria ser incomodado. A voz da razão pressente o pior, afirma que as coisas não estão indo conforme deveriam, implora para que eu não perca mais tempo, que pegue a muda de roupas que escondi na baia de Silver, e, com ou sem algum plano de Nefret, tente dar um jeito de sumir logo daqui.

Mas não posso fazer isso. Não ainda.

Primeiro preciso ter certeza se o pretendente é Andriel e, apesar de tudo, minha intuição tem esperanças. Banho-me rapidamente e vou para a cozinha preparar algo para comer. Meu irmão não desiste, inventa um pedido urgente do sr. Meckil, mas nosso pai apenas prageja, diz para ele parar de encher sua paciência e desaparecer dali. Um ruído alto seguido de passos do lado de fora nos faz dar um pulo ao mesmo tempo. Nefret solta um gemido. Entro em choque. *Ah, não! Outra Sterwingen!*

O curadok. A vistoria. Minha ruína.

— Por que estão parados aí como múmias, seus inúteis? — A porta do quarto do nosso pai se abre rapidinho agora.

Velho interesseiro!

— Vá recepcionar o doutor, Nefret! — berra ele ao nos pegar petrificados no lugar.

Meu irmão mal consegue esconder o tremor enquanto gira a maçaneta. Em seguida, damos de cara com dois oficiais armados do Gênesis.

— Viemos para a vistoria da garota — diz com a voz empostada o homem mais à frente, ele é calvo e de estatura avantajada.

Vejo, atônita, a pessoa de jaleco verde e olhar gentil abrir passagem por entre os oficiais fardados: o curadok que eu conhecia de longa data! Aquele que fez o que nenhum outro havia sequer cogitado: conversar comigo.

O que ele teria a dizer ao dar de cara com as minhas novas cicatrizes?

— Doutor, seja bem-vindo! — saúda meu pai, cheio de floreios e com um sorriso tão largo e incomum que deve estar lhe causando câimbras nas bochechas.

— Olá, sr. Wark. É um prazer estar aqui por um motivo tão nobre — ele responde com educação, mas, pelo que me recordo, seu tom de voz está seco e o semblante, antes sereno, parece nebuloso como o céu de Khannan.

Estremeço ao ver o que ele segura à frente do corpo: a maleta de exames. *Ah, não! Ali dentro estaria a minha condenação!* Meus pensamentos giram num ciclone infernal. Será que, somente em fazer o check-up, ele já saberia da minha condição, do que havia acontecido comigo? Sou a vítima aqui, mas não sinto apenas vergonha do que me tornei e do que pretendo fazer; sinto-me suja de todas as maneiras possíveis.

— Finalmente a grande deusa teve piedade da nossa família! — Meu pai comemora, a satisfação em pessoa.

O doutor meneia a cabeça, mas não é em resposta e sim uma espécie de código para os soldados se retirarem.

— Posso? — ele indaga assim que seus homens saem, parece ter pressa.

— Ah, claro. Por aqui. Venha, Nailah — cantarola meu pai com o tom de voz baixo, fingindo ser civilizado, enquanto aponta a direção a tomar. Eu os sigo com o coração pulsando dentro da boca. Nefret permanece paralisado no lugar, pálido como um defunto. — Em breve a justiça será feita e serei recompensado pelos meus flagelos, terei uma moradia decente, de dar inveja a qualquer um qu…

— Deixe-nos a sós, sr. Wark — o curadok o corta.

Meu pai morde a língua. Em outro momento, eu ficaria satisfeitíssima em vê-lo se dar mal e abaixar a cabeça, mas meu corpo só faz tremer diante do estranho comportamento do doutor outrora sempre amigável. Assim que a porta se fecha, o curadok coloca a maleta sobre a cômoda e, enfiando as mãos nos bolsos, desata a andar de um lado para o outro, como se estivesse travando uma batalha feroz consigo mesmo. Fico tonta com seu vaivém incessante.

— Coloque isto. — Com o cenho franzido, ele me estende o roupão.

Encaro o tecido verde-claro por um longo momento, o pavor se agigantando no peito, sufocando-me a alma. Finalmente eu teria a certeza do que havia me tornado após aquela noite macabra e, se o que ouvi em meus delírios era verdade, assim como a violência que sofri, em instantes o curadok saberia que eu não era uma Amarela sem honra apenas, mas uma estéril.

— Senhor, e-eu queria dizer que...

— Não há mais nada a ser dito, garota. Deite-se para o exame.

Puxo o ar numa golfada e, sem me permitir pensar ou fraquejar, pego a vestimenta das suas mãos.

Já era a hora de saber a verdade, afinal!

O doutor fica de costas enquanto lava as mãos e separa o material de exame sobre a cômoda, sua forma de me fornecer alguma privacidade já que aqui não há uma salinha de preparação, como no centro de curas de Khannan. Coloco o roupão com o brasão do Gênesis e me deito sobre a cama, cobrindo o corpo com o lençol.

— Estou pronta — digo com um nó na garganta.

Sem perder tempo, o curadok se aproxima. Afastando o lençol e o roupão de maneira profissional, ele apalpa minha barriga seguidas vezes. Com o semblante sério e concentrado, saca alguns instrumentos metálicos espelhados da maleta e começa sua inspeção. Meus olhos, como sempre, não desgrudam dos dele. Preciso desesperadamente ver o que eles me dirão quando se defrontarem com o que me tornei. *E, pelo visto, isso não demora a acontecer.* Sua fisionomia se fecha abruptamente, a testa se enche de vincos, seu pomo de adão sobe e desce repetidas vezes ao detectar o que sei que acaba de encontrar: a terra da esterilidade.

— Misericordiosa Lynian! — solta ele, em choque.

O curadok checa e checa como se não conseguisse acreditar no que vê, os olhos imensos, perturbados. Em seguida, ele aperta os lábios com força exagerada, meneia a cabeça repetidas vezes enquanto, usando a chave mestra, remove a pulseira branca de metal do meu braço. A algema de uma existência inteira agora nada mais significa. Vejo a ação sem emoção alguma, anestesiada, e descubro que ainda me sinto aprisionada, cárcere de um novo mundo e de emoções que ainda não sei nomear.

— Quem lhe fez isso, Nailah? — indaga com a voz trepidante e o olhar de pena, muita pena. Meneio a cabeça, não respondo. Orgulho foi tudo que me sobrou, afinal. Aturdido, ele se afasta e desata a guardar os instrumentos de maneira atabalhoada. — Pode se vestir.

— Fui esterilizada? — Aproveito o momento em que o doutor está de costas para fazer a pergunta capital.

A última fagulha de esperança em meu peito se apaga ao ver sua cabeça assentir lentamente. Não há como continuar. *Acabou.*

— Então era isso? Mas se for... — O curadok parece ainda mais perdido em seus próprios tormentos do que antes. — Mãe Sagrada!

— O que está havendo, senhor?

Após um longo momento paralisado na mesma posição, ele solta o ar e se vira:

— O nobre que deu o lance em você colocou uma... — sua voz sai rouca demais ao me encarar de um jeito perturbado. — Uma *condição*.

— "Condição"? — Recuo, tentando me segurar como posso, incerta do caminho para o qual estou sendo empurrada.

— Sim, Nailah — ele diz com a expressão ainda mais sombria. — Seu *pretendente*... Bem, ele teve a audácia de me oferecer uma quantia generosíssima para que eu falsificasse meu atestado. Pior do que isso. Ele queria que eu não a examinasse. Disse que era a condição para manter o lance em você.

E, de repente, sou um terremoto de felicidade. Pernas, mente e espírito estremecendo com a notícia maravilhosa. Meus olhos umedecem e não consigo controlar o sorriso que ameaça rasgar meu rosto em dois, dez, mil pedaços.

Era Andriel! Sim, era ele!

— Acha engraçado? Isso não é apenas uma afronta à minha pessoa. Trata-se de crime — dispara ele com o cenho fechado. Paro de sorrir. Paro de respirar. — O nobre pode ter um sobrenome importante, mas ficaria em situação complicadíssima se eu levasse o caso ao conhecimento do Gênesis, como eu pretendia fazer assim que saísse daqui.

— "Pretendia"?

— Não posso denunciar, não mais. Afinal, seu pretendente conseguiu ver sua beleza por detrás das cicatrizes. De todas elas, pelo visto... — Sua voz falha, não consegue esconder a emoção que o toma. — Eu o julguei mal. É um sujeito que merece minha admiração, apesar de... bem... — Ele encara o chão, roça a garganta. — Apesar de tudo que te aconteceu, apesar de tudo que ele... — ele arfa, mas não completa a frase.

— "Apesar de tudo o quê"? Como assim? — eu o interrompo, agarro seu braço e o faço olhar para mim quando meras palavras são capazes de atear fogo dentro de mim. Medo e felicidade mesclados em uma nuvem impenetrável de dúvidas e expectativa. *Era Andriel ou não, afinal?* — Quem é ele, senhor?

— *Hã*? — indaga, confuso.

— O nobre que deu o lance em mim. Quem é? — insisto.

— E-então... Você não...?!? — Ele meneia a cabeça, livrando-se da minha pegada com urgência, como se eu tivesse uma doença contagiosa. Seus olhos se arregalam para, em seguida, ficarem distantes, perdidos em meio a uma batalha sangrenta. *O que ele sabia de tão comprometedor que não podia me contar?* Os pelos da minha nuca se eriçam. Meu instinto apita para o pior. — Eu preciso ir — diz num rompante, pegando a maleta e avançando como um raio em direção à saída. No instante em que alcança a porta, o curadok interrompe o passo e torna a olhar para mim. Ele puxa o ar com força, recompõe-se, e seu semblante volta a ser aquele do passado, gentil. — Desejo-lhe toda a sorte do mundo, Nailah Wark. Agora que a felicidade finalmente a encontrou, torço para que você seja capaz de recebê-la de braços abertos e não lute contra, como tem o hábito de fazer. O melhor da vida costuma chegar de forma não planejada, minha cara. Muitas vezes por caminhos tortuosos — sentencia sua certeza com um fiapo de voz.

Mas é num caldeirão de dúvidas que acabava de me arremessar.

Capítulo 6

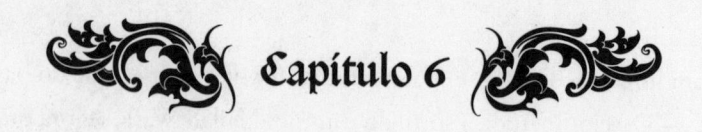

Fico tentando entender o significado das últimas palavras do curadok quando escuto um barulhinho suspeito. Giro a maçaneta, mas nada se mexe.

— Abra esta droga! — rosno ao descobrir que estou trancada.

— Achei as roupas escondidas na baia de Silver. Pensou que podia fugir? Que eu não conheço seus truques idiotas? — A risada maligna do meu pai ecoa lá da saleta.

Voo pelo aposento, escancaro a veneziana e me deparo com os dois soldados armados do Gênesis escoltando a minha janela. *Ah, não!*

— Eu te odeio! — esbravejo ao esmurrar a porta com todas as minhas forças.

— Sério? — retruca ele com desdém, para, em seguida, liberar outra de suas pílulas de maldade: — Pois sinto dizer que sentirá o mesmo pelo seu futuro marido, afinal, a brilhante ideia de vigiar sua janela foi dele e não minha.

Minhas mãos paralisam no ar, incapazes de se mover, quanto mais socar a porta. O mundo se desmancha. Nada mais faz sentido. *Por que Andriel faria isso? A não ser que...* Ando de um lado para outro como um bicho acuado, incapaz de compreender a sucessão de acontecimentos inexplicáveis e emoções conturbadas que se embaralham no meu peito. *Lute!*, é o que ordena meu instinto de sobrevivência, mas algo em mim havia se modificado, ainda que sutilmente, ao escutar as palavras do curadok, *que eu não precisaria mais lutar...*

Jogo-me na cama, entregue aos pensamentos desencontrados, subjugada pela exaustão de tantas noites em claro. Imagens indefinidas e uma melodia triste me guiam por caminhos desconexos. Um homem envolto em trevas aguarda por mim em um altar. Eu avanço para dentro da escuridão, serena, ao simples chamado da sua voz.

Venha para mim...

Mas, no meio do caminho, algo gelado e furioso sobe por minhas pernas. Entro em pânico ao me ver sendo engolida pelo oceano turbulento. Começo a me debater, mas não consigo sair do lugar, sinto a água me segurando, aprisionando-me, puxando-me para baixo. Berro alto, imploro por ajuda, a música ganha uma nota mais aguda, pulsa em minhas veias, e então uma mão grande e masculina surge à minha frente. Paraliso e a encaro com fascínio, raios latejando dentro de mim, como se uma certeza inabalável emergisse em meu cerne e afirmasse que aquela mão estendida não seria apenas a minha salvação, mas a paz que tanto almejei na vida.

— Acorda, infeliz! É o grande dia! As damas chegaram!

Não é o rosnado do meu pai que me faz despertar num sobressalto, mas o significado das suas palavras. Encaro a porta aberta por um momento, saio do aposento com passos hesitantes. Nefret está preparando o café e, da pequena cozinha, aponta com o nariz para as senhoras que me aguardam de pé na saleta. A cena seria cômica se meus nervos não estivessem por um fio. As três damas usam vestidos com saias tão bufantes que o já minúsculo cômodo parece ter encolhido ainda mais. Meu pai está espremido entre elas, rígido como um poste.

— Vou aguardar lá fora — ele diz, mais para conseguir algum oxigênio do que por educação, óbvio. — Venha, Nefret. Isso é coisa de mulher.

— O café está q-quase pronto — meu irmão responde lá da cozinha. — Irei em seguida com a sua x-xícara.

Papai me encara. Mesmo com a expressão de satisfação estampada nas rugas de sua face, a desconfiança ainda está ali. Ele bufa e sai, batendo a porta atrás de si.

— Aceitam um c-cafezinho? — oferece Nefret, e as mulheres apenas negam com a cabeça. Em seguida, vira-se para mim com a expressão triunfante. — Nailah, v-venha pegar o seu. Eu sei que não acorda d-direito se não tomar um gole, não é m-mesmo?

Disfarço o sorriso. Trata-se de uma desculpa para ficar a sós comigo. Caminho em sua direção e meus olhos se arregalam ao detectar o que se encontra ao lado da xícara fumegante: a chave do quarto do nosso pai!

Nefret havia conseguido!

— Vou levar o ca-café dele. Um dos soldados foi fazer uma v-visita ao sanitário bem na hora de d-descanso do colega, mas não sei quanto tempo o laxante da dona Cecelia vai s-segurar ele por lá — murmura ele com a cara endiabrada e uma sobrancelha arqueada. Controlo a vontade de rir. — Seja rápida. Não sei por quanto t-tempo vou conseguir manter n-nosso pai lá fora — sussurra e se vai, sorrindo ao passar pelas mulheres.

É agora ou nunca!

— Hum... — digo meio sem graça ao levantar um dos dedos e entregar minha caneca nas mãos de uma das damas que ainda sorri – toda animadinha, por sinal – para Nefret. — Preciso ir ao banheiro. É rapidinho.

Antes que elas digam qualquer coisa, desapareço dali como um raio. Abro o quarto do meu pai e voo em direção à sua cômoda, mas não há nenhum papel timbrado do Gênesis. Procuro e procuro. *Praga de Zurian! Deve estar com ele. Desconfiado como é, o maldito deve ter carregado consigo.* Vasculho todas as gavetas, cada canto. Sinto o tempo se esvaindo pelos meus dedos com velocidade apavorante. Nada. Simplesmente não encontro nada. Não sei quantos minutos gastei, mas já passou muito do que seria prudente. Escuto um barulho vindo da sala. *Argh, não! Preciso voltar!* Mas, quando estou prestes a sair do aposento, capto um brilho sutil pelo canto dos olhos. Um discreto feixe de luz trespassa uma fresta da veneziana e incide sobre a calça largada na cadeira da penteadeira, fazendo reluzir a pontinha de um pedaço de papel em seu bolso. Meu pulso dá uma quicada. *Será que...?*

Novos sons do lado de fora. Nefret tagarela em voz alta, o velho código para que eu desapareça o mais rápido possível. Estou exatamente na metade do caminho. Porta e calça comprida a uma mesma distância. Ruína e salvação a um mesmo número de passos. *O que fazer?* A voz de meu irmão fica ainda mais estridente, alertando-me da chegada iminente do nosso pai. A chave da porta queima entre meus dedos. *Preciso sair daqui, mas... preciso ainda mais saber quem deu o lance em mim!*

Faço-me de surda para os alertas bradados em minha mente e os avisos apavorados do meu irmão, voo até a calça, até o pedaço de papel que acena para mim como um chamado hipnotizante. Puxo-o de maneira atabalhoada. É um envelope.

Então a voz de Nefret se transforma num mero sussurro porque o mundo interrompe seu ciclone de destruição e para de girar. Meus olhos deixam de piscar. Meu coração para de bater.

Nada se mexe.

Tudo congelado. Tudo imóvel.

Nada e tudo.

Opostos e, no entanto, tão semelhantes no que geram dentro de nós.

Contemplo a rara quietude e a onda de felicidade dentro de mim e, de armas abaixadas, permito que a emoção me inunde, impregnando cada uma das minhas células e espírito. Meus olhos percorrem as trincas no brasão em cera vermelha que antes lacrara o requintado envelope, as rebuscadas letras talhadas nele, as mesmas elegantemente bordadas no lenço que ele segurava na estalagem, aquelas que eu reconheceria em qualquer lugar do mundo.

AB

Elas diziam tudo que eu precisava saber.

HAVERÁ O TEMPO EM QUE
NADA HAVERÁ

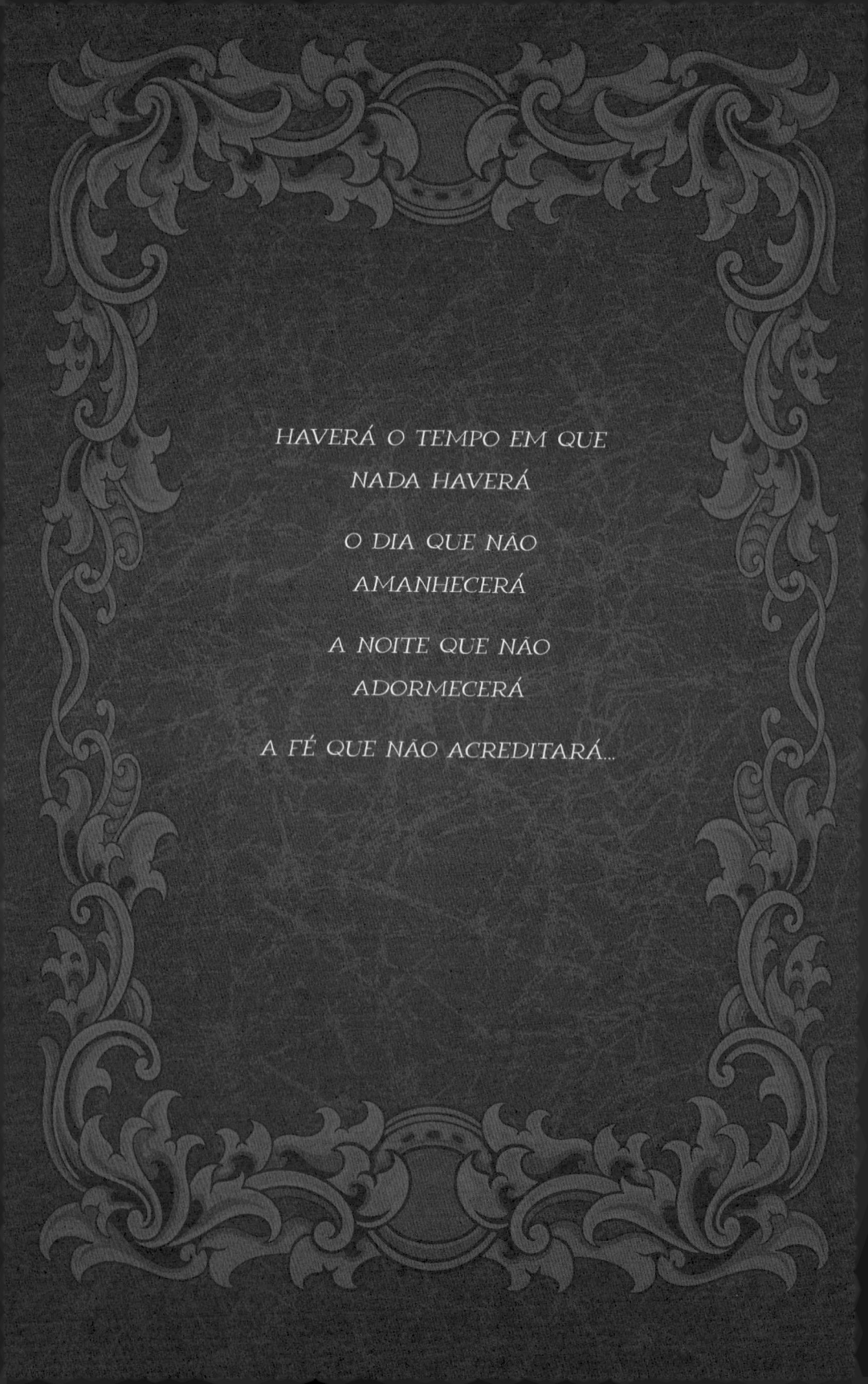

O DIA QUE NÃO
AMANHECERÁ

A NOITE QUE NÃO
ADORMECERÁ

A FÉ QUE NÃO ACREDITARÁ...

Capítulo 7

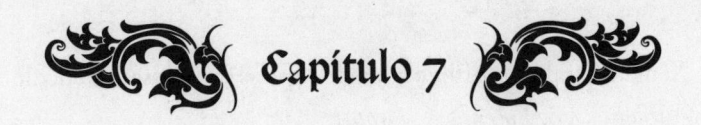

— Que Lynian esteja por ti! — dizem as três mulheres ao se curvarem para mim assim que colocamos os pés fora de casa. — Você não, meu bem! — corrige-me com carinho a senhora de mais idade quando ameaço imitar o gesto. — Eu sou Judith, encarregada pelo seu translado e preparo. Estas são Xênia e Wanda, minhas auxiliares. — Aponta para as duas damas mais novas que sorriem para mim, maravilhadas. — O lorde pediu que a paparicássemos com o que há de melhor, afinal, ele a quer bem-disposta para a noite de hoje. — Ela pisca, segurando o sorrisinho.

A noite de núpcias!!!

Pela Mãe Sagrada! Eu havia me esquecido completamente desse detalhe...

O chão ameaça desaparecer sob meus pés e começo a afundar, temerosa do que esperar. *Não de Andriel. Mas de mim.* De como eu reagiria a um momento tão íntimo. Depois da violência que sofri, minha mente bloqueou tudo relacionado ao assunto que agora me gerava apenas dor e repulsa.

— Não fique assim, meu bem — afirma ela ao me ver empalidecer. — É normal essa preocupação às vésperas da grande noite, ainda mais de um casamento tão às pressas como o seu. Mas, sabe, o nobre tem fama de ser um homem bom.

— E ele finalmente deu um lance! Todos achavam que o lorde mantinha um romance secreto com alguma garota impedida ou que...

— Xênia! — ralha Judith, e a aia de expressão travessa se encolhe. Engulo em seco. *Eu era essa garota...*

— Quem diria que uma mulher com a coragem de entrar na arena e lutar contra aqueles homenzarrões morreria de medo de uma noite de carícias? — Wanda mal escuta os protestos da mais velha e coloca mais lenha na fogueira. — Será por pouco tempo, esteja certa. Quando ficar confortável com a situação, homem nenhum conseguirá mantê-la no cabresto. Afinal, você é a *Domadora do Sol*.

— Eu sou o quê? — indago, aturdida.

— A Domadora do Sol, ora! É como todos a chamam. Não sabia? — dispara ela, deixando-me ainda mais tonta com essa notícia do que sobre a noite de núpcias. — Não se fala em outra coisa a não ser sobre a guerreira que silenciou os trovões e domou o sol, a mulher mais forte que apareceu neste mundo desde a Sagrada Mãe.

— Eu?!?

— Eu que não sou. — Xênia repuxa os lábios de um jeito cômico.

— Quietas as duas! Estão falando demais! Venha, Nailah — comanda Judith, conduzindo-me para o pomposo veículo que nos aguarda, situado entre outros dois do Gênesis com soldados armados até os dentes. Na certa para me vigiar e impedir qualquer tentativa de fuga.

Mal sabem os idiotas que estão me levando justamente para os braços da pessoa que eu mais queria...

É a primeira vez que entro em uma Sterwingen oficial, e, após o assombro inicial ao me deparar com tanto luxo, encolho-me em um canto. Sou escancaradamente o elemento fora de lugar, aquele que deve ser descartado em meio a tanta beleza. Com o vestido amarelo que deve ter pertencido a alguma garota mais baixa do que eu e que me fora arrumado às pressas, mais parece que estou embrulhada em um saco remendado. Jogo minhas pernas enormes para trás. Tenho vergonha não apenas dos meus calçados e roupas, mas da pele tão maltratada quanto tudo que me cobre. Há diversos hematomas e feridas por todo o meu corpo, marcas de uma corrida que também me presenteara com um apelido jamais imaginado.

— Não ligue para isso. — Judith toca de leve em meu queixo, fazendo-me olhar para ela. — Você é um diamante bruto. Ficará linda. Mais do que isso até.

Assinto com um sorriso tão amarelo e desbotado quanto os meus trajes. *Porque sei que jamais serei tão refinada como Andriel.*

— Você me ajuda? — peço, hesitante. — Não sei como...

— Estamos aqui para isso — diz e, sem perder tempo, dá o comando de saída para o condutor.

Nossa Sterwingen diminui a velocidade, escuto o som dos portões dos Meckil se abrindo e, assim que os atravessamos, sou nocauteada por uma enxurrada de sons desconexos, pessoas berrando, ordens bradadas com fúria.

— Que confusão é ess...

— Não! — Judith segura minha mão com força quando ameaço abrir a cortina para ver o que está acontecendo do lado de fora.

— O que está havendo que não posso ver?

— Sinto muito, são ordens. — Ela meneia a cabeça em negativa, o semblante taciturno confessa o que já sei: não pode dizer. — Se souberem que eu permiti, serei duramente punida. Não somente eu, mas todas nós — explica, e as demais garotas, pálidas agora, encaram as próprias mãos. Perco a reação. Jamais faria algo que deixasse outras mulheres em risco. Recuo. — Tente relaxar até chegarmos à casa de preparação — sentencia.

— Não vou direto para a fazenda?

— Ah, não. Vamos levá-la para o local mais avançado no preparo de noivas, onde será arrumada como uma princesa. Só então irá para sua futura casa. O lorde quer que seja ele próprio a lhe apresentar sua nova moradia.

— Unyan ficará de queixo caído com a festa que ele mandou fazer! — vibra Xênia, fazendo uma careta engraçada. As demais garotas riem e, de alguma forma, o clima pesado se desmancha.

Suspiro. Posso não olhar pela janela do requintado veículo, mas sei que a chuva cessou e dentro do meu peito o sol reluz.

Ah, meu amor...

Hoje não pensarei em mais nada, a não ser em mim e em Andriel.

E na vida que teremos juntos.

Não há ninguém por perto. A casa de preparação de noivas fica afastada da rua principal e, ainda assim, subo a escadaria de pedras claras escoltada por soldados do Gênesis. Eles fazem sinal para eu entrar enquanto permanecem do lado de fora vigiando o local com armas em punho. Ao passar pelas portas de carvalho, deparo-me com tantos ambientes suntuosos num único lugar, um número sem fim de espelhos, quadros e cristais espalhados por todos os lados, que me sinto tonta e cada vez mais embrulhada. Cinco mulheres vestidas como se já estivessem prontas para o casamento me aguardam ansiosas.

— Ah! — Uma delas bate palmas. — Que honra preparar você!

Outra delas não perde tempo, explica como deverei me portar durante a cerimônia. A mulher fala e fala e, tonta como uma idiota, fico tentando absorver todas as informações que se dissolvem no instante seguinte.

— Não vou conseguir. Eu sou... assim! — solto, com a voz estrangulada ao apontar em desespero para minha figura.

— Claro que vai! E, bom... Se não se sair bem logo de cara, não se preocupe, seu marido fará os convidados ficarem de boca fechada. Seja porque vai dizer alguma frase inteligente ou por respeito ao seu futuro sobrenome, um dos mais poderosos de Unyan.

— Ele... sempre foi muito modesto sobre isso — confesso, impregnada de orgulho pelo homem que amo. — Nunca se vangloriou de suas posses.

— Ora, não é um assunto que um nobre de estirpe comente, até porque...

— Aqui está! — Outra dama surge com uma bandeja de prata abarrotada de comida. — Para beliscar. Magda está te chamando, Fani. — Fani pede licença e se vai. — O lorde disse que a senhorita adora. Trouxe os mais bonitos que consegui, mas está fora de época. — Ela aponta para a vasilha de cristal repleta da frutinha vermelha que amo e que poucas vezes tive a chance de comer por ser rara e, portanto, somente da casta.

Ah, Andriel! Ele nunca se esquecia!

— Morangos! — Mal contendo o sorriso, enfio um punhado na boca.

— Calminha aí! Toda a Unyan presenciará o casamento e você não poderá passar mal por ter comido tudo que estava à sua frente como se fosse seu último dia. Lembre-se, querida, de que hoje é apenas o primeiro de uma nova vida.

⁂

Sou levada para o banho. Fico desconfortável em tirar a roupa na presença delas. Se já não o fazia perto das garotas de Khannan por causa das cicatrizes nas costas, depois que fui violentada essa sensação piorou. Tenho a sensação de que todos podem ver como sou por dentro, a vergonha marcada além da própria pele.

Elas percebem minha hesitação e, educadas, retiram-se. Removo o vestido horroroso e, pé ante pé, entro na banheira. Vou afundando e deixando a água quente massagear cada centímetro. Ou quilômetros, penso comigo mesma ao relembrar que, além dos ossos largos, tenho um metro e oitenta de altura. A sensação prazerosa, de que estou protegida, envolve-me de um jeito inédito. *Não é o sofá da Sterwingen o local mais confortável do mundo, afinal. É isto aqui.* Fecho os olhos e me deixo levar para os braços de Andriel, para um local que existe apenas em meus sonhos mais audaciosos, com uma grama verdinha e um céu azul-turquesa sem nuvens, irretocável. Em seguida, estou galopando com Silver em meio a um jardim de flores brancas, o sol ardendo em minha face. Meus pensamentos se atropelam, eufóricos. É tudo tão lindo e...

— Que bom que relaxou. Trouxe um pouco mais de água quente porque essa aí já esfriou. — Fani roça a garganta, despertando-me dos meus devaneios. — Agora vou desembaraçar sua cabeleira. O lorde a quer solta.

— Ele disse isso?

— Não — ela se corrige. — Ele ordenou. Foi a única condição em relação a sua apresentação. No restante, deixou tudo à nossa escolha.

Sorrio e assinto.

Sim, Andriel era louco por meus cabelos. Sempre arrancava meu véu quando ficávamos a sós, adorava deslizar seus dedos pelos cachos.

O banho termina e uma costureira me conduz para um aposento onde espelhos com molduras de flores douradas em alto-relevo cobrem três das quatro paredes. Uma janela deixa a luz do dia entrar, refletindo-a de lado a lado e clareando o ambiente de um jeito divino, tão luminoso, tão... *familiar*. Arfo, extasiada.

— A surpresa é a alma do negócio. — A costureira me lança uma piscadela ao cobrir os espelhos com cortinas estrategicamente montadas em suas laterais. — Poderosa Lynian! Quantos músculos! — Arregala os olhos ao remover meu roupão e me ver apenas com a peça de baixo. — Ah, não, meu bem! Não se encolha. Trata-se de um elogio! É que suas pernas e braços são tão... exuberantes e... fortes! Está explicado por que pôde competir com os hookers, o porquê de ter vencido.

Olho para ela sem saber o que dizer.

— É que, depois de tantos anos relegadas ao segundo plano, finalmente surge uma mulher com a força deles, mas com a nossa graça e inteligência. Depois de séculos de espera, chegou o momento pelo qual todas aguardávamos e isso é tão emocionante! — ela exulta, sem parar de trabalhar, passando de um lado para o outro com rapidez e habilidade impressionantes, sem me dar a chance de compreender o que está por trás de suas palavras. — Prontinho — solta, satisfeita, ao recolocar o roupão em mim. — Seu marido é, sem dúvida, um homem de muita sorte. Uma mulher como você é algo raríssimo de se conseguir.

— De comprar. — O pensamento inevitável escapole num murmúrio.

— Mas não no seu caso, né? — rebate ela com um sorrisinho torto enquanto desaparece por uma porta anexa.

Perco a reação.

Como não?

— Vamos lá! Está quase na hora, meu bem. — O rosto de Judith se ilumina ao me ver algum tempo depois com os cabelos e a maquiagem prontos.

As damas removem meu roupão, deixando à mostra a roupa íntima nupcial, feita de um tecido aperolado e transparente, como uma segunda pele. A costureira não perde tempo e conduz com maestria a colocação de tantos metros de rendas, pedrarias e tecido delicado. Vejo embasbacada as mangas deslizarem por meus braços e o decote bordado se ajustar ao meu colo com precisão impressionante. Mantendo a tradição dos nossos ancestrais, os vestidos de noiva não são amarelos ou coral, mas brancos.

— Pela Mãe Sagrada! Para que tantos? — indago, aflita com a demora para fechar a fileira interminável de botões, como diminutos diamantes, que sobem pelas minhas costas, da cintura até o pescoço.

— Para aumentar a expectativa do seu futuro marido, querida — ela diz, e risadinhas ecoam pelo ambiente. — Vai gostar que sejam muitos na hora H. As noivas ficam tão tensas que colocariam mais uma centena deles se pudessem.

— Liberem os espelhos — comanda a que parece a chefe do lugar no exato instante em que o último botão é atado à sua casa.

Engulo em seco, a expectativa nas alturas, sentindo-me mais aprisionada dentro do vestido de noiva do que em um Kabut.

Como num espetáculo, as cortinas de veludo bege se abrem.

E o meu queixo despenca em queda livre!

De início, acho que estou dentro de algum truque de mágica, que arrancaram minha cabeça e colocaram a de outra mulher sobre o meu pescoço, porque o rosto que me encara não é o meu. Essa não sou eu.

Devo estar sonhando...

Paro de respirar, temerosa que a imagem se desfaça, que eu vá acordar a qualquer instante e me deparar com a feiura da realidade. Giro o rosto à procura de respostas. Wanda nem pisca. Judith pisca sem parar. Xênia dá pulinhos.

— Cuidado! — guincha a maquiadora ao me ver levar as mãos ao rosto.

Minha pele não tem uma imperfeição sequer, está lisa e brilhante, até as sardas ficaram discretas. Mas isso fica em segundo plano ao dar de cara com eles, destacando-se como sangue na neve, mais reluzentes do que nunca, mas desta vez sem seus traços de ferocidade...

Meus olhos.

Esses não podem ser os mesmos de antes porque agora vejo beleza neles e através deles. Meus cabelos reluzem, arrumados em ondulações que caem pelos ombros e terminam em cachos moldados às costas. Algumas mechas foram presas no alto da cabeça e várias pedrinhas semelhantes a diamantes, como as que estão bordadas nas barras da saia e nas mangas do vestido, foram salpicadas em minha cabeça e dão o arremate final à delicada coroa de brilhantes. Catatônica, corro a visão pelo corpo inteiro.

O vestido é simplesmente, irremediavelmente, assombrosamente magnífico!

Tudo. Cada parte dele. Agora posso ver em detalhes o tecido branco cintilante, finíssimo, aderido como uma segunda pele ao redor de meus braços, colo e cintura, a saia caindo em uma cascata irretocável, dançando com a minha respiração acelerada, como se já estivesse em sua valsa particular.

— Obrigada — murmuro sem conseguir conter a emoção que me invade a alma, sem saber o que dizer além disso. — E-eu não, eu...

— Ah, não chore, meu bem — implora a maquiadora, mas é ela quem está com os olhos lacrimejantes.

— Mamãe... — escuto minha voz falhar, engasgada em um nó de emoções inesperadas que se desprenderam de meu peito e se alojaram em minha garganta. — Queria tanto que minha mãe e minha irmã estivessem aqui.

Queria que vissem minha melhor versão, que tivessem orgulho de mim, é o que não consigo dizer. Queria tanto o abraço da minha mãe, seus carinhos e seu sorriso luminoso para me aconchegar e me dar a certeza de dias melhores. *A vida é mesmo um espelho...* Ela mostra as carcaças, mas não evidencia o que está por trás de trajes lindos e expressões irretocáveis, o que guardamos na alma...

— Ah, Lynian do céu! Acalme-se, por favor. — Escuto o murmurinho emocionado delas, que me abanam e andam de um lado para outro, apavoradas que eu acabe borrando a maquiagem.

— Obrigada — repito.

E faço com o corpo o que não sei fazer com palavras: eu as puxo para um abraço apertado. As damas mal reagem. Parecem tão emocionadas quanto eu. Começo com Judith, que solta um muxoxo incompreensível e, meneando a cabeça, afasta-se fazendo bico. Xênia funga e as demais suspiram forte.

— Espere! Ainda não acabou — a chefe delas comunica.

— Não cabe mais nada aqui dentro, garanto. — Tento descontrair o clima ao apontar para a montoeira de tecido que me espreme por todos os lados.

— Aqui. Coloque-os — comanda, estendendo-me encantadores sapatos de salto alto. Eles são brancos, de bico fino, e exibem as mesmas pedrinhas brilhantes do vestido salpicadas por toda a sua extensão, como... *sapatos de cristal!*

— Não vou conseguir me equilibrar em cima desses dois palitinhos. Veja o meu tamanho! — digo em tom brincalhão, mas no fundo estou apavorada.

— Ah, não seja dramática. Isso é moleza para quem se equilibrou num thunder usando um Kabut.

— Mas é diferente! Tudo isso aqui é delicado demais e eu sou uma bruta.

— Faça o seguinte — a mulher diz com um sorriso condescendente: — apoie-se no seu pai e depois no seu noivo. Daí vá se apoiando em todas as pessoas até tomar jeito com a coisa. É simples, pode acreditar.

Alguém bate na aldrava.

— Está na hora — Judith acelera em dizer. — Você está estonteante, meu bem. Seu noivo será o homem mais orgulhoso da face de Unyan!

— E eu a mulher mais feliz do mundo por ter Andriel como marido — confesso, consumida pelo calor escaldante da emoção, tão cega de amor, tão...

Incapaz de notar as rajadas dos ventos glaciais que me aguardavam adiante.

Ou as faces pálidas que eu deixava para trás.

Capítulo 8

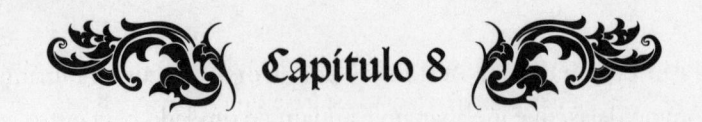

Deparo-me com a Sterwingen nupcial, o veículo alvo com frisos dourados ao redor das rodas e janelas que o Gênesis disponibiliza para os casamentos aristocráticos. Meu coração vibra ao ver o monograma nas portas, a imagem do homem magnífico que as rebuscadas letras douradas *A B* traziam pelas mãos.

Andriel Braun.

A bela miragem, entretanto, dissolve-se instantaneamente quando meu pai surge ao meu lado. Ele está irreconhecível por detrás de um traje de corte perfeito. Por mais que eu não queira admitir, reconheço nossas semelhanças. Fui a única a ter sua estrutura larga. Mas de mamãe herdei a coragem e, apesar dos cabelos vermelhos que colocou nos três filhos, somente eu fiquei com os olhos grandes como os dela.

Meneio a cabeça, sem conseguir entender...

Como uma mulher tão linda e educada como ela não foi escolhida por um aristocrata? Por que se casou com um colono rude como o nosso pai?

Aguardo alguma piadinha de mau gosto, qualquer implicância de sua parte, mas, para a minha surpresa, ele apenas me encara com a expressão atordoada, estendendo-me o braço. Com raro cuidado, ele me ajuda a descer a escadaria e, em seguida, a subir no veículo, que, assim como o que me trouxera para cá, também será escoltado por duas Sterwingens. Engulo em seco com a situação para lá de esdrúxula. *Tantos soldados só para me vigiar?* Dou de ombros e entro no requintado veículo. Dentro dele tudo também é branco e dourado: estofamento, tapetes e cortinas; e é ainda mais belo do que por fora.

— Serão quarenta minutos de viagem — meu pai comunica com a voz modificada ao se sentar à minha frente e não parar de me olhar, a face pálida demais. Se eu não o conhecesse tão bem, diria que está emocionado. Mas ele não se emociona com nada. Transformou-se em um bloco de gelo havia muito tempo.

Apenas assinto. Não há o que dizer. A Sterwingen começa a se movimentar. Como a anterior, também tem as janelas vedadas.

— Sua mãe... Você está tão... parecida — ele balbucia num tom gentil.

— Queria que ela estivesse aqui. Que me visse assim — confesso e olho para baixo, controlando a onda de saudades.

— Eu também.

Perco a voz e a reação. Acho que é a primeira vez que ele conversa comigo como um ser humano, como sua filha, desde que... Algo estremece dentro de mim. Ao menos isto temos em comum: as saudades dela. A dor que não acaba nunca. Diziam que com o tempo diminuiria. Mas não é verdade. Sinto-a em minha alma, nas chagas que se tornou a minha existência. *Minha mãe...* A ferida que nunca cicatrizou em meu peito e, pelo que parece, nem no do meu pai também.

Nossa dor.

Mudos, sentimos o imponente veículo avançar com velocidade pela estrada principal de Unyan e, ainda assim, o tempo parece não passar. Pelo caminho, cigarras nos saúdam com sua melodia estridente. Meu pai permanece calado, tão perdido em seus pensamentos quanto eu. Um solavanco mais forte. A buzina dá dois toques. *Chegamos!*

— Abram os portões! — alguém berra, tenso, em meio à cacofonia de sons, como se houvesse uma confusão acontecendo do lado de fora. — Liberem a janela da noiva! — comanda essa mesma voz assim que entramos na propriedade.

Um soldado remove a vedação da janela. Puxo uma grande golfada de ar, aliviada, ao me deparar com a claridade incidindo sobre mim e um entardecer agradável, mais claro que o normal. A temperatura subiu, mas a expectativa me faz suar frio. Em busca de respostas, coloco a cabeça do lado de fora e, esticando o pescoço, consigo ter um vislumbre do gigantesco portão todo esculpido em bronze onde dois thunders alados com crinas semelhantes a lírios se encaram. Há um batalhão de soldados armados do Gênesis o vigiando e protegendo.

— Que confusão é essa do lado de fora?

Meu pai se faz de surdo, lança-me um sorriso enigmático.

A Sterwingen acelera por vários minutos e nada de chegar à casa principal. *O lugar era imenso, então!* Sinto-me tão surpresa, tão idiota. Eu sabia que Andriel era rico, mas não foi isso o que me atraiu nele, e sim sua gentileza, sua decência, sua beleza estonteante. Andriel sempre fora tão discreto, nunca se gabou de suas posses. Eu devia ter notado que somente sendo muito rico para não se importar quando, virava e mexia, ele perdia alguma joia preciosa.

— Onde está Silver? — pergunto, ansiando por alguma resposta.

— Longe até que você cumpra sua parte nesse acordo. — A resposta rosnada me faz retornar à realidade. — Para que tome vergonha na cara e não tente nenhuma idiotice! Como já notou, fugir está fora de questão, mas se aprontar alguma e me fizer passar vergonha...

Claro! Não seria ele se não estragasse o momento. Acabara o raro instante de quietude e compreensão entre nós. *Se por acaso houve algum...*

— Hum. Do que tem medo, então, se já está tudo arranjado e meu pretendente passou pelo seu crivo de qualidade? — indago ao ver uma veia latejar em sua testa.

— "Crivo"?!? Nunca houve isso, infeliz! Era pegar ou largar. — Ele abre um sorriso sarcástico agora. — Mas, devo confessar, seu *único pretendente* — frisa — deu um lance generoso e ainda concedeu um dote extra para o seu irmão. Magnânimo, não? — Ao saber da notícia, meu coração sapateia no peito, explodindo de gratidão. *Ah, Andriel, meu amor...* Meu pai dá de ombros, solta um muxoxo. — Ainda assim, não passa de um idiota esnobe com suas falas articuladas.

— O senhor costumava elogiar os discursos dele no Shivir — devolvo.

Ele arregala os olhos e solta uma gargalhada. Travo o maxilar ao vê-lo debochar de mim, ciente de que perdi alguma pista crucial nessa piadinha idiota. Não vale a pena discutir. Não agora. Até porque serei eu a triunfar no final dessa história, quando cuspir na cara dele que o "idiota esnobe" é justamente o homem que amo. Se ele soubesse, era bem capaz de dar para trás. Respiro fundo e revido com a expressão inabalada:

— Veremos quem vai rir por último, *papai*.

— Ah, sim. Veremos.

A buzina reverbera novamente. O acorde alto de uma corneta faz meu coração dar um salto. *Estavam anunciando a nossa chegada!*

Levo a cabeça à janela e minha boca despenca quando, como se saindo de dentro de um dos meus sonhos encantados, uma mansão branca com colunas e escadarias de mármore começa a surgir no topo da colina à medida que a Sterwingen avança pelo caminho de terra vermelha ladeado por pinheiros. Ela reluz – majestosa – na paisagem. Uma árvore enorme, a mais larga e frondosa que já vi na vida, destaca-se pela lateral direita enquanto um jardim de flores amarelas a cerca por todos os lados. É tudo tão impressionante que tenho a sensação de que acabo de chegar ao paraíso.

— Ah! — arfo.

Até meu pai se cala, assombrado com a beleza do lugar. Engulo em seco ao ver tantas Sterwingens, cada uma mais sofisticada que a outra, estacionadas ao fundo da propriedade. O som da corneta fica cada vez mais alto. Engasgo de emoção, extasiada, incapaz de acreditar que não é outro dos meus delírios.

— Por que demoraram tanto? O patrão está deixando todo mundo maluco! — dispara exasperado um criado que surge na nossa janela assim que a Sterwingen para de se mover. — Venham por aqui.

Sempre vigiados por soldados do Gênesis, descemos do veículo com a ajuda de mais dois empregados uniformizados. A Sterwingen nupcial se vai. O entardecer está perfeito, quente e receptivo, mas, inexplicavelmente, a agradável sensação de acolhimento que me envolveu durante todo o dia começa a ser abalada de maneira sutil por discretas rajadas de vento e aflição. Escuto o murmurinho generalizado, parecem ser muitas pessoas, mas os altos arranjos de flores silvestres contornando o local da cerimônia obstruem a visão. Dois painéis, um superposto ao outro, vedam o caminho que deverei tomar a seguir.

A corneta para de tocar. As cigarras emudecem. A aflição aumenta.

Sigo o criado com dificuldade, equilibrando-me nos gravetos miseráveis, agarrando-me ao meu pai pela primeira vez na vida para me manter de pé.

Logo ele...

— Assim que a música começar, esses painéis vão se abrir e aí é só caminhar bem devagarzinho até o altar — explica o criado.

Meu pai me segura forte. Parece tão nervoso quanto eu.

E, finalmente, a melodia se faz presente.

De início muito discreta, um sopro distante apenas, como sussurros de pássaros. Ao ritmo das notas, os primeiros painéis se abrem como um leque. Feitos de um material translúcido e delicado, eles exibem uma rebuscada trama de flores e sóis de madrepérola que reluzem de um jeito magnífico. A melodia ganha corpo, os painéis abrem passagem para nós e uma passarela feita por um tapete de veludo vermelho toma forma por entre as duas fileiras de bancos lotados de pessoas em trajes belíssimos. Há pétalas brancas espalhadas por todo o caminho.

Outros painéis sobrepostos se afastam de maneira sincronizada e criam um espetáculo hipnotizante. Papai me dá um discreto cutucão, percebo que estou paralisada, que precisamos nos mover. De pé, a multidão de aristocratas me observa com sorrisos que poucas vezes recebi – *de admiração!* Vou andando bem devagar, pé ante pé, as pernas trêmulas. Rajadas de vento fazem algumas pétalas planarem no ar.

— Sorria — papai ordena num murmúrio seco.

Improviso um sorriso com dificuldade.

Porque só vejo borrões. Porque não sou boa em sorrir.

Onde ele está? Preciso apenas de um vislumbre do seu rosto perfeito para usar como combustível, para que o meu sorriso rígido e artificial se alargue naturalmente e minha certeza se torne inabalável, para me fazer esquecer esses saltos malditos e voar até o altar, que, para minha surpresa, fica ao nível do chão e não na parte alta, como de praxe.

Em vão.

As pessoas se amontoam para as beiradas dos bancos e, mesmo com a minha altura, não consigo enxergá-lo. Meu coração dá pinotes no peito como um cavalo bravo, como se tentasse se libertar ou me alertar de algo, como se alguma coisa ali estivesse errada. O céu ganha tons escuros. O vento lança suas notas sombrias e se une à orquestra de violinos. Ainda assim, não encontro oxigênio no ar. Não posso me deixar dominar pela ansiedade. Acelero o passo, mas meu pescoço parece ir mais rápido que meus pés. Estico-o de maneira nada elegante, agoniada. Preciso ver o rosto de Andriel e calar de vez essa nota desafinada que reverbera em minha mente, conter essa aflição desenfreada e sem explicação, mas não encontro ninguém no altar.

O que está acontecendo, afinal? Onde está Andriel?

Nuvens pesadas surgem no horizonte, avançam pelo lugar com velocidade impressionante, e, à medida que a melodia ganha acordes cada vez mais altos e a multidão estupefata vai ficando para trás, pelo canto dos olhos capto o movimento de uma pessoa na primeira fileira, mais alta que as demais. Ela mantém a cabeça abaixada, mas caminha na mesma direção para onde eu e meu pai estamos indo.

Meu coração é catapultado para a boca, meus pés se recusam a dar mais um passo sequer, jogo o corpo para trás. O vendaval piora, levando tudo pelos ares num tufão de fúria e inconformismo.

Não pode ser! Isso não está acontecendo!
Não. Não. Mil vezes não!
NÃOOO!!!

Capítulo 9

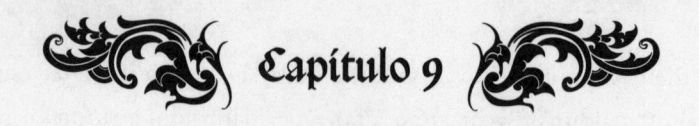

Trovões. Tormenta. Escuridão.

Nuvens pesadíssimas encobrem tudo num piscar de olhos. Rajadas de ventos implacáveis como um tufão e frias como a desesperança congelam meus ossos, navalham os rostos e os meus sonhos, arremessam cabelos, exclamações e arranjos de flores para todos os lados. Ainda assim, nada importa, nada é capaz de ser mais violento que o tornado de dor e revolta que acontece dentro do meu peito. A compreensão arranca-me o chão, o buquê despenca, pétalas de lírios se desmancham no ar, destroçadas como meu coração.

Como eu.

Porque instantaneamente reconheço o movimento cadenciado e elegante.

Porque vejo cabelos negros onde deviam estar cachos alourados.

Porque esse que vem em minha direção é Ron Blankenhein, o cretino aleijado, o mulherengo inveterado que disse que nunca se casaria, que teve a audácia de me propor ser sua amante por me achar baixa demais!

— Não — murmuro num engasgo afônico ao tentar me desvencilhar.

Mas meu pai não me solta. Ao contrário, seus dedos afundam com força exagerada na minha carne, me machucam.

Então compreendo a grande farsa.

Ele nunca esteve ali para me apoiar. O tempo todo sua intenção era me forçar a ir até o fim, assegurar-se de que eu não fugiria para que ele pudesse receber seu tão sonhado dote. Giro o rosto em todas as direções, perdida, procurando desesperadamente por Andriel em meio à multidão descabelada que me observa com bocas e olhos escancarados.

A ventania piora. A música desafina. Trovoadas fazem o chão estremecer.

— O bonitão não é para o seu bico. Era esse daí ou Lacrima Lunii, entendeu? — Cravando os dedos em mim, tenso com a drástica mudança climática e a confusão montada, meu pai rosna em meu ouvido antes de se abaixar para pescar o buquê.

A punhalada final.

Andriel não era para o meu bico. Lacrima Lunii.

Em meio aos acordes altíssimos do vento e à atordoante ópera da decepção, deixo-me ser arrastada pelo restante do caminho como uma morta-viva, duas frases pulsando em meu peito como batidas de um coração mortalmente alvejado, mas que, guerreiro como a dona, ainda lutava para sobreviver.

Andriel não deu o lance em mim, não me quis.
Ron Blankenhein foi tudo que me restou.
Andriel não deu o lance em mim, não me quis.
Ron Blankenhein foi tudo que me restou.
Andriel não deu o lance em mim, não me quis.
Ron Blankenhein foi tudo que me restou.

E, para o meu total e mais absoluto atordoamento, dou de cara com uma parte desconhecida dentro de mim que não está furiosa. Surpreendentemente ela parece aceitar a insana situação de bom grado, disposta a colocar panos frios na ofensa que o cretino me fez com a terrível proposta, e sussurra em meus ouvidos que, apesar de ser um conjunto de coisas insuportáveis, um mulherengo pervertido, um covarde até os ossos, Ron era um homem de alma bondosa. Foi ele quem, dia após dia, apareceu para me visitar quando eu estava no fundo do poço, o ombro que não tive, a risada nos momentos difíceis.

Meus olhos encaram, atônitos, o rapaz que manca mais que o normal e...

As trovoadas cessam. A ventania perde a força. As pesadas nuvens se dissipam.

Como mágica, os destroços da tristeza e das perturbadoras verdades se assentam, assim como o rancor que eu aprisionava na alma ao vê-lo dessa maneira, tão diferente do sujeito altivo e sempre seguro de si.

Tão tenso quanto eu.

O pensamento me choca – e me toca – profundamente.

Com os cabelos negros arrumados para trás, Ron está impecável no exótico e requintadíssimo sobretudo branco com as mangas e a gravata bordadas com fios prateados idênticos aos do meu vestido. A bengala negra fora substituída por uma branca, onde colocou a ponteira do thunder alado que tanto adora. O nobre mantém a cabeça abaixada enquanto se aproxima, como se contasse os passos, como se também estivesse com medo de ir com a boca ao chão, o peito subindo e descendo a uma velocidade apavorante. Por um instante, acho-o tão frágil...

A triste compreensão me acerta a face como um soco.

No final das contas, foi melhor assim.

Eu não condenaria a perpetuação da linhagem do homem que eu amava.

Uma rajada de alívio – quente e reconfortante – penetra por minhas narinas. Solto o ar aprisionado no peito. A claridade se faz presente, assim como a certeza que me invade: Ron só estava interessado em uma amante e eu não o queria como marido, bem longe disso. Mas, enquanto vivêssemos esta farsa, eu teria Silver comigo, estaria livre de Lacrima Lunii e iria atrás da minha vingança.

Sim, podia dar certo!

Meu pai interrompe o passo e os meus pensamentos atropelados a menos de um metro para chegar ao meu futuro marido, que ainda mantém a cabeça baixa e não me olha nem uma vez.

Era algum tipo de ritual? Algum protocolo que seguia à risca? Logo ele, um fanfarrão que vivia implicando com as regras estúpidas desta sociedade?

Com um sorriso vitorioso, o sr. Wark se aproxima e, antes de virar as costas e ir embora, sussurra em meu ouvido:

— Quem riu por último, hein?

Travo os dentes, mas, ao girar o rosto, perco o ar de vez ao dar de cara com a mão – sem os extravagantes anéis – estendida em minha direção.

Ela é repleta de calos, marcas de uma vida inteira apoiada em muletas, *como a minha...*

E, apesar de tudo, tenho pena.

De Ron. De mim.

Do que somos.

Observo-a paralisada. A mão é grande, masculina, e, no entanto, treme como a de uma criança assustada. Ron permanece ali, com a cabeça baixa, tão humilde para um homem que poderia se valer de sua posição. Algo esquenta em meu peito, como se uma fogueira acabasse de ser acesa dentro de mim. O fogo é brando, mas acalenta, desintegra hesitações e, surpreendentemente, traz consigo algo raro: paz. Minha mão se liberta e, por conta própria, vai ao encontro da dele. No instante seguinte, seus dedos gelados embrenham-se aos meus com vontade atordoante.

Então, Ron finalmente eleva o rosto e me comove ainda mais. A face rubra se destaca na pele alvíssima, os olhos negros brilham como nunca e seu sorriso é gigantesco, destes que mostram até os últimos dentes. O nobre parece mais do que satisfeito, ele irradia felicidade. Meu coração dá um salto inesperado.

Não pode ser. Isso é loucura. Ele realmente gosta de mim?

Ron leva minha mão à boca e, após depositar um beijo demorado, afunda o rosto nela e torna a fechar os olhos, como se respirasse aliviado. Dou pela falta de uma das reluzentes argolas de ouro, o mais chamativo dos três brincos que sempre usa.

— Está deslumbrante — diz ao reabrir os olhos.

— Qual é o seu nome, afinal?

— Aaron. — Ele pisca e me puxa para junto de si. — Mas prefiro meu apelido de infância, docinho. — *Óbvio! O monograma AB não se referia a Andriel Braun, mas a Aaron Blankenhein! Que brincadeira de mau gosto o destino tinha planejado para mim! Não fugi quando tive a chance por achar que o lance era de Andriel. E agora aqui estou...* Resgatando-me dos meus devaneios, Ron sussurra com a voz rouca e emocionada próximo ao meu ouvido: — Obrigado.

Estreito os olhos em sua direção, confusa. *"Obrigado"? Por quê?!?*

Fico tentando desvendar o significado do agradecimento sem sentido enquanto a música diminui e Ron me conduz até o altar. Dou de ombros. De nada adiantaria. Meu tempo estava esgotado de qualquer forma. Ele foi o único que me quis. *E se o pretendente tivesse sido algum nobre detestável?* Me casar com Ron não era o sonho da minha vida, mas também não seria o pior dos meus infortúnios.

O servo da Mãe Sagrada faz um discurso empolgado, mas pouca atenção dou às histórias que conta sobre casais apaixonados e finais felizes.

Porque nunca será o nosso caso.

Olho de esguelha para Ron, que se vira para mim e sorri. Não há o menor traço de divertimento. Ele realmente sorri para mim, um sorriso sincero, e, como um passe de mágica, o que restou da minha raiva acaba de evaporar. Por mais louco que possa parecer, dentro da nuvem de frustração e de derrota que me sufoca e aprisiona, sinto-me bem em vê-lo feliz. Mais satisfeita do que poderia imaginar. A compreensão do que se passa diante dos meus olhos me sensibiliza. Ron sabia do trágico destino que me aguardava assim que eu passasse pela vistoria médica e devia se sentir tão culpado pelo que aconteceu comigo naquela estalagem que decidiu salvar minha vida, pagando com a moeda que lhe era mais cara: a própria liberdade.

O sentimento de gratidão me aquece por inteiro ao me dar conta da perturbadora verdade: *Ron foi o único que me quis!*

O religioso acaba seus proclamas e pede que repitamos palavras complicadas. Eu o faço com dificuldade. Ron consegue ser ainda pior. Sua voz arranha, falha várias vezes, ele esfrega o rosto, disfarça. *Está segurando o choro?* Assisto-o apertar os olhos e, com uma grande tragada de ar, terminar sua fala com a voz embargada. Escuto a comoção da plateia, em especial das pessoas sentadas nas primeiras filas. Mais soluços ecoam pelo lugar. *Estariam tantos tão emocionados assim também?*

— Podem colocar as alianças — comanda o servo da Mãe Sagrada.

Ele percebe meu estado aturdido e aponta a aliança sobre uma minúscula almofada branca. Eu a pego e, para meu atordoamento ainda maior,

Ron me lança uma piscadela ao me estender o dedo anelar da mão direita. O religioso acompanha o movimento, trava os lábios em uma linha fina, mas nada diz, como se já estivesse ciente do fato. Estremeço ao perceber o gesto tão atencioso, gratidão brotando mais e mais.

Ron havia aberto mão da aliança na mão esquerda porque eu não tinha um dedo anelar na minha!

— Sua vez, senhor — o religioso se dirige a ele.

Ron apoia a bengala e leva a mão ao bolso interno do sobretudo branco, de onde saca uma aliança com um magnífico diamante incrustado. Com o olhar cintilando, ele segura minha mão direita e a coloca no meu dedo anelar. O religioso finaliza a cerimônia e diz que ele já pode me beijar. Ron se aproxima e deposita um beijo terno e demorado em minha testa.

— Vou lhe fazer feliz, nuvenzinha — sussurra.

Sem perder tempo, ele infiltra os dedos entre os meus, a mão suada envolvendo a minha enquanto me puxa para junto de si. Sua fisionomia se ilumina ao olhar para a plateia, exibindo um sorriso rasgado e ainda maior do que antes.

Começamos a fazer o caminho de volta pela passarela, contemplados por uma salva de palmas ininterruptas.

Uau! Ron era mais que querido ali!

Sem parar de sorrir, ele vai agradecendo com meneios de cabeça a cada uma das pessoas, a cada banco que cruzamos, gira o rosto para todos os lados, parece uma criança transbordando contentamento. As passadas não estão mais incertas e o andar é altivo e cadenciado, plenamente recuperado. Sua mão, entretanto, segura-me com força exagerada o tempo todo, parece temer que eu vá tentar fugir a qualquer instante.

Vamos avançando pelo tapete vermelho. A melodia de violinos ficou alegre, tão feliz quanto as pessoas que nos recepcionam. Ron encontra Oliver entre os convidados e seus passos se interrompem. Oliver tem o rosto encharcado de lágrimas e as argolas de ouro reluzem como nunca. O empregado não está apenas emocionado, parece orgulhoso. Ron quebra o protocolo e o puxa para um abraço. Ninguém fica escandalizado ao ver um nobre fazer isso com um criado em público. Ao contrário, vários deles admiram o atípico gesto de afeto entre patrão e servo, mesmo sendo uma cerimônia de casamento. É Oliver quem rompe o contato, cumprimenta-me com uma discreta reverência para, em seguida, dizer alguma coisa no ouvido de Ron, que joga a cabeça para trás e solta sua estrondosa gargalhada. Gosto de escutar o som de sua risada. De alguma forma, ela abranda minhas chagas e ameniza o momento, o truque que se transformou em sua marca característica. Mas não acho que seja isso desta vez. A gargalhada é autêntica, *como se o nobre fosse o homem mais feliz da face de Unyan...*

— Venha comigo — sussurra Ron novamente assim que chegamos ao final da passarela e os convidados se dispersam pelo jardim.

E eu vou, sem contestar, sem sentir nada, anestesiada pelo momento tão estranho e pela confusão de sentimentos embaralhados em meu peito.

Nada aconteceu conforme eu sonhava.

Nada aconteceria conforme eu esperava.

Nada mesmo.

Capítulo 10

Ron me guia até a mansão branca sem proferir uma única palavra, detém-se diante da majestosa porta de madeira com esculturas de lírios em alto relevo e encara a aldrava prateada de um jeito intenso. O tremor de seus dedos se espalha por minha pele.

O que está acontecendo aqui, afinal? Ele não vai aproveitar a festa com seus convidados? Será que já quer…?

— Quero que conheça uma pessoa — diz com a voz rouca, como se tivesse a capacidade de ler meus pensamentos.

Ah!

Trazendo-me ainda mais para perto de si, ele respira fundo e bate algumas vezes, intercalando os toques como num código. A porta se abre em seguida.

— Senhor?!? — O criado que havia me recepcionado na Sterwingen o saúda fazendo uma reverência meio atabalhoada.

— Onde está Margot, Ernest?

— Na cozinha. Chorando — confessa o serviçal. — Margot! É o sr. Aaron! — Seu berro ecoa pelo lugar de pé-direito impressionantemente alto e faz o piso de mármore vibrar. Sobre um felpudo tapete creme, uma mesa de jantar imensa, de madeira clara com veios marrons, ocupa posição de destaque. Há velas acesas em castiçais, sofás, cristaleiras e flores por todos os lados, tudo em tons claros e elegantes. Observo, boquiaberta, a enorme quantidade de vasos, esculturas sob redomas de vidro em pilares de mármore, além de quadros com rebuscadas molduras douradas espalhados por todos os cantos do lugar. Uns são lindos, outros nem tanto, parecem muito antigos e ainda mais desgastados que o vitral do salão nobre de Khannan. *Seriam as tais raras e caríssimas obras de arte dos nossos ancestrais que Nefret tanto comentava?*

— Vou lá chamá-la, patrão.

Mas não é preciso. Uma senhora gorducha entra correndo na requintada sala.

— Estou de volta — Ron comunica de estalo.

— Ah, meu querido! Que dia feliz! — ela responde com o rosto tomado por lágrimas.

Ron a puxa para um abraço também. *Ele abraçava todos os criados como se fossem da família?!?* Eu via a expressão de repulsa quando os aristocratas olhavam para os colonos. Os Meckil tratavam seus criados com, no máximo, educação. Mas isso aqui, esse momento tão... *humano* me deixa sem ação. Blankenhein é, de fato, um sujeito cheio de surpresas.

— Como *ele* está? — Ron indaga assim que o abraço se desfaz.

— Acordado, senhor — vibra ela, felicíssima. — Desde cedo!

Ron assente, satisfeito, mas vejo a expectativa se refletir em seu semblante.

— Ah, mil perdões pela falta de educação! Seja bem-vinda a Greenwood, a propriedade secular dos Blankenhein, caríssima senhora. Sou Margot, sua serva. Conte comigo para o que for preciso e farei de tudo para que se sinta à vontade. Se precisar de algo, qualquer coisa, providenciarei com satisfação e...

— Shhh! Calma, Margot — Ron acelera em dizer. — Você a está assustando.

— Ah, sim... Claro, claro. Desculpe, senhora.

— Vou falar com ele — Ron avisa, a voz repentinamente baixa demais.

— O-o senhor vai...? — Ela arregala os olhos, suas bochechas ficam vermelhas como tomates, parece que vai ter um treco.

— Por favor, deixe-me a sós com a sra. Blankenhein, Margot.

Sem conseguir conter as lágrimas, a criada de olhar bondoso se afasta a passos trôpegos, desaparecendo pela parte inferior da imponente escadaria de mármore. Assim que ficamos a sós na imensa sala, Ron encara os degraus por um longo momento. Uma veia lateja em seu maxilar e sua postura fica rígida.

— Consegue subir com esse vestido? — indaga ele com a voz modificada. Aliás, está tudo modificado. Sério assim, ele parece outra pessoa. Outro Ron. Meneio a cabeça. — Ótimo. Então vá na frente, docinho. Isso aqui vai demorar um pouco.

Não entendo o que quer dizer, mas como ele tem o olhar distante, preso em algum tormento particular, dou de ombros e faço como me pede. Apesar da montoeira de panos me espremendo por todos os lados e dos gravetos malditos sob meus pés, consigo subir os degraus sem dificuldades. Ao chegar ao topo, viro-me para baixo e, após ver o belo sobretudo branco ser largado sobre o sofá, assisto, comovida, ao que acontece neste exato momento:

Ron está travando uma batalha contra o próprio corpo.

Vejo o suor escorrer por sua testa, o rosto vermelho pelo esforço, os dentes trincados e o tremor acima do normal.

— Fique onde está! — ordena ele com a voz austera ao me pegar descendo os degraus na intenção de ajudá-lo. Então aperta os olhos com força, como se empurrando a ira para algum canto obscuro, e torna a me encarar. — Obrigado, mas tenho que fazer isso sozinho — afirma de um jeito educado, porém sombrio. Compreendo o que não é dito. Reconheço a escuridão que toma o ônix de seus olhos. Ela é minha companheira de vida. Ron está lutando contra seus demônios. — Além do mais, não posso deixar que estrague esse vestido, caso caia rolando comigo por aí.

Ele me lança uma piscadela e continua sua luta, degrau por degrau. Teria que ser por um motivo e tanto para valer tamanho esforço. Algo em mim, entretanto, afirma que não é o defeito na perna que o impede de ir mais rápido, que existem outras travas em seu espírito, e, por um breve instante, tenho a impressão de que temos mais em comum do que eu poderia imaginar.

De fato, minha ajuda não é necessária. Ron vai avançando de forma lenta e determinada, logrando degrau por degrau até parar ao meu lado com a respiração ofegante e um sorriso triunfante a lhe iluminar a face suada.

Sem a minha autorização, um mínimo sorriso – de pena ou cumplicidade, não sei dizer – surge em meus lábios. Ron não hesita, segura minha mão e me conduz em direção à maior de todas as portas no final de um corredor repleto de pinturas a óleo e tapeçarias. A tensão permanece na negritude de seus olhos enquanto ele dá uma batidinha de leve e, segundos depois, uma senhora de cabelos grisalhos surge, colocando apenas a cabeça para o lado de fora.

— Sr. Aaron...?!? Ah, Mãe Sagrada! — A porta se abre e uma serviçal se joga sobre ele, abraçando-o com vontade. Ela é tão pequenina que sua cabeça bate na cintura de Ron. — Foram os deuses que mandaram essa moça para nossas vidas — ela comemora, olhando vidrada para mim ainda dentro do abraço de Ron.

— Foram, sim, Babim — ele concorda baixinho, observando-me de um jeito penetrante, como se quisesse dizer mais, como se eu fosse seu milagre.

Não! Nada disso! É o que quero berrar, mas não há voz em minha boca ou coragem em meu espírito.

— O sr. Alton assistiu à cerimônia sem piscar — revela a criada de repente. Pela forma como diz, deve ser uma notícia maravilhosa.

— Ele não estava...?

— Não! Ele... — Ela engole em seco. — Estava atento.

A fisionomia de Ron fica ainda mais viva.

— Deixe-nos a sós por um momento, Babim.

— Mas ele pode precisar de algum remédio, pode mexer com seus nervos fracos — rebate ela, aflita, olhando de relance para a cômoda. Acompanho seu olhar e vejo uma quantidade enorme de medicamentos. Apesar das venezianas abertas, o luxuoso lugar parece abafado, como se o ar ali fosse mais pesado.

— Fique por perto.

— Está bem, senhor. Com licença — relutante, ela assente e se vai.

Ron puxa o ar com força, torna a segurar minha mão e, acompanhando seus passos hesitantes, entramos no aposento e contornamos a cadeira de espaldar alto que está diante da ampla janela. Ela é forrada por um tecido marrom-claro que, embora refinado, encontra-se puído em alguns pontos.

— Pai, essa é Nailah, minha mulher. — O pomo de adão de Ron sobe com força, evidenciando a tensão que o consome antes de pronunciar tão poucas palavras. A forma como ele as diz me faz estremecer. Ron parece orgulhoso com o fato, como se eu fosse uma conquista maravilhosa.

Sentada na cadeira, a pessoa que surge em meu campo de visão é um senhor de estatura alta e cabelos brancos, barba bem aparada e fisionomia distante. Como uma estátua, o apático homem continua a olhar pela janela, para os bancos, agora vazios, do gramado no andar abaixo. *Será que assistiu mesmo à cerimônia? Conseguira enxergar através da estranha nuvem que lhe embaça os olhos?*

— Pai, a partir de hoje as coisas serão diferentes, serei o filho que sempre sonhou, sentirá orgulho de mim novamente — afirma, mas o homem não se mexe. — Pai, você consegue me ouvir? Olhe para mim! Pai, por favor, hoje é um dia muito importante, fale comigo — Ron implora agora.

Vejo o tremor dominar seus nervos, voz e mãos. Ron se sente incapaz, tão deficiente com as palavras quanto é com a perna. Aqui sua fragilidade me comove e ele em nada se parece com o bon-vivant petulante de postura descontraída e visão mordaz sobre as coisas. Presencio a decepção deformar seu semblante, todo o otimismo se desintegrar pelas gotas de suor que rolam por sua testa (e a lágrima que ele disfarçadamente enxuga). Sinto pena novamente. Dele. Do pai. Da triste situação.

— Pai, por favor. — Sua voz falha. — Conheça sua nora, a mulher que vai realizar seu grande sonho, que vai lhe dar o que mais deseja na vida: netos!

Então, como se despertasse das profundezas de um oceano sombrio, o senhor de pele clara e olhos tão negros quanto os de Ron se vira para mim e, por uma mera fração de segundo, tenho a sensação de que ele está presente, de que é realmente capaz de me enxergar. Mas quem cambaleia e afunda na escuridão ao escutar o inimaginável comentário sou eu.

Sagrada Lynian! Então Ron não tinha conhecimento de que eu havia sido esterilizada?!? Mas... por que o curadok arriscaria sua reputação ao fazer isso?

Não tenho culpa da situação em que estou; ainda assim, sinto-me uma impostora. Imaginei que Ron não queria ou não poderia ter filhos, que havia dado o lance em mim por pura piedade, por se sentir culpado com o que houve comigo naquela taberna maldita. Não queria ser eu a condenar a descendência dele, muito menos o terremoto a destruir o que restou de intacto da alma desse pobre senhor, dessa gente que parece tão carente de alguém que, com certeza, não sou eu. Porque jamais, de maneira alguma, eu poderei realizar esse sonho.

Porque, assim como o dia é claro e a noite é escura, a verdade era indiscutível: eu não poderia ser mãe e nunca lhe daria netos.

— Mas que droga! — Ron perde a compostura, pragueja alto. — Por que tem que ser sempre tão difícil? Eu estou aqui, não enxerga? Fiz a minha parte! Por que não faz a sua? Por que não se esforça também, inferno?

O pai solta um gemido baixo e começa a chorar, a soluçar como uma criança, os ombros sacudindo com violência. Ron o abraça, pede desculpas, exige que acorde, implora mil coisas ao mesmo tempo. Está desorientado, completamente perdido.

— Ah, não! — Babim surge como um relâmpago pelo quarto. — Uma crise!

— Por que ele não reage? — Ron afunda a cabeça nas mãos. — Era tudo que ele queria, não era?

— Sr. Aaron, não insista. O sr. Alton está muito emocionado... seu casamento... você aqui... É demais para um único dia!

Babim coloca um comprimido sob a língua do homem e, assim como retornara à superfície, instantes depois o rosto perde o brilho e torna a afundar, submergindo para o lugar que o mantinha aprisionado. Ron não desiste, balança os ombros do pai, quer que ele volte a qualquer custo, mas o coitado já se foi, não está mais ali.

— Deixa ele descansar — murmuro, ainda atônita com a cena, com tudo.

Ao escutar minha voz, Ron apruma o corpo e retorna ao mundo real, como se, por descuido, tivesse deixado cair uma máscara na minha presença.

— C-claro. Tem razão. — Ele pisca algumas vezes, seca o rosto, ajeita a gravata. — Não sei o que deu em mim, eu... — diz com a voz muito grave. — Vamos. Os convidados devem estar estranhando nossa ausência.

Ao sairmos do quarto, ele torna a sorrir, como se deixasse a tristeza para trás daquela porta. *Ao menos, aparentemente.* Olho para a escadaria que ele terá que enfrentar, mas, para minha surpresa, desta vez sua expressão não me parece tensa. Ao contrário, ela está travessa como de costume. Respiro aliviada. Acabo de descobrir que me sinto à vontade com esse Ron de expressão marota e petulante, mas que não sei lidar com sua outra face, a séria e emotiva.

— O que está planejando?

Ele alarga o sorriso como quem bola uma diabrura memorável.

— Tem muito tempo que não faço, mas... Vem cá! — ele me chama com o indicador assim que se encosta no largo corrimão.

Aproximo-me e, pegando-me de surpresa, ele me agarra pela cintura com uma facilidade atordoante, joga sua bengala sobre mim e então... Estou no seu colo escorregando corrimão abaixo com velocidade, os cabelos voando com a inesperada rajada de vento. Solto um gritinho, mas a sensação é maravilhosa e me faz sentir viva, da forma como somente Silver consegue. Ron aperta meu corpo contra o dele e gargalha alto. É tudo tão rápido quanto um piscar de olhos. No momento seguinte, escuto o baque da bengala e estamos de pé no meio da imponente sala, arfando.

— Seu maluco! — reclamo só para não perder o hábito, porque sei que é o que ele espera que eu faça. — Podia ter estragado esse vestido caríssimo. Como eu faria para cumprimentar os convidados?

Ron esquadrinha meu corpo de cima a baixo. Seus dedos deslizam com delicadeza por meu rosto e arrumam uma mecha que se desprendeu. O movimento é tão deliberadamente lento, tão cheio de significado que me deixa sem graça. Tenho a sensação de que ele está memorizando tudo, como se quisesse gravar minhas reações e guardar essa recordação para sempre.

Como se soubesse que nós não ficaríamos juntos no fim das contas...

— Jamais deixaria que isso acontecesse. — Ele pisca, malicioso, fixando o olhar na minha boca por um longo momento. — Mas também não me importaria em colocar essa multidão para correr se tivesse ciência de que sua vontade de estar a sós comigo é tão intensa a ponto de não conseguir se aguentar de desejo, como é o meu caso. — O negro do seu olhar reluz luxúria e algo mais que não sei identificar. — Mas sou um homem que conhece o que se passa na mente das mulheres. Que marido eu seria se a deixasse sem nada para contar aos nossos filhos? Quero que você tenha um dia inesquecível, que se lembre de cada detalhe para sempre.

Enrijeço com o comentário. *Não haveria filhos. Não haveria nada para contar. Ron foi magnânimo em me poupar de Lacrima Lunii, mas jamais teria me escolhido se soubesse que...* Meus lábios se abrem, minha língua dança na boca e, por muito pouco, quase confesso a grande verdade: que sou estéril, que não o escolhi, que não tive opção, que eu amo outro.

— Vem, estrelinha! — ele solta, animado, indiferente ao meu estado, após recolocar o sobretudo branco. — Temos um batalhão de pessoas para cumprimentar.

— Pensei que não ligasse para as etiquetas da sociedade.

— E não ligo mesmo. — Ele faz uma careta. — É por você que faço isso, tolinha. Preciso lhe apresentar a pessoas de bem, quero que eles a aceitem de braços abertos. Até porque agora você é uma Blankenhein. — Sua expressão fica petulante, a que eu conhecia muito bem. — Quero que eles abaixem a cabeça para você, inicialmente por causa do sobrenome, claro, mas depois o façam por admiração, por compreenderem a força que carrega aqui — ele aponta para o meu coração —, quero que se apaixonem pela mulher fascinante que é e que fiquem de quatro, assim como eu.

Pisco com força, zonza com a intensidade de suas palavras.

— Pode parar com seus joguinhos de sedução, Blankenhein. — Disfarço a sensação de culpa por me sentir uma impostora e a estranha emoção que me toma diante do discurso mais lindo que já tinha ouvido. — Já sou sua esposa.

— Nunca falei tão sério na minha vida. — Ron elimina a distância. Seu olhar cintila e, entrelaçando os dedos aos meus com um misto incompreensível de força e carinho, ele meneia a cabeça. — Ainda não tem ideia do que fez comigo, não é? — indaga, com o semblante sério e a voz ardente. Incomodada, desvio o olhar. Ron percebe minha hesitação e recua. Instantaneamente um sorriso malandro surge em seus lábios. — Tá bom! Contei uma mentirinha.

— Estava demorando. — Reviro os olhos, aliviada que tenha sido apenas mais uma de suas traquinagens envolta em galanteio. — Qual?

— Quando disse que faço isso só por você... bem, não é verdade. Não *totalmente*. Faço isso por mim também — confessa. — Quero que todos os homens de Unyan morram de inveja da mulher que consegui conquistar.

— Ah, é? Foi você ou o seu dinheiro que me conquistou? — implico.

— Não se faça de bobinha. — Ele me lança uma piscadela marota, os olhos faiscando triunfo. — Você nunca foi interesseira, jamais se importou com a minha fortuna. Talvez ela tenha ajudado no desempate, mas você está aqui agora, comigo. É só isso que importa — ele diz, transbordando orgulho e contentamento enquanto me conduz para fora do casarão e para a multidão que nos aguarda.

"Desempate"?!?

Nunca houve isso, afinal, só ele tinha dado lance em mim. Mas meu corpo reage com o comentário, enrijecendo por inteiro.

Era mais uma das brincadeiras idiotas de Blankenhein, certo?

Eu descobriria a verdade – aquela que eu daria tudo para ser mentira – ainda esta noite.

Ah, sim. Os deuses tinham um jeito estranho de rir da minha cara...

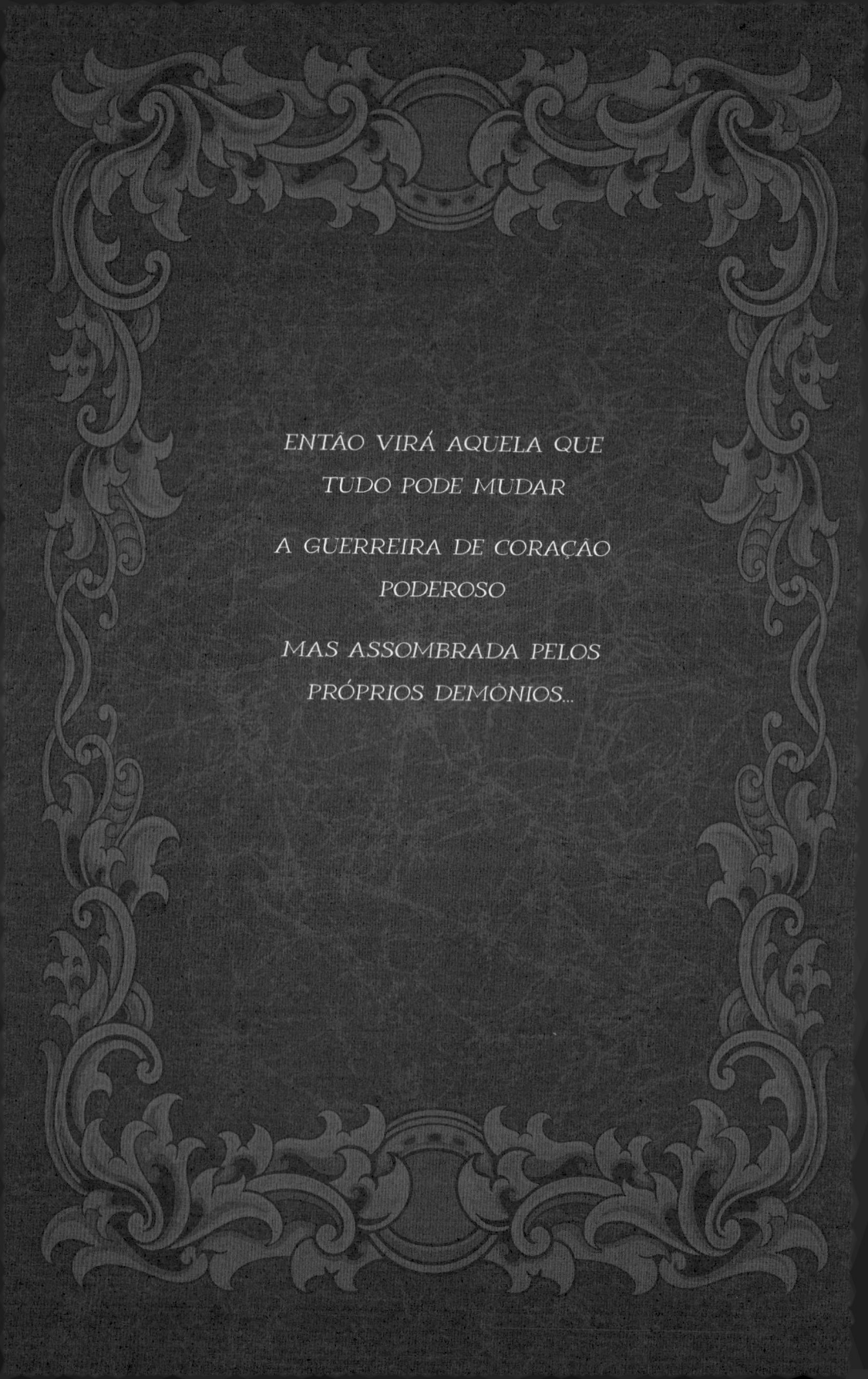

ENTÃO VIRÁ AQUELA QUE
TUDO PODE MUDAR

A GUERREIRA DE CORAÇÃO
PODEROSO

MAS ASSOMBRADA PELOS
PRÓPRIOS DEMÔNIOS...

Capítulo 11

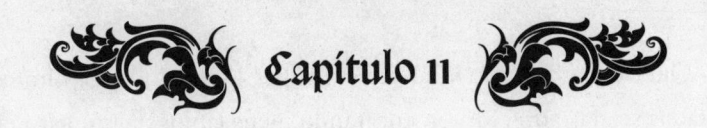

Vários convidados vêm em nossa direção assim que saímos do casarão. Eles saúdam Blankenhein com entusiasmo, como amigos verdadeiros fariam, e não por mera formalidade. Ron gargalha muito, sua risada calorosa e peculiar. São tantos a contar coisas estapafúrdias que o nobre aprontou, o que ele fez ou deixou de fazer, mas, feliz, Ron não reage a nenhuma das implicâncias, como se estivesse num sonho maravilhoso e não conseguisse acreditar que tudo ao seu redor é real. Sem me soltar, ele me encara a todo instante com o olhar vidrado, como se eu fosse o maior de todos os prêmios.

É natural alguém sorrir tanto assim?

Em meio às conversas animadas com os amigos, eu o observo com atenção. Acho que é a primeira vez que o faço para valer, sem condenar ou julgar. Ron não é bonito como Andriel, nem de longe, mas tem o sorriso hipnotizante e carismático, não seu sorrisinho, mas este daí: cristalino, amplo, feliz. Há uma leveza de espírito em sua aura, algo que talvez eu tenha lutado para não enxergar, para o qual me fiz de cega, mas que agora me parece tão... tão...

— Pode me beijar, princesinha. Não vou virar sapo — implica ele, sussurrando ao pé do meu ouvido ao me pegar distraída, observando-o.

— Pensei que você fosse o sapo.

Quando digo isso, Ron joga a cabeça para trás e solta uma gargalhada ainda mais alta, a fisionomia de quem é pego de surpresa.

— Quer dizer que vou virar seu príncipe? — ele indaga assim que os convidados se afastam, sedutor, encarando meus lábios de um jeito tão intenso que me faz arrepiar.

— Acredito em contos de fadas, não em milagres.

Ele estreita os olhos e o seu rosto se aproxima perigosamente do meu.

— Ah, Diaba...

— Está na hora! — alguém berra e, graças aos céus, Ron dá um passo para trás. Mas não parece chateado com a intromissão, pelo contrário.

— Vem, perolazinha — ele solta, animadíssimo. — Congele um sorriso neste rosto lindo e se prepare para agradecer e agradecer...

༄

Eu o acompanho sem dizer nada, passamos por um jardim de lírios brancos, a flor raríssima e símbolo máximo da beleza e do amor para o nosso povo. Um arrepio fino eriça os pelos da minha nuca.

Teria sido retirado dali, junto com o bilhete que recebi na véspera da corrida?

Sou arrancada da enxurrada de pensamentos nefastos quando uma chuva de aplausos e pétalas brancas é despejada sobre nossas cabeças no instante em que alcançamos uma área em destaque preparada para os cumprimentos formais, um arco feito de flores silvestres sobre um palanque baixo, de apenas um degrau, forrado por uma tapeçaria branca com fios prateados. Se a intenção era nos deixar em evidência, acho totalmente desnecessária. Ron é alto e eu estou imensa com esses saltos. *Devemos ser o casal mais alto da história de Unyan!*

Os convidados formam uma fila animada ao acorde baixo dos violinos. Os amigos mais íntimos são os primeiros, cumprimentam-me com respeito, mas falam em código coisas que provavelmente não devem ser ditas em público e fazem Ron gargalhar ainda mais. Em seguida, uma enxurrada de nobres ao lado das esposas e filhos nos saúdam. Ron faz questão não apenas de me apresentar, mas de dizer algo gentil a meu respeito, de reafirmar a todo instante que ele tirou a sorte grande, agradece a presença de todos. Pelo visto, o sobrenome Blankenhein é verdadeiramente estimado em Unyan. Os senhores de mais idade proferem frases bonitas, comentam sobre o pai de Ron. Somente nesses momentos o sorriso de Ron vacila, mas retorna quando alguma piadinha surge em seus lábios e todos riem junto com ele. Ron parece ter sempre as palavras certas para o momento certo, sabe como usá-las e as emprega muito bem. Admiro essa familiaridade com as letras, algo que sempre julguei tão importante, mas que não herdei dos genes da minha mãe. Sou rude e nisso me pareço com o meu pai. Fecho a cara com o pensamento.

— Está lindíssima — diz, com tom de voz gentil e semblante de aprovação o nobre de porte altivo que surge em meu campo de visão. Reconheço-o: é o aristocrata que veio em meu auxílio quando Mathew, Taylor e Jet espancavam Nefret.

— Obrigada, senhor — agradeço com um sorriso sincero.

Ele retribui o sorriso com vontade e se vira para Ron:

— Você sempre teve ótimo gosto para mulheres, Blankenhein. Não há como negar. — Há um quê de implicância no suspeito elogio.

— Sei disso, Pfischer — Ron devolve no mesmo tom e com visível descaso.

Como já tinha notado da vez anterior, os dois não se bicam.

— E uma lábia maior ainda para conseguir uma tão espetacular como esta.

— Posso tentar lhe ensinar um dia desses se...

— Desejo-lhe sorte — Pfischer atropela a fala de Ron, dirigindo-se a mim com os olhos faiscando alguma emoção sufocada. — Você vai precisar.

O nobre beija minha mão com delicadeza e, antes que eu possa dizer qualquer coisa, ele se vai. Encaro Ron à procura de respostas, mas ele desvia o rosto e age como se o estranho mal-estar não tivesse acontecido. Nobres surgem uns atrás dos outros, cumprimentam-nos. Vou apenas agradecendo e assistindo a tudo como uma mera espectadora quando, pelo canto dos olhos, em meio à fila interminável de pessoas, detecto uma cabeça mais alta que as demais, as mechas louras e o rosto irretocável se destacando na multidão. Meu coração pula para a boca e minhas pernas começam a tremer, suor frio instantaneamente escorre por minhas mãos.

Porque, agarrada ao marido que não escolhi e ao futuro que não desejei, eu vejo se aproximar de mim o homem que amo loucamente.

Aquele que sempre amei e que sempre amarei.

Andriel!

A fila anda.

Por mais que eu tente disfarçar, Ron percebe a mudança no meu comportamento em meio a tantos abraços, cumprimentos e conversas incessantes.

A fila avança ainda mais.

Parei de respirar três convidados atrás. Estou me asfixiando quando Andriel, estonteante em um traje negro, chega até nós ao lado dos pais. O pai e a mãe, educados e formais, cumprimentam-me e se dirigem a Ron. Visivelmente abatido, Andriel vem em seguida e se detém à minha frente com a cabeça baixa, abre e fecha a boca, mas nada consegue dizer. O que deveria ser apenas um cumprimento se torna algo mais. Estendo-lhe a mão e ele a segura sem pestanejar, com desejo avassalador. Meu coração pulsa nos dedos. *Seria ele capaz de senti-lo ali? De experimentar a mesma emoção arrebatadora? Claro que não! Ele não sabia que Oliver roubara a carta – minha ou dele – às vésperas da corrida. Para Andriel, eu o havia desprezado e descartado nosso plano. Como explicar o que aconteceu, que era ele quem eu sempre quis e que ainda quero?*

Quando finalmente meu amado levanta a cabeça, nossos olhares se prendem com força. Um calor sobe como brasa incandescente por meu braço, alcançando meu pescoço e face. Posso jurar que minhas sardas estão faiscando nesse momento.

— Por que *ele*? — Andriel pergunta com um fiapo de voz, rouquíssimo, sem soltar a mão da minha, o rosto injusto de tão lindo atado ao meu com um misto de desejo e fúria, os olhos cinza cintilando por trás de lágrimas contidas a grande custo.

"Por que ele?!?"

O chão se dissolve e começo a afundar para as entranhas do mundo, as peças do maldito quebra-cabeça se unindo com velocidade absurda e começando a fazer sentido, por mais que eu me negasse a acreditar.

Não pode ser!

— Nossa, Braun, o que você disse para deixar *minha esposa* tão... — Ron rompe nosso contato ao me puxar para junto de si de repente. — Hum... como eu diria... tão... *assim*? — indaga em tom brincalhão, mas seu olhar escurece.

Andriel o encara com o peito estufado, uma veia lateja em seu maxilar. Frente a frente, ambos exibem sorrisos que não alcançam os olhos, confrontando-se num duelo silencioso.

— Eu apenas disse que desejo que sua *esposa* seja... — A voz do meu amado sai arranhada, mais grave do que nunca enquanto comprime a lateral do corpo.

Por quê? Ele sentia dor? Foi ali que os bandidos o haviam esfaqueado?

— Feliz? Ah, sim. Ela será. — Ron o atropela, mas as palavras hesitam no ar, tão inseguras quanto o sorriso que exibe.

Andriel libera um som estranho da garganta e se vira para mim. O rosto perfeito, aquele que eu queria encher de beijos e que fosse somente meu, estuda-me com um misto de raiva e incompreensão. Entro em pânico quando minha intuição berra a resposta para a pergunta que Andriel acabou de me fazer, aquela que julguei inimaginável por ser terrível demais, até mesmo para...

Não pode ser. Não. Não. Não!

Nossos olhares tornam a se prender por mais tempo que o sensato, os convidados estranham o comportamento, mas, imersa em um torvelinho de dor, assombro e negação, não consigo romper o contato visual. Andriel capta o desespero em minha face, que existe algo errado no ar.

— Que você cumpra com a sua palavra, Blankenhein, pois ser *feliz* é o mínimo que Nailah merece — afirma meu amado, tornando a segurar minha mão para finalizar o cumprimento.

O que deveria ser um mero galanteio torna-se um embate declarado quando ele a beija lentamente e sem deixar de me encarar.

— Andriel... — balbucio em desespero, mas ele apenas suspira e se afasta, deixando-me ali, abandonando-me.

Com a mente dentro de um furacão e o coração num compasso fúnebre, meu semblante se fecha, sombrio, tão nebuloso quanto tudo ao redor. Uma rajada de vento glacial faz o arco de flores se curvar, sinto meus nervos se equilibrarem com dificuldade em uma corda fina sobre um precipício. Mal reparo nos convidados que passam por mim depois que Andriel se vai. O pressentimento ruim me envolve, quer me desestabilizar de qualquer forma, grita em meus ouvidos que existe algo muito errado acontecendo, que estou fazendo papel de idiota nessa história. O sorriso largo de Ron desaparece também, ficando apenas comedido e educado. Os malditos cumprimentos demoram séculos. Estou prestes a fazer alguma besteira tamanha a agonia que me toma quando, graças aos céus, eles se encerram.

As pessoas se dispersam pela propriedade e, aproveitando-me do momento em que um grupo de senhores distrai Ron com assuntos que não compreendo, saio dali a passos rápidos. Não encontro Andriel em lugar algum, mas ao entrar no salão de gala da mansão dou de cara com meu irmão, mais aéreo do que de costume, observando com fascínio uma das telas a óleo em exposição.

— Nefret, eu preciso falar com você agora! — rosno em seu ouvido, agarrando-o pelo pulso quando uma criada se cansa de lhe oferecer seus canapés e olhares interessados e nos deixa a sós. — Por que Blankenhein acha que eu o escolhi? Por que Andriel deu a entender que eu o dispensei para ficar com Ron? Se for o que estou pensando... Você vai ter que me contar a tramoia que está rolando aqui ou farei o escândalo mais memorável da história de Unyan. E vou começar neste instante...

Nefret arregala os olhos e, como imaginei, aponta com o queixo para a porta de saída. Eu o sigo de perto enquanto ele caminha a passos rápidos pelos jardins em direção a uma área afastada e sem convidados por perto. Meu irmão conhece meu temperamento explosivo e, principalmente, tem horror a escândalos.

— E-eu não tinha ideia d-da armação do n-nosso pai. Quando tomei c-conhecimento já era t-tarde d-demais — começa ele, mais gago que o normal.

— Então... — Engasgo, afônica, quando a verdade desaba sobre mim como um punho fechado. — Eu não recebi um lance apenas?

Meu irmão fecha os olhos e nega com a cabeça. Paro de respirar.

— Quantos foram? — indago com os dentes trincados.

— Não sei.

— Chega de mentiras, droga!

— Eu não s-sei! Juro! — afirma com os olhos imensos e as sardas mais rubras do que nunca. — Eu não imaginava que os l-lances já estavam em poder do nosso p-pai. Ele d-deve tê-los recebido lá mesmo no Gênesis, logo após a s-sentença do tribunal. Achei que o oficial estava trazendo os nomes dos p-pretendentes, mas, na verdade, ele tinha ido b-buscar a resposta. Levei um s-susto quando nosso pai lhe entregou os envelopes c-com os lances dos c-candidatos eliminados e outro ainda m-maior quando o oficial o indagou se você estava c-convicta da sua decisão e ele d-disse que sim.

— Velho maldito! Eu o odeio! — guincho com ira e desespero, mas não tão surpresa assim. Conheço muito bem o caráter perverso do nosso pai. O que me dilacera a alma é saber que Nefret participou do esquema. — E você não me contou por que ia se dar bem no final também, não é?

— Não havia n-nada que eu p-pudesse fazer, Nailah! N-nada! — Nefret meneia a cabeça sem me encarar.

— Ora, seu... seu... — Esqueço que estou de vestido de noiva e com esses saltos infernais e avanço para cima dele. Agarro-o pelo colarinho.

— O q-quê? — Ele ergue a cabeça e me enfrenta, o rosto deformado por um emaranhado de emoções, mas uma delas sobressai... *Culpa!*

— Como pode desejar tanto a aprovação de um sujeito cruel e sem escrúpulos como o sr. Wark? Como?!? — Meu coração pulsa nos punhos. Tenho vontade de enchê-lo de socos, mas no fundo sinto uma pena terrível do pobre coitado que se tornou. *Um fraco.* Empurro-o para longe. — Nosso pai não podia ter feito isso comigo! Você não podia ter feito isso comigo! Você me traiu!

— E-eu não q-queria...

— Eu podia ter escolhido! EU! — rosno, furiosa, inconsolável. Há uma fogueira acesa atrás dos meus olhos. O vento uiva forte, a noite fica muito escura. — Toda a crueldade que ele fez a vida inteira comigo não foi suficiente! Não enxerga, Nefret? Nosso pai não quis apenas mostrar que mandava em mim, ele quis me maltratar até o fim, sabia que eu jamais escolheria Blankenhein. Era isso que o maldito queria e conseguiu: me fazer infeliz! Mas não agiu sozinho. Ele teve a sua ajuda — afirmo com a voz tão gélida quanto o bloco de gelo que assumiu o lugar do meu coração.

— Nai... — Nefret solta um som agoniado, os olhos ainda mais arregalados ao compreender o significado da emoção estampada em meu rosto. Meu irmão me conhece o suficiente para saber que minha fúria pode ser abrandada e esquecida, mas não a dor da decepção.

— Vá embora.

— Nailah, p-por favor, me escute... — ele implora. — Eu sei q-que não seria Blankenhein o s-seu escolhido, mas você não c-conhece nada sobre as questões do coração e... — Nefret franze a testa, como se sentisse dor. — Será que f-faria a escolha c-correta? Será que não se arrependeria p-pelo resto dos seus dias? Às vezes não p-percebemos o q-quanto amamos alguém até o instante em que o p-perdemos.

— Eu perdi o Andriel! Eu perdi o homem que amo! — vocifero.

— Shhh! — Ele checa os arredores, preocupado que alguém tenha escutado. — Eu vi você b-baixar a guarda enquanto estava n-naquele altar e observava o semblante emocionado de Blankenhein, ou q-quando o assistia gargalhar até se acabar. Você estava... — ele encolhe os ombros e sua expressão fica pensativa — *em paz*, c-como raramente fica. Nisso ninguém t-te conhece m-melhor do que eu.

— "Em paz"?!? Essa é boa! Quando foi que eu quis paz nessa vida? Eu queria Andriel! EU PODIA TER ESCOLHIDO! — grito.

— E Q-QUEM LHE GARANTE Q-QUE UM DOS LANCES ERA D-DO ANDRIEL, INFERNO! — rebate no mesmo tom. — Escute... — Nefret aperta a ponte do nariz, dando tempo para nossos nervos se acalmarem. — P-posso não s-saber o q-que vai dentro da sua mente, mas sei o que se passa em s-seu coração, com o que s-sempre sonhou d-desde criança, ainda que t-tente esconder de mim. N-nunca existirá um lindo anjo j-justiceiro que virá te s-salvar na hora H, isso n-não existe! Esqueça as b-bobeiras sobre p-príncipes encantados e amores avassaladores q-que a mamãe colocou na s-sua cabeça — diz num misto de raiva e pesar, esfrega o rosto. — Não t-tem mais j-jeito. Está feito. O voto do c-casamento é indissolúvel. Era isso ou... *Lacrima Lunii.* Aceite que p-poderia ter sido pior, que apesar de Blankenhein não ser... *você sabe...* — Uma veia treme em seu maxilar. — Bom, ele não t-tem a beleza de Andriel, mas é um s-sujeito *diferente,* eu vejo como as g-garotas olham para ele, o jeitão transgressor, os b-brincos e anéis chamativos... Ele não precisaria t-ter dado tanto em t-troca — diz em tom baixo, soturno.

— Tanto...? — Arqueio uma sobrancelha.

— Somente a n-noiva mais c-cara na história de Unyan. — Sua voz sai áspera.

— Blankenhein apenas comprou de quem queria se desfazer... ops! *Vender.* — Solto uma risada ácida, quase um rosnado, ao me recordar do último encontro, quando o nobre quis barganhar para que eu fosse sua amante e afirmou que toda pessoa tinha um preço.

No fim das contas, ainda que indiretamente, Ron conseguira me comprar.

— Sim, é verdade. Mas t-também é a primeira v-vez que um n-nobre coloca o irmão no d-dote, algo totalmente desnecessário. Por que ele f-faria isso se tem fama de excelente n-negociador? — Nefret meneia a cabeça. — Além de deixar n-nosso pai riquíssimo, Blankenhein ainda p-pagou pela minha independência. Ele me d-deu condições de tocar a v-vida com conforto pelo r-resto dos meus dias.

Apesar de consumida pela ira, recuo. No fundo não queria que Ron tivesse feito isso. Seria mais fácil odiá-lo. Porque, para meu desespero, sei que lhe serei eternamente grata por ter ajudado Nefret.

— Ele é podre de rico.

— S-sim, mas...

— Eu não o amo, droga!

— É óbvio q-que não! Eu sei disso. Ele sabe disso. T-todos sabem disso! — Nefret rebate, enfático, sarcástico, mas deixa os ombros caírem. — Isso não v-vem mais ao c-caso. Minha intuição diz q-que, apesar dos meios tortos, nosso pai acabou f-fazendo a escolha acertada. São m-muitos os caminhos inesperados que o d-destino coloca em nossas v-vidas, Nai. No futuro, q-quando você olhar para trás e d-descobrir que devia ter aceitado de b-bom grado a vontade divina, sofrerá p-por saber que não dá mais para v-voltar no tempo e que d-deixou a felicidade escapar como água entre os d-dedos — ele diz num tom sombrio e eu me calo, sem resposta para palavras tão perturbadoras. — Sei que d-deve estar n-nervosa por tudo ocorrer t-tão às pressas, a noite de núpcias, q-quando Blankenhein d-descobrirá que você não é mais... — Sua voz vacila e seus olhos me encaram com intensidade. Engulo em seco, não conto a verdade, que Ron quis se casar comigo mesmo sabendo que não tenho mais honra. — Você p-pode usar um truque b-batido — continua ele após soltar o ar aprisionado. — Faça o n-nobre se embriagar e então amanhã, ao acordar, ele n-não saberá ao certo o q-que aconteceu e você fará um d-discreto corte no dedo e s-sujará o lençol com o sangue e... *voilá*!

— Blankenhein está à base de limonada a noite toda, sóbrio.

— Mas que merda!

— Há?

— É t-tão óbvio. Não enxerga? — Nefret devolve, irônico. — O m-momento é tão importante que ele não q-quer se esquecer de nada.

— Pare de defendê-lo. Eu sou a vítima aqui!

— Não estou defendendo o sujeito, p-pode acreditar — diz, irônico, ao segurar minha mão, encarando nossos dedos entrelaçados com ternura.

— O que houve, Nef? — indago ao sentir seu tremor se espalhar por minha pele.

— Nada. — Ele solta o ar e seus olhos gentis se voltam para o lugar que nos rodeia. — Greenwood me p-parece tranquila e é tão... linda. Tenho o p-pressentimento de que você v-vai ficar bem. Mas agora é melhor v-você voltar antes que achem que a noiva f-fugiu.

— O que não seria má ideia. No futuro, Blankenhein até me agradeceria. — *Fugir...* Meu instinto dá o alerta. — Onde está Silver? Eu quero vê-la.

— Silver está bem. Vamos v-voltar — desconversa ele.

— Eu não perguntei como ela está. Eu perguntei *onde* ela está.

Nefret meneia a cabeça em negativa.

— Mas que droga! O que você está me escondendo agora?

— Amanhã t-tudo ficará bem e... — Sua voz vacila.

— Amanhã?!? — Meu pulso dispara, meus nervos ficam por um fio, incapazes de suportar outra traição. — Se você não me disser onde ela está, darei um jeito de sumir daqui agora. Se concordei com esse casamento foi porque sabia que aceitar Blankenhein significava ficar com Silver, mas se no fim das contas vão arrancá-la de mim mesmo assim, se pretendem...

— Shhh! Calma! — Nefret percebe o perigo real e iminente em meus olhos, que estou chegando ao meu limite. — V-vou explicar, não d-devia ser eu... — Meu irmão faz uma careta. — Ela f-foi... *retida*.

— "Retida"?

— Papai disse q-que Blankenhein q-queria uma garantia... — Nefret contrai a testa. — Para q-que você não aprontasse nenhuma maluquice ou s-sumisse sem mais nem menos. Mas vai trazê-la de v-volta assim que o casamento se c-consumar.

— Como é que é?!? — explodo. — Então... se eu não me deitar com Ron...

— Silver não v-voltará.

— Ele não pode fazer isso comigo. Eu sou a dona dela! — rujo.

— Sim, ele p-pode. — Nefret torna a abaixar a cabeça, sem coragem de olhar em meus olhos, ciente da grave ferida que estaria abrindo na minha carne ao proferir as palavras seguintes: — Ao se tornar seu m-marido, Blankenhein p-passou a ser o dono de Silver. É a lei. E-eu... s-sinto muito.

A compreensão dos fatos é como um soco na boca do estômago. Minhas poucas certezas são novamente esmagadas antes de serem arremessadas ao chão. O mundo se transforma em silêncio por um tempo, até estremecer com o raio que dispara pelo céu como uma lança infernal de Zurian e a gargalhada demoníaca em forma de confronto que sai rasgando de dentro de mim.

Então... foi por isso que o miserável havia me escolhido! Ele era um canalha interesseiro igual ao meu pai, igual a todos os homens!

— Nailah, p-por favor, não vá fazer n-nenhuma besteira! — Nefret implora às minhas costas, apavorado, quando fecho a cara e os punhos e marcho de volta à festa sem sentido e ao patife que deverei chamar de marido.

Mas também sei jogar esse jogo.

Ron Blankenhein teria uma noite inesquecível!

Capítulo 12

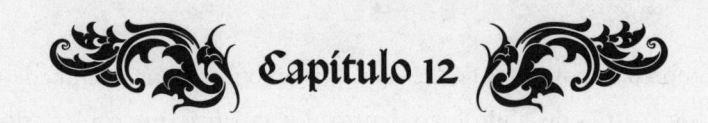

— Tudo bem? — A pergunta de Ron se repete a cada minuto, como um mantra defeituoso. Desde que Andriel apareceu e eu retornei da conversa com Nefret, ele parece incomodado.

A festa continua, e, com um sorriso glacial estampado no rosto, vou seguindo de mãos dadas um marido que desprezo, um homem que acha que pode comprar tudo e todos com seu dinheiro.

Como fui estúpida!

Agora sei o porquê de Blankenhein pagar um preço tão alto por mim, o motivo das suas gargalhadas incessantes. *Tão óbvio...* O jogador inveterado delicia-se com a grande vitória, exibindo-a com satisfação e orgulho. A idiota aqui foi apenas o meio para ele colocar as mãos na minha thunder magnífica.

O verdadeiro troféu era Silver Moon!

Pelas leis de Unyan, thunders não podem ser comprados, apenas herdados, e, como os donos sempre foram homens, o Gênesis me obrigou a ficar sob a guarda de um homem. Casando-me, automaticamente minha égua pertenceria ao meu marido, que poderia dispor dela como bem entendesse, até mantê-la longe de mim.

Interesseiro miserável!

Os convidados se despedem, Ron me convida a acompanhar um casal de idosos até a saída. Pela forma reverencial como todos os tratam, na certa são membros importantes do Gênesis. Disfarço minha ira latente, digo que estou com os pés pegando fogo dentro dos sapatos, que não consigo dar mais um passo sequer. Ele sabe que é uma desculpa, mas aceita sem discutir. A melodia baixa ecoa, pétalas brancas bailam timidamente no ar. Fim de festa. Caminho sem direção, perambulando de um jardim para o outro, criando coragem para fazer o que precisa ser feito, acabar logo com esse joguinho do nobre fanfarrão e, ao menos, trazer Silver para perto de mim.

— Por que ele, Nailah? — A voz embargada faz todos os meus pelos se arrepiarem e o coração vir à boca. Andriel surge em meu campo de visão, os olhos embotados, o peito arfando, o rosto, um emaranhado de emoções conflitantes.

— Você sumiu.

— Eu não tive como sair da cama, inferno! — ele responde, o semblante vacilando entre a dor e o desespero. — Mas mandei a carta assim que consegui. Não abandonei nosso plano. Nunca a abandonaria!

— Andriel, a carta foi... e eu não sou mais... — Engasgo, desolada, sabendo que de nada adiantaria contar que a carta tinha sido furtada, quando não consigo confessar que, no fim das contas, esse meu casamento com Blankenhein livrara sua linhagem de ser extinta da face de Unyan, que agora eu era uma estéril. — Deu tudo errado.

— Sério? Não me deu essa impressão — solta ele, irônico.

— Meu pai me enganou, disse que eu havia recebido apenas um lance. Não tive opção. Era me casar com esse único pretendente ou ser levada para Lacrima Lunii.

— Como é que é?!? — A cor é varrida de sua face. Ele segura meus ombros com força e me obriga a olhar para ele. — O que você está dizendo?

— O que meu irmão acabou de me confessar: foi o monstro do meu pai quem escolheu e não eu, caso houvesse mais de um lance, como o Gênesis autorizou! Ele não deixou nem que eu soubesse quem era esse pretendente.

— E-então... Sagrada Lynian! — Andriel fica petrificado, em choque. — E eu me consumindo em fúria, imaginando as razões para você ter escolhido esse calhorda desprezível e descartado nosso amor e o meu lance tão prontamente...

Meu coração estremece. Um misto de felicidade e revolta amarga minha saliva. *Ele tinha dado um lance por mim! Sim, ele nunca deixou de me querer!*

— É você quem eu sempre quis e sempre será — acelero em dizer, o pulso rápido demais.

— Nailah, o que você está dizendo é muito sério.

— Eu sei, mas, se isso vier a público, em quem você acha que vão acreditar? Na palavra de um homem, um honrado pai de família, ou no que diz a mulher que teve a audácia de desafiar as regras de Unyan? — devolvo com sarcasmo, as esperanças afundando num pântano de frustrações. — Minha mãe e minha irmã foram condenadas por enfrentarem o sistema enquanto o sr. Wark ficou do lado do Gênesis. Quem acreditará em mim? Quem? — indago ao entrelaçar meus dedos aos dele. Quero que Andriel sinta meu desespero, que leia a verdade dentro dos meus olhos. — Eu ia fugir hoje cedo, mas antes quis descobrir quem tinha dado o lance, queria ter certeza se era você. Aí, quando eu vi o monograma, eu... — Libero o soluço aprisionado como veneno em minha garganta. — Entendi tudo errado! Fui uma idiota!

— Que monograma? O que você está dizendo?

— Eu vi as iniciais AB no papel timbrado. Achei que finalmente a Mãe Sagrada havia se compadecido de mim, mas descobri, a um metro do altar, que o destino havia rido da minha cara e me dado outra rasteira, que o monograma pertencia a ele e não a você, que o noivo na verdade era Aaron Blankenhein e não Andriel Braun — murmuro. — Se você estivesse lá na hora saberia que falo a verdade, teria presenciado meu horror. Procurei por você como um náufrago atrás de uma tábua de salvação. Se você chamasse por mim, se berrasse meu nome em meio à multidão, eu teria jogado tudo para o alto e o Gênesis descoberto a tramoia do meu pai. Seria uma confusão dos infernos, mas teria valido a pena, e, por você, eu teria feito isso e muito mais — digo com o peito em chamas. — Mas agora acabou. Você sabe que os votos do matrimônio são sagrados. Qualquer anulação tem que vir por parte do homem e nunca da mulher, para variar — solto sarcástica —, e, pelo visto, Blankenhein está muito interessado na minha égua para abrir mão desse casamento. Acabou para nós, mas eu tinha que lhe contar a verdade, queria que não ficasse com raiva de mim pelo resto dos seus dias, porque será em você que eu pensarei em todos os momentos da minha vid...

E, antes que eu concluísse a frase, Andriel me agarra com vontade arrasadora, seu corpo febril envolvendo o meu com furor, seu gemido me fazendo estremecer da cabeça aos pés, nosso amor sufocado à força por regras idiotas e um mundo sem sentido.

— Ah, Nailah... — Sua voz sai rouca, diferente e, quando dou por mim, suas mãos envolvem meu rosto e ele me encara com desejo, a prata derretida de seus olhos fazendo minha pele arder dentro de uma emoção indescritível.

— Me beija — peço.

Sem hesitar, seus lábios cobrem os meus. Sinto-me mergulhar num abismo de emoções, reencontrada e perdida, rodopiando de prazer e de desespero, de felicidade e de angústia, de conforto e de saudades, de tristeza e de despedida dos braços do homem que amo e que sempre amarei.

— Meu raio de sol... Blankenhein terá de abrir mão de você, por bem ou por mal. — Sua voz sai exalando confronto enquanto ele me enche de beijos urgentes. — Isso que aconteceu... Está errado! Vou encontrar uma saída para anular esse casamento. Dê-me alguns dias, um mês no máximo. Virei lhe buscar. Eu juro. Essa história ainda não acabou. Eu vou lutar por você, Nailah! Eu vou lutar por nós!

— Estou atrapalhando? — A voz rascante corta o ar.

— E-eu escorreguei... — respondo aos tropeços, recompondo-me às pressas.

Droga! Ron até poderia anular esse casamento, *mas se fosse por traição...*

— Eu apenas a ajudei — Andriel completa a desculpa esfarrapada.

Ron nos olha de cima a baixo – várias vezes – antes de abrir o sorriso malandro.

— Precisa retocar o batom, ratinha. Fica abatida sem ele — comenta despretensiosamente, mas um brilho predatório ilumina seus olhos mais negros que uma noite sem lua. — Venha. Está tarde. — Ele se aproxima e me puxa pela cintura.

Mas Andriel não me solta. *Ah, merda!*

— Está passando dos limites, Braun — ameaça.

— Ele já foi cruzado há muito tempo. Se sua percepção é tão deficiente quanto...

— Quanto o quê? — Ron fecha a cara e finca a bengala no chão com estrondo, o confronto transbordando pelos poros quando seu defeito entra em questão.

— Quanto sua visão, Blankenhein.

Ron tem os olhos estranhos, agitados e abertos, de quem está avaliando todas as alternativas numa simples fração de segundo, mas respira fundo, retrocede, e suas feições se suavizam. Respiro aliviada.

— Benzinho, lembre-me de agendar um curadok após a nossa lua de mel. Preciso checar minha visão. Acho que é a segunda vez que escuto isso num curto intervalo de tempo. — Torna a estampar o sorriso sarcástico. — Curiosamente ambos os cavalheiros que detectaram meu *novo problema* não são muito confiáveis...

— Ciúmes! Foi isso o que o cegou, Blankenhein. Em seu juízo perfeito teria percebido que não houve nada. — Andriel não alivia. — Mas posso compreender. Ter a chance de possuir uma mulher como Nailah, especialmente alguém...

— Com a visão ruim como a minha — Ron completa a frase com displicência.

— Exatamente — Andriel devolve no mesmo tom.

Vejo os pulsos fechados de ambos e meus olhos se arregalam com o que está prestes a acontecer. *Eles vão brigar!* E, por incrível que pareça, sou eu, a brigona da história, a abrandar o clima. Puxo Ron pelo braço e falsamente agradeço a ajuda a Andriel. Ele está rígido ao extremo, mas assente. Compreende a delicada situação.

— Mandarei algum criado acompanhá-lo até a saída. A festa acabou para você, Braun. Para mim está apenas começando, é claro. Vamos, lindinha.

Uma noite inesquecível nos aguarda — Blankenhein alfineta e, girando a bengala, dá meia-volta.

Por sobre o ombro, meus olhos procuram por Andriel uma última vez. Ron percebe o movimento e reage. Afundando os dedos com força em minha cintura, puxa-me ainda mais para si, retirando-se dali o mais veloz que consegue.

Mas não é rápido o suficiente.

Em uma mínima fração de segundo, eu compreendera o movimento dos lábios de Andriel: *trinta dias*.

A contagem regressiva havia começado, de fato.

Mas o tempo – a mais pungente de todas as forças, aquele que jamais poderia ser domado, e meu inimigo de sempre – tinha outros planos para nós.

E mudaria o rumo das coisas.

Mudaria tudo.

Capítulo 13

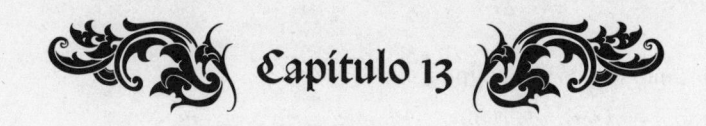

Sem trocarmos nenhuma palavra, Ron e eu caminhamos até a entrada da mansão, onde descubro que todos os convidados já se foram e a festa acabou. Apenas os criados permanecem, limpando e arrumando. Ron faz alguns sinais e, um a um, eles vão desaparecendo do nosso campo de visão. Ficamos só nós dois e os restos de um casamento que não devia ter acontecido.

Uma mentira.

Um erro.

Raiva é tudo que sinto toda vez que imagino o que perdi, ou melhor, do que fora usurpada. A essa hora eu poderia estar nos braços de Andriel e não aqui. Se eu não tivesse um sujeito cruel como pai, nada disso estaria acontecendo. Puxo o ar com força. Ao menos um dos meus amores eu haveria de trazer para perto, ainda que, para isso, eu tivesse de pagar o pedágio de passar uma noite com um homem que não amo. Minhas mãos desatam a suar e meu corpo congela, não tão determinados assim a aceitar o preço alto demais.

Fecho os olhos.

Tudo que enxergo são rostos mascarados, dor e sangue.

— Cansada? — Ron indaga, captando a tensão em meu semblante.

Tenho vontade de colocar as cartas na mesa, dizer que ele é um aproveitador, um bruto igual a todos os outros homens por afastar Silver de mim. Quero berrar bem alto que não o escolhi, que sou apaixonada por outro.

Mas não o faço. Não ainda.

Se Ron está jogando comigo, então eu faria o mesmo.

— Não muito — afirmo ao encará-lo de volta. Eu deveria dizer que sim, que estava exausta, mas Ron é diferente dos demais. Ele saberia. Ele sempre sabe. Então diminuo as mentiras para um mínimo possível, misturando-as em meio às verdades. — Só com os pés latejando e ainda tonta com tudo.

Ron meneia a cabeça, aceita minha resposta.

— Venha comigo, quero que conheça sua casa.

"Sua casa."

Engulo em seco quando uma emoção inesperada me desestabiliza. Sempre fui uma intrusa na vida e na casa do meu pai. Ron me guia mansão adentro. Passamos pelas obras de arte dispostas pelo requintado ambiente, contornamos a escada de mármore, a que havíamos escorregado horas antes, e entramos em um corredor com o piso de tábuas escuras tão polidas que refletem a luz bruxuleante dos castiçais de cristal. Caminhamos lado a lado, o único som vindo das batidas ritmadas da bengala ecoando pelo lugar. Ron aponta para a maior das portas e, quando faço menção de abri-la, ele me impede, colocando a mão grande e gelada sobre a minha.

— Shhh. Eu é que devo fazer isso, lindinha. Só não sei se conseguirei...

— Fazer o quê?

— Para dar sorte, como nossos ancestrais faziam.

— O que é para dar sorte? — disparo, sem saber se é para ir adiante ou fazer justamente o contrário.

— Nós — diz simplesmente, encarando-me com intensidade. Recuo.

— Um momento. — Ele pede ao escancarar a porta e, em seguida, se recosta na parede. De forma muito meticulosa, Ron deixa a bengala de lado e, respirando fundo, me chama para perto com um movimento do indicador.

— É melhor não — alerto ao compreender o que tem em mente.

— Coisinha teimosa — responde ele com a voz sensual, dispensando minha recusa e repetindo o movimento anterior. Reviro os olhos, mas o faço.

Controlando o equilíbrio, Ron se abaixa para me levantar nos braços.

— Até aqui, tudo bem. Torça para que não tenham que nos levar para o centro de cuidados do Gênesis na nossa noite de núpcias porque nunca tentei isso antes. — Ele abre um sorriso entre o tenso e o brincalhão. — Nunca me casei antes.

— Devia ter escolhido uma esposa mais leve — digo ao vê-lo suar.

— Negativo. Escolhi a certa, algodãozinha. Além do mais, adoro desafios. Vai descobrir isso sobre mim também.

— Sendo assim... Boa sorte. — Dou de ombros e, se não fosse por Silver, torceria para que uma queda e tanto adiasse essa noite de núpcias por muito, muito tempo.

Ron me entrega a bengala e, segurando-me em seus braços, vai arrastando os pés e entrando muito lentamente no quarto. O homem confiante e presunçoso se foi. Está fragilizado e trêmulo. *E, por alguma razão inexplicável, por mais que me obrigue, por mais que tente e tente, não consigo ter raiva dele.*

— Conseguimos. — Com o semblante vitorioso, ele me coloca de volta no chão. Os lampiões estão acesos, mas o lugar permanece na penumbra, criando uma aura de romance.

— O que fazemos agora? — vou direto ao ponto.

— O que acha que devemos fazer agora? — indaga ele, encarando fixamente minha boca. Reviro os olhos. *Que ótimo.*

Começo a puxar as mangas do vestido, mas tenho a sensação de que a montoeira de panos foi costurada à minha pele porque nada se desloca.

— Calma, ligeirinha! Teremos muito tempo para *isso* — diz em tom gentil, tocando meu ombro de leve. Encaro-o desconfiada e ainda mais confusa. — Vamos conversar primeiro.

— Hã?

— C-O-N-V-E-R-S-A-R — ele soletra de maneira zombeteira. — Quero conhecer melhor a mulher com quem me casei.

Ron me conduz até a lateral da cama, acomoda-me com cuidado e depois se senta preguiçosamente ao meu lado. Na certa se trata de algum dos seus joguinhos de sedução ou uma brincadeira para implicar comigo, mas, atônita, percebo que sua postura descontraída não é de quem quer ter intimidades.

— Conversar... hum... — balbucio. — Pensei que o motivo desta noite fosse outro.

— Tudo tem seu ponto. Gosto de preparar, temperar, desfrutar todos os sabores.

— Então sou sua refeição — alfineto.

— Não, Nailah. Você agora é parte de mim, do que estou me tornando — devolve de bate-pronto, jogando minhas armas ao chão. — E, acredite, preciso me sentir à vontade também para podermos... *você sabe*. — Ele estreita os lábios em uma linha fina.

— Você, o maior mulherengo de Unyan? Precisa ficar à vontade para...? — Impossível conter minha risadinha de descaso.

— "Maior mulherengo de Unyan"?!? Uau! Não sabia que minha fama havia chegado tão longe! — Ele ri com vontade. — Essa sociedade hipócrita tem a mente criativa, mas, de fato — dá de ombros —, não preciso disso quando a pessoa envolvida não tem tanta... *importância* — sua voz arranha. — Entretanto, depois que eu a conheci, passei a me preocupar, a me importar...

— Com o quê?

— Com o que *você* vai sentir ao se abrir para mim.

Perco a voz e o ar, e enrijeço.

— Quero que seja especial para você, assim como será para mim — afirma, encarando meus olhos com tanta ternura que as emoções se embaralham no meu peito. A raiva impera, mas também sinto... *pena*. Muito dó que tenha de ser assim, que o destino tenha feito isso conosco. *Ele deseja uma mulher que deseja outro*. Abaixo a cabeça, mas Ron ergue meu queixo com a ponta do indicador e, fazendo-me olhar para ele, pisca de forma brincalhona. — Não sou tudo isso que dizem, bobinha. Quando todo mundo acha que você é um libertino, não é preciso fazer força para manter a fama — comenta, e então, como haveria de ser, emenda um assunto no outro.

Apesar da situação para lá de estranha e do dia interminável, deixo-me levar por sua conversa leve e descontraída. Ron consegue fazer isso como ninguém. Sua alegria transborda e vale por nós dois. Em momento algum ele para de me acariciar, fazendo círculos preguiçosos com o polegar na palma da minha mão.

— Tenho algo para você — diz com a voz baixa demais, quase um sussurro, e, levantando-se, vai até a cômoda trabalhada em uma madeira branca com frisos dourados, assim como a porta, e pega algo pequeno lá de dentro. Vejo-o girar repetidas vezes uma minúscula manivela. — Abra — pede, colocando o objeto em minhas mãos. É uma caixinha incrustada com gemas brilhantes e coloridas. *Seriam preciosas?*

— Ah! — exclamo, surpresa, quando diante dos meus olhos um pequenino casal meticulosamente esculpido em ouro surge montado num thunder alado. A mulher com o vestido esvoaçante está no colo do homem com traje requintado, ambos sorrindo um para o outro, apaixonados, enquanto o robusto animal rodopia pelo tampo cintilante ao som de uma melodia linda e, ao mesmo tempo, muito triste.

— Meu pai mandou fazer. Pertenceu à minha mãe. — Ron abre um sorriso nostálgico. — Quero que seja sua, meu primeiro presente de casamento. — Sua voz é pura rouquidão. Torno a engolir em seco, atordoada. *Não posso aceitar o presente. Não quando sei que Ron está fazendo isso porque acha que eu também o quero, que o escolhi.* — Adoro essa música. Além do mais, todo marido deve uma dança à esposa no dia do seu casamento. Venha aqui — diz, emocionado, apoiando a bengala na parede e me puxando para junto de si.

Zonza com tudo, deixo-me levar. Apesar de não sair do lugar, ele tem ritmo e, colocando minha cabeça em seu ombro, Ron me abraça forte, como se desejasse unir nossos corpos ainda mais. Sinto o tremor que corre desvairado por sua pele e atinge a minha, sua respiração ofegante embrenhando-se pelos meus cabelos, o calor de seu corpo contra o meu. Em meio à dança, Ron se afasta para me observar, os ônix negros sob os cílios espessos destacam-se na pele alva e reluzem um brilho incandescente. Quero desviar o rosto, mas nossos olhares se prendem de um jeito perturbador. Por alguma razão incompreensível, não consigo me livrar de sua presença dominante, como, se de alguma forma, uma parte de mim aceitasse esse comando sem questionar. *Isso é loucura!* Luto para me manter lúcida nesse joguinho de sedução em que Ron é mestre, mas me sinto diferente, sem resistência, entregando parte das armas quando seus lábios quentes e úmidos resolvem fazer caminhos cada vez mais audaciosos por meu pescoço. Suas mãos dançam por minha cintura e me puxam para mais perto, como se ainda houvesse algum espaço sobrando entre nossos corpos.

— Minha... — Meu coração pulsa rápido demais ao escutar seu gemido baixo, a voz rouca a sussurrar em meio à penumbra e à música que encanta. — Só minha...

Trago uma golfada de ar, tentando clarear os pensamentos em meio a esse jorro inesperado de adrenalina. Mas Ron não me deixa pensar. No instante seguinte, sua boca cobre a minha de maneira tão delicada, como um afago do vento. Ele desliza a língua em meus lábios, provando meu gosto, degustando-me, e, imóvel, não sei o que fazer a não ser aguardar o que a noite me reserva e passar logo por isso.

Faço tudo por Silver, é o que afirmo a mim mesma, mas meu corpo se faz de surdo, adora os carinhos que o mulherengo sabe proporcionar e, quando dou por mim, estou de olhos fechados e com a respiração cada vez mais rápida. Ron é preciso com as mãos, sabe em que ponto tocar e como tocar. Ele gira meu corpo de um jeito sutil, como se fizesse parte da dança, deixando-me de costas para ele, e, com lentidão e cadência impressionantes, como se memorizando cada segundo, ele vai desabotoando os intermináveis botões.

Recordo-me do comentário das costureiras, de que eu ia desejar que houvesse mais botões na hora H. Não sei se elas acertaram ou se erraram feio, porque uma parte de mim gostaria que existisse um milhão deles e que, nessa execução, Ron demorasse os trinta dias que Andriel havia me pedido. Mas outra parte, a estranha e inesperada, está adorando essas sensações arrebatadoras que me esquentam por dentro, e quer mais, quer logo, quer tudo.

O vestido se afrouxa à medida que os dedos de Ron deslizam por minhas costas. Em determinado momento, no entanto, ele passou a ter dificuldade em ir adiante, como se estivesse tão tenso quanto eu e não fosse o devasso cheio de prática no assunto. Sua respiração faz os pelos do meu pescoço se arrepiarem uma, duas, várias vezes. Mas de repente Ron coloca a testa na minha nuca e para.

Isso é normal?

Sem saber o que fazer, giro o corpo e o pego olhando para o chão. *Ou seria para a própria perna?*

— O que foi? — pergunto.

Ron eleva a cabeça.

E lá está.

A mesma emoção pungente e inédita, a que me fez estender a mão para ele naquele altar sem titubear. Ron tem os olhos vermelhos e seu sorriso sai incerto, humilde. A expressão predadora se mescla a uma submissa.

Sem que eu consiga ter controle das minhas próprias ações, com a minha forma passional de ser, de sentir e de reagir, sou eu a desabotoar os botões da sua camisa com os dedos tão trêmulos quanto os dele. Encaro com a boca seca seu peitoral subir e descer com velocidade e, com o cós da calça mais baixo, detecto uma cicatriz na linha da cintura. Olho para Ron, que procura meu olhar como o côncavo busca o convexo.

Meu coração dá uma quicada.

Cicatrizes... Outro ponto que tínhamos em comum!

Ron acaba de arrancar a camisa, vejo o quanto é grande, que as roupas escondem um homem de porte imponente e tórax bem-feito, a musculatura definida e as veias azuis realçadas na pele branca como o mármore. Ele me puxa para si e me cobre com uma enxurrada de beijos apaixonados, consome todo o meu ar. Acho que vou sufocar, mas, de repente, o nobre enrijece e interrompe seu arroubo. *Por quê? Quer que eu dê o próximo passo? Está aguardando minha permissão?*

Para a minha mais absoluta surpresa, sou eu quem vai adiante. Ron arregala os olhos quando faço o vestido ir ao chão, exibindo meu corpo por detrás da minúscula e semitransparente roupa íntima. Entre o aturdido e o vidrado, ele inala cada centímetro da minha pele como se dependesse disso para viver, como se eu fosse o próprio ar. Seu pomo de adão sobe e desce repetidas vezes e seu semblante predador está de volta, fuzilando minha boca com desejo ardente. Há labaredas em seus olhos, uma fogueira o queimando por inteiro, e, mesmo que as carícias sejam delicadas como um suave soprar do vento, suas mãos deixam um rastro de fogo ao deslizarem por meus braços, subirem até meu colo desnudo e envolverem meu rosto. Sua língua, até então comedida, parece faminta agora e abre caminho para dentro da minha boca de um jeito que me arranca o chão e desintegra meu oxigênio de vez.

Ela simplesmente me devora!

Perco os sentidos, as forças, a noção de quem sou, de tudo.

Já fui beijada antes, mas nunca assim.

Em meio ao furacão de sensações e emoções que me tiram a sanidade, escuto seu arfar acelerar enquanto seus dedos passeiam por minhas pernas, abrindo caminho, subindo pela malha finíssima. Mas, assombrada pela sina desgraçada, num lampejo de lucidez, minha memória traz a cena paralisante de volta. Unhas sujas e pontiagudas rasgam minhas roupas, olhos cruéis, gritos sufocados, dor e sangue. Minha musculatura enrijece e começo a me asfixiar quando o horror sobe pelas minhas coxas. E então...

Ron interrompe os carinhos.

Graças a Lynian!

Suas mãos me envolvem, aquietam-se, e, com um suspirar ruidoso, ele apenas encosta a testa contra a minha e fica assim por vários minutos.

— É cedo para isso — diz, como se sentisse algum tipo de dor. — Você ainda não está pronta, e eu a quero por inteiro, de corpo e alma. Vou aguardar, vou fazê-la esquecer os seus fantasmas. Fui afoito. A emoção desse dia me fez... perder a cabeça. Precisamos descansar.

Eu ouvi direito?

Recuo, hesitante e aliviada, o oxigênio retornando aos pulmões.

— Não dormirei aqui, se é o que está pensando — explica. — Nenhuma porta desta mansão tem tranca, você está livre para ir e vir, entretanto vou te dar a mesma privacidade de que usufruo porque também não me sinto à vontade em dividir meu espaço. Mas... — ele olha dentro dos meus olhos, escolhe as palavras — estou disposto a repensar a questão quando você for até mim — diz, com a voz muito baixa. — Este quarto é seu, Nailah. Somente seu. O meu fica no final do corredor. Mas será muito bem-vinda no dia em que for me procurar. Dependerá apenas de você. Jurei a mim mesmo que só acontecerá algo entre nós se partir de você. Não vou forçá-la a nada. Vou lhe dar o tempo que for necessário para ficar pronta para mim.

— E se esse dia não chegar?

— Vai chegar — ele afirma de um jeito safado, confiante demais, acariciando meus lábios com as pontas dos dedos. — Mais cedo do que imagina.

Dou outro passo para trás. *Impossível! Eu nunca estaria pronta porque ele não era o homem que eu amava e que poderia ter sido meu. Ele não era... Andriel!*

Sou tomada por outro tipo de calor. Frustração. Revolta. Ódio do meu pai, de ter nascido mulher. Pele e espírito ardem, o fogo do inconformismo a me lamber por completo e, de repente, a malha fica fria e transparente demais. Cubro o corpo com as mãos.

— No que depender de mim, nunca ouvirá uma batida na porta do seu quarto.

Ron libera a familiar risadinha enquanto saca a bengala com um movimento fluido e elegante. Em seguida, ele pesca a camisa do chão e a joga por cima do ombro.

— Que mulher! Adora se fazer de difícil mesmo depois de ter me escolhido... — Ele me lança uma piscadela. — Sabe, ratinha, se pensa que me afastará com... *isso*, engana-se redondamente. Eu adoro esse joguinho de pega e solta que fazemos. — Alarga o sorriso. — Durma com os anjos.

Com essas palavras, ele faz uma mesura exagerada, provocadora, e sai calmamente do quarto, batendo a porta atrás de si.

Desmorono na cama, incapaz de acreditar que tudo isso esteja mesmo acontecendo. Pelo visto, não seria difícil manter Ron Blankenhein afastado de mim pelo tempo que Andriel havia me pedido.

Mas e Silver? Eu não suportaria ficar tanto tempo longe dela!
Porque, para tê-la de volta, só havia uma forma:
Eu precisaria consumar esse maldito casamento!

Capítulo 14

O ATORMENTADO

Argh! Por que estou agindo assim?

Afinal, esse corpo nunca foi o mais importante para mim.

O que preciso é que você me respire, que me inspire, que me torne seu oxigênio para que eu possa estar dentro dos seus pensamentos, que coloque um fim nesse eclipse da minha alma, que me deixe entrar na sua luz...

No entanto, tudo que sempre me resta é...

Dor. Decepção. Fúria.

Escuridão.

Sim, sei que entramos em um caminho diferente.

Uma nova chance.

Sim, eu deveria estar aliviado, esperançoso, quiçá maravilhado, mas...

O tormento aumenta a cada respiração. Meu peito é carbonizado por chamas impiedosas e ininterruptas. Estou ardendo daquele sentimento terrível de outrora, o maldito que prometi a mim mesmo nunca mais me deixar consumir.

Estou doente de ciúmes!

Porque, mesmo que aguarde todo o tempo do mundo, jamais terei o que mais quero.

Chega de ilusões! Preciso me afastar de uma vez por todas!

Ah, sim, era o que eu deveria ter feito. Se tivesse decência ou orgulho na cara.

Ah, sim, era o que eu deveria ter feito. Se não te desejasse tanto.

Sim… Que tolo eu sou!

Você nunca foi a cura para esse flagelo que me destrói e que em breve vai me levar.

Pelo contrário.

Você é a doença.

— Argh! — O último suspiro. *Pobre infeliz!*

Desfaço-me do punhado de pele e ossos como quem se livra de piolhos. As pontas dos dedos esquentam enquanto o frenesi incontrolável avança pelo meu espírito e pelas sombras que me envolvem. Puxo a lâmina de volta e o vermelho vivo que tanto admiro reluz sob o luar majestoso.

Se tem que ser assim, meu amor, arrumarei alívio em outros braços, de outras formas.

Levanto-me, limpo o punhal e, antes de ir embora, olho uma última vez para o corpo retorcido sob camadas de tecido amarelo.

Tão frágil, tão descartável, tão desprezível…

Um sorriso me escapa, mais implacável que o mundo que me encarcera.

Aqui, no entanto, sou amado e desejado.

Aqui recebo aquilo que você nunca me dará.

Capítulo 15

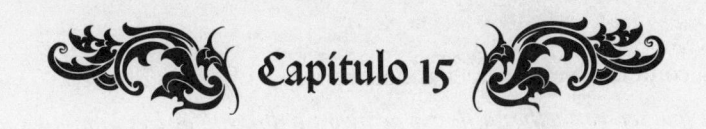

Um barulhinho ao longe. Espreguiço-me em meio ao conforto dos lençóis de cetim nunca antes experimentados. Novo barulhinho. Dou um pulo no lugar.

Tormenta de Zurian! Eu estava em um novo lar, com um novo sobrenome... Nailah Wark Blankenhein! Meu estômago se revira com a ideia. Balanço a cabeça. Em breve Andriel virá me buscar e aí sim começarei uma nova vida, a que sempre desejei.

Os ruídos e conversas do lado de fora se avolumam, de uma casa em plena movimentação. Eu já devia estar de pé, preparando o café. *Não mais. Aqui você manda fazer o café,* responde meu cérebro, animadíssimo. Sento-me na cama e meus pés se regozijam ao afundar no tapete felpudo. Fico imóvel por um momento, absorvendo a sensação de prazer a me envolver por todos os lados, o aposento tão aconchegante quanto requintado, com a cama, a penteadeira e a mesa de cabeceira em tons claros e frisos dourados. Lavo o rosto com a água da jarra que está sobre o toucador, retiro o que restou da maquiagem da véspera, deixando-a escorrer pela bacia de porcelana com pinturas de flores que nunca vi. Reparo no rosto que me encara pelo espelho, sem o claustrofóbico véu. E algo raro acontece: sorrio para a imagem refletida.

A partir de hoje, poderei deixar meus cabelos à mostra!

Deparo-me com o vestido de noiva largado no tapete. Estremeço ao me recordar como ele foi parar ali e respiro aliviada por nada ter acontecido.

Abro a cômoda. Nela há apenas dois vestidos. *Um deles é... bege? Todos não teriam que ser vermelhos a partir de agora e durante os três anos após o casamento?* Opto pelo bege, claro. Visto-o e gosto do resultado. Dois pares de sapatilhas se encontram ao lado da mesa de cabeceira. Calço as da mesma cor do vestido. Não são confortáveis, mas ficam lindas nos pés. Meus olhos recaem sobre o canapé marfim com franjinhas douradas, ou melhor, a caixinha de música que está sobre ele. Toco-a de leve. Sinto um estranho mal-estar e, sem pestanejar, eu a guardo na gaveta da penteadeira, empurrando-a mais para o fundo possível.

Meu estômago ronca, relembrando-me que não comi quase nada na véspera. Saio do quarto e, pé ante pé, vou em direção ao local de onde vêm as conversas. Avanço por uma passagem do corredor, e uma porta dupla em vaivém se abre para uma ampla cozinha. Ela é clara, com pisos quadriculados em carmim e branco. Em uma das paredes há um aparador de onde panelas penduradas reluzem como joias.

— Luz de Lynian — faço a saudação matutina.

Os empregados paralisam, mudos como estátuas.

— Clareia... nossos... c-corações — responde num pigarro uma das criadas, uma Amarela que deve ter mais ou menos a minha idade, logo após se curvar. Ela tem a estrutura delicada e o rosto muito bonito. — É que... há... se quiser ir para o jardim... p-posso preparar seu desjejum, senhora. Temos café, vários chás, o de erva-doce é o preferido do sr. Aaron, biscoitos de cevada e de mel. Como quer o pão? Aquecido ou ao natural? Vou descascar frutas, mas, se quiser...

— Qual o seu nome? — pergunto.

A garota empalidece, arregala os olhos. A criada Coral que abastece o fogão a lenha observa a conversa de esguelha, atentamente. Exuberante, ela tem o tom de pele escuro, corpo torneado e olhos castanhos muito vivos.

— Verona — balbucia a Amarela.

— Café e biscoitos de mel está ótimo, Verona.

— Vou preparar.

— Não precisa. Eu mesma me sirvo.

— O quê?!? Não pode! — solta num guinchado. Há pavor em seu semblante.

— Não?

— Eu que tenho que... A senhora vai... comer aqui?!?

— É proibido? — pergunto e escuto a risadinha abafada da criada morena. Tensa, a Amarela fuzila a outra com o olhar. A Coral levanta as mãos espalmadas, como quem pede desculpas, mas sua fisionomia não bate com o gestual. Ela estava implicando com Verona assim como Lisa fazia comigo, como amigas de verdade. Acho graça. Sorrio também.

— Ah! Aí está ela! — Margot exclama ao abrir a porta vaivém com estrondo. — A sra. Blankenhein ainda precisa se familiarizar com os protocolos da aristocracia. Conto com a ajuda de vocês para isso — diz para as duas criadas. — Venha, senhora. Não vamos deixar as garotas ainda mais constrangidas com a sua nobre presença do que já estão — ela brinca, mas vai me retirando rapidinho dali.

— Por que não posso comer lá dentro? — indago assim que saímos da cozinha.

— Ah, senhora, não faça isso. O sr. Blankenhein não vai gostar. Seu lugar agora é do lado de fora, na área dos nobres.

— Margot, eu não sou e nunca serei uma nobre.

— É apenas questão de tempo.

— Mas não ficarei por tanto temp... — Mordo a língua.

— O vestido ficou lindo, apesar de eu não concordar com essa cor que o sr. Aaron mandou comprar, mas, se é para usar só aqui em Greenwood, então... tudo bem. Foi tudo tão às pressas... Logo chegarão os vestidos que o patrão encomendou para a senhora. — Ela desconversa. — A mesa do desjejum é montada no jardim das begônias. A vista lá é maravilhosa na parte da manhã. Consegui morangos fresquinhos. O sr. Aaron disse que a fruta muito lhe agrada.

Como ele sabia?

— Ele já acordou?

Margot abaixa o olhar.

— O sr. Blankenhein... há... e-ele... não passou a noite em Greenwood.
— Seu sussurro é puro constrangimento. — Sinto muito, senhora.
— Ah — solto, aliviadíssima por não precisar dar de cara com ele logo cedo e ter algum tempo livre somente para mim.
— Mas ele pediu para deixá-la o mais à vontade possível.
— Eu estou.
— Acho que não. — Ela sorri ao escutar meu estômago roncar. — Vou acelerar o pessoal da cozinha.

※

Instantes depois, a mesa à minha frente está abarrotada de pães, biscoitos, frutas e chás. Meu estômago reclama de novo, mas agora porque pressente que está prestes a explodir. Tenho certeza de que comi por uma semana inteira. Os criados não sabem o que fazer para me agradar. Ainda assim, o dia parece interminável quando não se tem que trabalhar por horas a fio ou Silver para conversar e galopar. Para gastar o tempo, resolvo conhecer o lugar. Os Blankenhein são sem dúvida a nata de Unyan, e isso me faz ter a certeza de que aqui serei sempre um peixe fora d'água. Enjaulada dentro do refinado vestido, vou andando pela magnífica propriedade, cumprimentando com um menear de cabeça os empregados que surgem pelo caminho. Eles me saúdam com sorrisos e olhares reluzentes, como se eu fosse uma aparição divina. Sem graça, acelero os passos e, assim que contorno um labirinto de heras, dou de cara com uma grama impressionantemente bem aparada por uma extensão tão grande que meus olhos não alcançam o fim.

Como seria maravilhoso cavalgar com Silver aqui! Mas para tê-la de volta...

Um sorriso irônico me escapa. Como fui tola em acreditar que tantas perdas seriam por uma causa nobre, que Lynian me concederia um conto de fadas no último capítulo... Porque meu conto de fadas chegou às avessas! Aaron Blankenhein estava longe de ser um príncipe e muito menos veio a cavalo me salvar. Pior. O "príncipe encantado" havia ficado com o meu animal e negociado meu corpo com seu dinheiro.

Sento-me na grama e, perdida dentro da nova vida em que fui arremessada, fico observando o céu tomado por nuvens pesadas – cinza –, a mesma cor que me aprisionara desde a infância e que se embrenhou em minhas íris e essência. *A maldita me persegue como uma sombra até aqui!*

Algo surge no horizonte. Levanto-me para ver os dois pontinhos que crescem em minha direção. Um é negro, mas o outro é alvo como a neve e reluz sua prata derretida em todas as direções. Meu coração é cuspido para a boca.

Ah, Mãe Sagrada! Era ela!

Arranco as sapatilhas e saio correndo. O ponto branco acelera ao meu encontro. Minhas pernas voam, a emoção tomando conta do meu peito e me transformando em uma pessoa completa quando ela está por perto.

— Silver! — berro e escuto seu relinchar de alegria ao longe.

Os quatro dias sem vê-la se arrastaram como uma eternidade e, sem dúvida, foram a maior das punições. Com o coração socando as costelas, diminuo a corrida para assisti-la se aproximar. O mais incrível é identificar a pessoa que está sobre ela, quem Silver permite que a monte tranquilamente e que nunca vi acontecer a não ser comigo: Ron! Encaro embasbacada seu sorriso largo, sua montaria altiva e ao mesmo tempo relaxada, a facilidade com que a conduz, como se fosse a coisa mais simples do mundo...

Mas não é.

Porque aquela ali era Silver Moon, a thunder indomável, a mais selvagem de todas. E ela o aceitava de bom grado. *Silver gostava de Ron?*

Não sei o que pensar e muito menos decifrar a emoção que emerge em meu peito. Minha égua acelera o trote, balança a cabeça e sua crina prateada valseia de um lado para o outro. Olho ao redor e o ar me escapa de um jeito inédito. É tudo tão lindo, tão... perfeito! *Ah, sim! Agora Silver estava no lugar que fazia jus à sua beleza.*

Dark vem logo atrás, quase tão imponente quanto, com Oliver o guiando. Apesar de trotar com perfeição, reparo que o belo corcel negro tem uma atadura na pata dianteira direita.

— Elisabeta! — libero o murmúrio de contentamento e, mesmo com Ron ainda montado, eu a abraço com todas as minhas forças.

Silver joga a cabeça em meu ombro para receber mais carinhos. As nuvens pesadas desaparecem como por encanto e a claridade se faz presente e vibrante, dando vida e cor ao ambiente, enaltecendo a obra-prima da natureza que é a minha égua. Perco o fôlego ao ver o lugar reluzir e revelar sua beleza nos mínimos detalhes, o porquê das áreas altas de Unyan serem tão valiosas. Se existe paraíso, então estou dentro dele.

Imóvel, Ron aguarda sobre a sela, respeita nosso momento, e somente quando afasto o rosto para olhar Silver nos olhos é que ele desce dela com uma facilidade incrível para quem tem seu grave problema.

— Puxa, baratinha! Você deixa seu marido em segundo plano mesmo, hein? — ele diz sem parar de sorrir.

— Você a trouxe de volta...

— Oliver, por favor, leve Dark para dentro — ele pede enquanto acaricia a seta branca no focinho negro. Ao contrário de Silver, Dark é um animal muito dócil.

— Claro, senhor — o fiel escudeiro diz com a expressão confusa, olhando de mim para o céu repetidas vezes. Ele se recompõe e um sorriso de aprovação reluz em sua face morena. — Aproveite o passeio por sua propriedade, sra. Blankenhein!

Engulo em seco, ainda sem conseguir associar a minha pessoa a um sobrenome tão grande em letras quanto em força.

— O que houve com a pata de Dark? — indago.

Oliver olha de relance para Ron, que desvia de seu olhar.

— O de sempre. Tendinite — responde ele, taciturno.

— Sinto muito, e-eu... — digo com pesar verdadeiro ao ver Ron de cabeça baixa, como se não suportasse tocar no assunto. Respeito sua dor.

Assim que Oliver se afasta, o nobre desliza o rosto pelo focinho de Silver também. O gesto é tão terno que algo se aquece dentro do meu peito.

— Ela é uma boa menina — ele murmura com o olhar distante, perdido em pensamentos. — Por isso merecia voltar para quem mais a ama no mundo.

— O que quer dizer com isso? — Meu pulso dispara.

— Que talvez eu esteja cometendo o maior erro da minha vida. — Ele franze a testa, mas ainda encara o nada.

— Ron... — Aflita, seguro seu braço e o faço olhar para mim.

— Ela é seu presente de casamento número dois, benzinho — afirma com a voz rouca, e seus ônix negros e intensos cintilam sobre mim. — Silver Moon é toda sua.

Abro e fecho a boca, mas não sai som algum. Posso sentir o vibrar do meu coração em meio às cordas vocais, as palavras se desintegrando antes de formarem frases coerentes.

— "P-presente"? — gaguejo, desorientada. — Mas... meu pai... Nef disse que...

— Esqueça o que ouviu — Ron me interrompe e meneia a cabeça. — Acho que deixei tudo bem claro entre nós ontem à noite, não? Depende apenas de você, do seu coração me querer, para que haja a consumação desse casamento. — Sua voz sai dura ao manter o olhar cravado no meu e confessar o inimaginável: — Está decidido, só falta legalizar. Abrirei mão de Silver. — Ele torna a acariciar minha thunder. — Por direito, você é a proprietária dela.

— E-então... — engasgo, asfixio. — Você vai me deixar ficar com ela mesmo sem que a gente... sem que nós...

Ron assente minimamente, os olhos escuros, perdidos na neblina de uma emoção insondável.

— Ah, obrigada! — Eu me jogo sobre ele, abraçando-o com vontade. Ron se desequilibra com a minha reação acalorada e por pouco não vamos os dois ao chão. O nobre solta um gemido baixo e, sem titubear, envolve meu corpo com o dele, uma das mãos me apertando contra seu peitoral largo enquanto a outra se apoia na bengala. — Eu não sei como lhe agradecer, eu...

— Não precisa — sua voz falha. Elevo a cabeça e, conforme imaginei, seu semblante não está leve. Algo o preocupa. — Mas... quero te pedir uma coisa em troca.

— Qualquer coisa — respondo de imediato porque mal consigo acreditar que eu não esteja dentro de outro dos meus delírios.

— Não participe mais do Twin Slam.

Puxo o corpo para trás num rompante, afastando-me com a mesma velocidade com que havia me unido a ele.

E não respondo.

— Ligeirinha, o que você fez foi... extraordinário! — ele acelera em se explicar. — Fiquei tão boquiaberto, tão orgulhoso. Mas entenda que teve muita sorte também. Antes você tinha o inesperado a seu favor, ninguém sabia que era uma mulher montando Silver. Agora isso acabou.

— Não quero conversar sobre *isso* — devolvo com o maxilar trincado.

— Nailah...

— Não!

Ron repuxa os lábios em uma linha fina, como se segurasse a resposta à força, mas, após alguns segundos me encarando, libera o ar.

— Está bem. Ainda é cedo para essa conversa. Vamos entrar — devolve com a voz rouca ao me estender a mão livre.

Recuo ainda mais.

— E-eu... Queria ficar mais um pouco aqui, matar as saudades dela.

Ron concorda, mas é esperto o suficiente para compreender que minha recusa não é apenas por causa de Silver. Ele sabe que eu fugi do contato, de qualquer significado que aceitar sua mão estendida poderia induzir. Sem perder um instante sequer, viro-me para minha thunder e assovio. Ela se abaixa e, num impulso meio travado por causa da montoeira de panos por baixo do vestido, eu a monto. Explodindo de felicidade, empino com ela, vibro alto.

— Ah, Diaba...

Para minha surpresa, há um sorriso de admiração e não de condenação estampado no rosto dele quando saímos cavalgando em disparada.

Gosto um pouco mais de Ron por causa disso.

É tarde da noite quando retorno. Margot vem me receber à porta no instante em que coloco os pés na mansão. *Ela ficara me aguardando esse tempo todo?!?*

— Ah, que bom que finalmente chegou, madame! O sr. Aaron disse para ninguém ir atrás da senhora, que a deixássemos à vontade, mas eu já estava ficando aflita. Está tudo bem? — ela pergunta ao ver meu semblante surpreso.

— Estou ótima. Preciso apenas me lavar. — É tão raro (e estranhamente bom!) ter alguém que se preocupe comigo.

— Ah, sim. Claro, claro. Assim que estiver pronta eu avisarei ao sr. Aaron. Ele a aguarda na biblioteca.

Lavo-me rapidamente, coloco o vestido vermelho – o que sobrou – e solto os cabelos.

— Você demorou.

— Aiii! — Dou um pulo assim que saio do meu aposento.

Argh! Ele tinha me assustado de propósito!

Ron está recostado descontraidamente na parede ao lado da minha porta, os braços cruzados à frente do peito e com seu sorrisinho maroto a tiracolo. Os cabelos negros e fartos estão molhados, e, sem o gel para domá-los para trás, algumas mechas caem pelo rosto, conferindo-lhe um ar rebelde e nada aristocrático. Livre do tradicional sobretudo, ele veste uma calça comprida escura e larga. A camisa de tom marfim tem as mangas arregaçadas e os dois botões superiores estão abertos, evidenciando um pedacinho do peitoral branco como o mármore.

— Poxa, lesminha, quer me matar de inanição?

— Por que não comeu, então?

— Que regra de etiqueta é essa na qual um homem não aguarda sua esposa para desfrutarem seu primeiro jantar juntos? — dispara ele. *Ah!* Engulo em seco, mas não consigo disfarçar meu desinteresse. Ron finge não perceber. — Venha, antes que a comida esfrie e que...

— Até os porcos a rejeitem — repito a frase que ele havia dito na primeira vez que conversamos.

— Você se lembra?!? — Seus olhos reluzem.

— Dos porcos? Óbvio — implico e ele gargalha. Rio junto.

— Venha, tomatinho. Pedi que preparassem nossa mesa no jardim dos lírios. A noite está agradável, a lua magnífica e... bem — ele pisca —, lá teremos mais privacidade.

Sem me dar tempo para recuar, Ron infiltra os dedos nos meus e me conduz até a varanda, que fica nos fundos da casa, próximo de onde foi montado o altar para os cumprimentos na véspera. Meu estômago se retorce. Fazia pouco mais de vinte e quatro horas e... agora eu era uma mulher casada, não seria condenada a Lacrima Lunii, tinha minha thunder comigo e, ainda por cima, era riquíssima.

O que mais eu poderia desejar da vida?

Meu coração, em resposta, encolhe-se, aflito, quando algo indefinido, como um alerta sombrio, pulsa em minhas veias. Andriel e minha vingança reluzem no palco à minha frente, mas o que está por trás das cortinas turvas do destino, aquilo que não consigo identificar, é o que me desestabiliza, *como se o grande motivo para tudo pelo que estou passando ainda estivesse para ser revelado...*

— No que está pensando? — Ron indaga ao ver a sombra sobre o meu semblante.

— No tamanho que estarei daqui a algum tempo se comer um banquete como esse todo dia — disfarço quando Margot e mais duas criadas surgem no jardim com bandejas abarrotadas de comida.

— Já disse que adoro mulheres com curvas, mas, se passar do razoável e ficar igual a minha tia Marininha, eu peço a anulação do casamento.

— É possível isso? Anular um casamento? — A pergunta sai rápida demais.

Ron estreita os astutos olhos em minha direção.

— Quem a olha pensa que essa ideia está passando por sua cabeça, diabinha. Sou tão repugnante a ponto de preferir ficar imensa de gorda só para se ver livre de mim? — retruca ele ligeiro, casualmente brincando com o anel de ouro no dedo mínimo, agora que recolocou as extravagantes joias que adora. — Bom, não era o que as vinh... há... o que as mulheres costumavam achar... — Um sorriso malandro dança em seus lábios. — Deixemos esse assunto para outra hora, não? Estou faminto e disposto a ganhar algum peso. Comi muito pouco nos últimos dias. Essa torta de atum está com uma cara ótima, não?

O jantar transcorre de maneira leve e divertida, como sempre acontece quando o nobre está presente. Ao término, Ron me acompanha até a porta do meu quarto, mantendo-se sempre tão perto que a fragrância almiscarada que está usando penetra por minhas narinas e, de alguma forma, atiça meus sentidos. Ele diminui a distância, aproximando-se lenta e perigosamente, como se quisesse sentir o meu cheiro também, mas, com o rosto a poucos centímetros do meu, Ron se interrompe e, olhando dentro dos meus olhos, segura minha mão e a beija como quem faz um carinho erótico. Sinto o desejo fluir de seus lábios e me arrepiar por inteiro...

— Anjinho, eu...

— Boa noite. — É tudo que consigo dizer a um homem que não desejo, tampouco quero magoar. Puxo a mão num rompante atabalhoado, entro no meu aposento e fecho a porta sem olhar para trás.

Não escuto qualquer barulho no corredor, como se ele estivesse imóvel atrás da porta, incerto se deveria abri-la ou não, como teria direito de fazer porque agora é meu marido. Petrifico-me, preocupada que ele o faça.

Vá embora, Ron! Por favor, vá embora!

Os segundos passam e, finalmente, escuto o ruído cadenciado da bengala surgir e perder a força à medida que ele se vai. Solto o ar, aliviada e, ao mesmo tempo, inquieta com a estranha emoção que me toma. Perdida dentro de meus próprios sentimentos, jogo-me na cama.

"Trinta dias." O pedido de Andriel pulsa em minha mente, fazendo-me afundar a cabeça no travesseiro e rolar de um lado para o outro. Uma dor de cabeça surge vertiginosamente, a bruma negra chama meu nome enquanto se afasta. *Não vá!*, implora um eco de mim, mas é impossível resistir

ao chamado sedutor que me faz sentir mais viva do que nunca, ao frenesi enlouquecedor que se alastra como fogo pela minha pele e acelera meus batimentos cardíacos. Coloco-me de pé e a sigo como uma serva obediente, cega e surda para a confusão de vozes e visões que me atropelam pelo caminho que não reconheço. A névoa escura perde a força em determinado momento e, sob a pungente lua cheia, mãos asquerosas me agarram enquanto unhas e dentes me perfuram. Luto e luto. Mas é em vão. A quem pediria socorro? Quem me salvaria?

Nefret tinha razão.

Nunca houve um anjo justiceiro para me salvar. Não havia ninguém...

— NAILAH!!!

De roupão negro, assustadíssimo e mancando muito, Ron surge como uma aparição em meio à atmosfera lúgubre. Ele faz um gesto para que os criados não se aproximem enquanto vem o mais rápido que consegue em meu socorro, sua bengala arrancando tufos do gramado e golpeando tudo que encontra pelo caminho.

Ah, não!

Pisco várias vezes e me dou conta do que havia acontecido bem mais cedo do que eu podia imaginar. Com a camisola suja de terra e arregaçada até os joelhos, estou em estado deplorável, caída aos pés da magnífica árvore na entrada da mansão.

— Está tudo bem, florzinha! Estou aqui. — Com dificuldade, Ron se senta na grama ao meu lado e puxa minha cabeça em direção ao peito, abraçando-me com força e desespero. Sinto o tremor das suas mãos ao acariciarem meus cabelos e o martelar do seu coração nos meus ouvidos. Tenho vontade de fazer um buraco no chão e me enterrar nele para sempre, tamanha a vergonha do que isso pareceria aos olhos das pessoas. Com medo de que me tachassem de louca, durante anos eu e Nefret conseguimos esconder o problema de todos. *Mas agora acabou.* — Shhh! Foi só um... pesadelo. — Sua voz falha, tão fraca quanto a justificativa. Ele puxa o ar enquanto enxuga as lágrimas que eu nem sabia que havia liberado. O fogo que me dilacera a carne é tão real que poderia jurar que eu acabara de ser novamente violentada. — Você está segura agora — afirma com a respiração ofegante. — Vai ficar tudo bem.

— Não, Ron. Não vai. Nunca mais — confesso a triste verdade e seu corpo enrijece ao redor do meu, protegendo-me, embalando-me.

Fecho os olhos e me deixo levar pela inesperada sensação de paz e quietude.

Mas, em algum lugar distante, na minha alma condenada, trovões reverberam.

Tapo os ouvidos.

Porque minha intuição – aquela de que sempre me escondi, pura fúria e escuridão – sabia desde o início.

A pior de todas as tempestades já estava a caminho...

ELA TERÁ OS CABELOS VERMELHOS COMO O FOGO

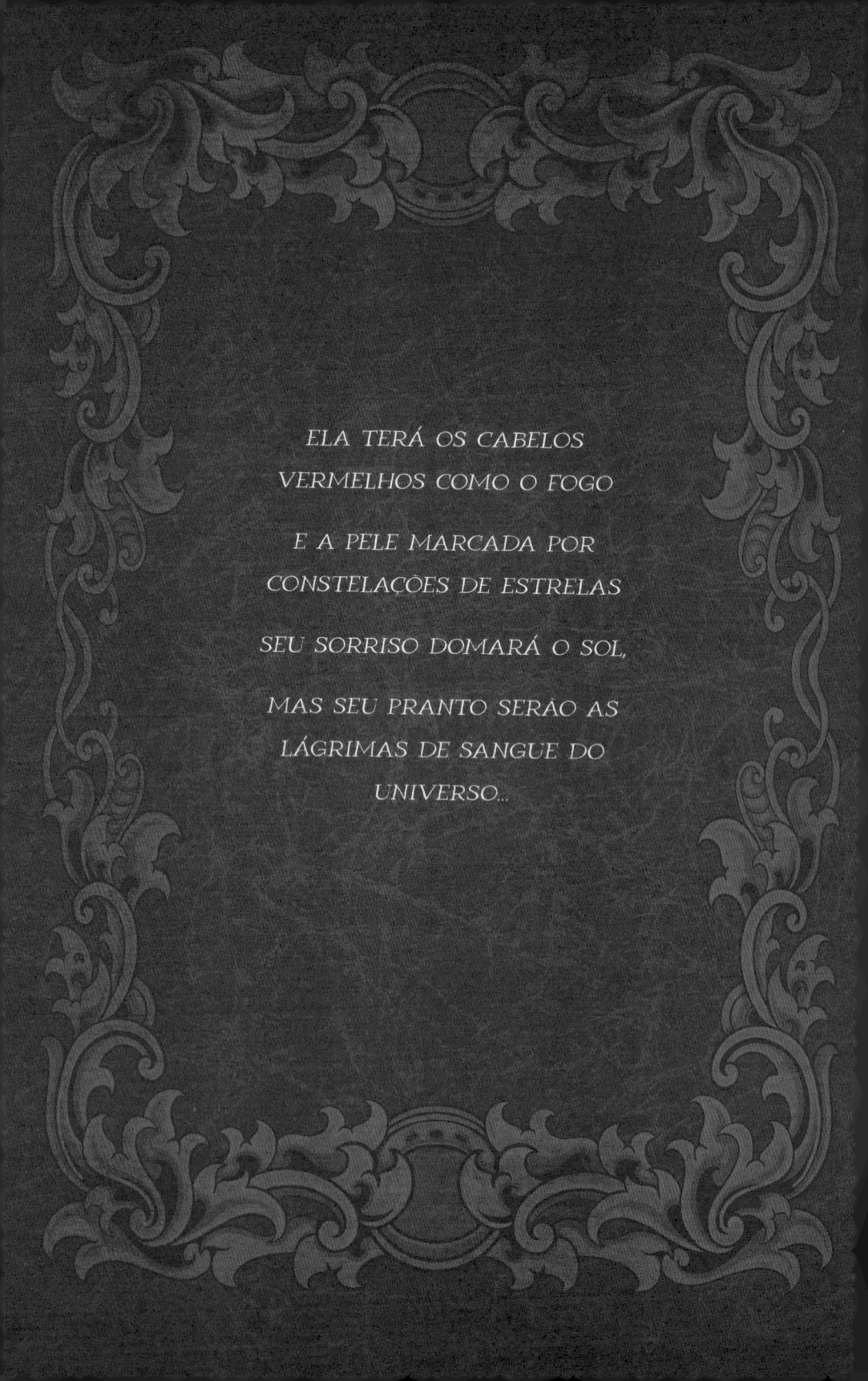

E A PELE MARCADA POR CONSTELAÇÕES DE ESTRELAS

SEU SORRISO DOMARÁ O SOL,

MAS SEU PRANTO SERÃO AS LÁGRIMAS DE SANGUE DO UNIVERSO...

Capítulo 16

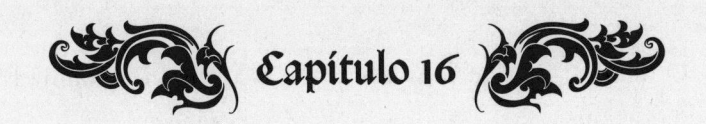

— O sr. Aaron precisou sair para resolver uns problemas, senhora. Sinto muito — Margot diz sem me encarar, cada dia mais inconformada.

Libero o ar, aliviada, não apenas por receber a mesma justificativa todas as manhãs, mas também porque ninguém olhou enviesado para mim ou me tratou de maneira diferente desde que dei o meu show de sonambulismo. Na certa Ron percebeu o quanto isso me afetava e os proibiu de tocar no assunto ou deixar transparecer.

— Está tudo bem. — Seguro sua mão. — De verdade. — Faço questão de frisar porque sei que ela está mentindo, assim como todos os criados, para acobertar o inconcebível de um homem recém-casado e que não poderia ser mais que perfeito para mim: *as noitadas de Ron!*

Após o café da manhã, sigo com Silver pelos campos de Greenwood. Minha thunder aperta o ritmo, adora o tapete macio sob suas patas e a liberdade de estarmos juntas de dia e não às escondidas durante as madrugadas. Aproveito o tempo agradável para desbravar o local. Cavalgamos por horas e, ainda assim, não é suficiente para cobrir toda a área sul. *Greenwood era imensa!* Cansada, deixo Silver pastar enquanto me jogo na grama.

— Ai, droga! — É noite quando acordo do cochilo.

Acelero de volta pela propriedade. Não há lampiões por todo o trajeto e, vez ou outra, acabo errando a direção. Silver bufa e interrompe abruptamente a cavalgada próximo ao pomar das macieiras.

— O que foi? — Aguço os sentidos e escuto o inconfundível ruído surgindo próximo à cerca divisória. — É só uma wingen.

Silver bufa com mais força agora.

— Pela luz de Lynian! O que deu em você? — indago ao vê-la arrastar os cascos, forçando-me a ir em outra direção, para a área onde há uma elevação no terreno. — Tá bom. Não precisa ficar assim. Vou chegar mais perto da cerca. — Acalmo-a quando compreendo sua intenção, e sei que seu temperamento é tão irrefreável quanto o meu. — Viu só? É só uma Sterwing... — digo ao ver o veículo se aproximar com velocidade pela estrada que margeia Greenwood. — É Ron! Como você sabia qu...

O veículo passa por nós com velocidade, mas não é rápido o suficiente. Consigo ter um vislumbre do seu interior, de uma cabeça feminina repousada em seu ombro, os dedos pálidos acariciando mechas louras.

Não devo ter visto direito. Ron não faria isso. Ele não me desrespeitaria de modo tão acintoso assim. Deve haver uma explicação razoável...

Com o coração num compasso estranho demais, acelero em direção à entrada, tão distante do casarão.

— É ela! — escuto o berro, mas não sei se foi de um dos homens que vigiam o lugar ou das pessoas que se agarram às cercas, pelo lado de fora da propriedade. Em meio à penumbra, consigo detectar apenas suas silhuetas se curvando com a nossa aproximação, berrando palavras que não compreendo. Elas parecem desesperadas, mas são logo retiradas dali por homens que guardam a área externa.

— O que está havendo aqui? — pergunto ao avistar o majestoso portão de bronze vedado de ponta a ponta, o mesmo que eu havia cruzado com a Sterwingen nupcial do Gênesis uma semana atrás. As rebuscadas esculturas dos thunders e lírios agora estão ocultas por robustas toras.

— N-não é nada, senhora! — responde num engasgo o que parece o chefe deles, vindo como um raio em minha direção. Reparo que são muitos os vigias e, para meu espanto ainda maior, que todos estão armados. *Isso era normal?*

— O que essas pessoas queriam?

— O d-de sempre. São... pedintes! — A resposta sai aos tropeços.

— O que houve com o portão?

— Está com defeito.

— Hum... A Sterwingen já entrou? — Volto ao motivo que me trouxe aqui.

— Que Sterwingen? — Os olhos do sujeito dobram de tamanho.

— A do sr. Blankenhein, óbvio — respondo, impaciente.

— A senhora deve ter se confundido. O sr. Blankenhein nunca chega tão cedo.

— Eu vi. Era Ron na Sterwingen!

— A senhora viu nosso brasão nela? — devolve ele de estalo.

Recuo, confusa. Não, eu não vi nenhum brasão.

Por Lynian!... Será que eu havia me enganado? De fato, eu não tinha visto o rosto de Ron, apenas as mãos pálidas e grandes, sem anéis...

Balanço a cabeça, volto a mim. Devo ter me enganado, e, ainda que fosse verdade, por que me sentiria tão ultrajada se sei que se trata de um casamento de fachada e que em breve não estarei mais aqui?

Giro as rédeas e me afasto dali.

Por um instante poderia jurar que os vigias respiraram aliviados.

<hr />

Como Ron nunca está em casa até o entardecer, tomo meu desjejum na varanda próxima ao jardim das begônias, quando os dias amanhecem claros, ou dentro da cozinha, para desespero dos empregados, quando a chuva fina me faz abandonar a imensa sala de jantar que mais parece um mausoléu mal-assombrado. Podem ser obras de arte de valor inestimável, mas me dá calafrios comer junto a objetos que pertenceram a pessoas mortas há centenas ou, quem sabe, milhares de anos. Aos poucos, vou me acostumando a essa rotina e, depois de vários dias, parece que os criados também.

O lugar funciona de um jeito harmônico e organizado. Ali as pessoas têm aquilo que nunca encontrei na vida e que ainda me sinto perdida em me deparar com tanta frequência: paz. Tudo aqui é impregnado de tranquilidade. Sinto-me bem diante dessa nova sensação. Surpreendente e verdadeiramente bem.

— Desculpa, menina. Dormi demais. Calminha aí! — digo com um sorriso ao ouvir as bufadas de Silver. Impaciente, ela arrasta os cascos e crava os olhos em mim. — Vamos dar tudo hoje, ok? Vou preparar uns obstáculos para a gente treinar, prometo — digo ao acariciar sua crina e beijar sua cabeça.

Partimos em nossa cavalgada diária, um galope suave seguido de uma corrida veloz. O volumoso vestido vermelho, como todos os demais que chegaram, atrapalha muito. Assim que alcanço uma região deserta, enrolo a saia até as coxas, dou um nó lateral e libero as pernas. *Agora sim! Posso voar com Silver!*

— Pelas anáguas da Sagrada Mãe! Quer se meter em confusão? — A voz debochada me faz paralisar minutos depois.

— Você quase me matou de susto! Como chegou tão silencioso assim? — Giro o rosto e o pego com os olhos cravados nas minhas pernas desnudas. Tento puxar o vestido para baixo, mas o nó impede. — Por que chegou tão cedo?

— Prefere assim?

— Por mim tanto faz. — Dou de ombros. Ele acha graça, mas continua a observar minhas coxas de um jeito desconcertante. — Não estou fazendo nada errado. Estou dentro da minha propriedade.

Ron parece aprovar a resposta e o olhar safado se ilumina.

— E se a "confusão" não estiver do lado de fora das cercas? — indaga ele, repuxando os lábios de um jeito malicioso. — E se for justamente o contrário?

— Argh. — Reviro os olhos. — Quer parar de olhar para as minhas pernas?

— Ora, não posso admirar o corpo da minha esposa? Afinal, é tão pouco e estamos a sós… — ele comenta enquanto faz Dark se aproximar.

Para meu ódio ainda maior, Silver não reclama, como faria com qualquer um. Ao contrário, ela fica à vontade com Ron por perto.

À vontade até demais...

— Gosto desse seu traje... diria que é muito... *interessante*, mas não quero que nenhum dos meus criados veja o que só eu posso — diz, brincalhão, mas capto o tom possessivo que já escutara antes, quando eu estava encharcada dos pés à cabeça naquela estrada maldita, na noite que partiria minha vida em duas metades com sua lâmina afiada. — Vou providenciar um mais adequado.

— U-um traje de montaria?!? Para mim?

— Por que está com essa cara de lagartixa encurralada? Não quer ficar com os movimentos livres? — devolve ele, descontraído sobre a sela de Dark. — Mas só poderá usá-lo aqui em Greenwood, claro. Será um segredinho nosso. — Alarga o sorriso sem vergonha. — Tudo bem, basta agradecer que me darei por satisfeito.

Meu queixo despenca em queda livre. Aaron Blankenhein podia ser um mulherengo incorrigível, por vezes insuportável com suas brincadeiras idiotas, mas a verdade é que só ele conseguia me surpreender dessa maneira. Para minha total consternação, o nobre parece compreender meu modo diferente de ser e não me julga por isso. Ron também era um sujeito fora dos padrões. Sua forma de contestar a sociedade e as leis, sua mente aberta para o improvável. *Talvez tivéssemos mais pontos em comum do que eu imaginava...*

— Obrigada. — O agradecimento é tão verdadeiro que me estrangula a voz.

— De nada, mas o prazer não foi meu, esteja certa. Prefiro esse daí. — Ele aponta para o meu traje, mas desta vez não há malícia e sim emoção genuína em seu semblante.

Abaixo a cabeça e miro minhas mãos ao perceber a estranha energia novamente pairando no ar. Não quero que ele tenha esperanças só porque está me fazendo essa gentileza. Ron capta meu desconforto, puxa as rédeas com uma leveza impressionante e se afasta com Dark. Sobre o animal, seu defeito não existe e sua postura empinada e confiante é a prova disso.

As pisadas de Silver são brutas, selvagens como seu sangue, mas Dark segue com uma classe atordoante. Ron o guia com tanta precisão que parecem deslizar no ar, fascinando-me.

— Vai ficar parada aí? Venha, quero lhe mostrar uma coisa — ele comunica ao acelerar o trote e sem olhar para trás.

Cavalgamos em silêncio até uma região ao norte da propriedade, que eu ainda não conhecia.

— Isso é...? — Meus olhos se arregalam ao chegarmos ao topo de um aclive.

— Pertenceram a uma época distante. — Ron, por sua vez, tem a expressão taciturna enquanto encara o local a nossa frente, num nível abaixo, uma área imensa e abandonada, um emaranhado de traves quebradas com musgo e mato cobrindo tudo. Não sei o que pensar. — O tempo é implacável... — murmura ele com a voz grave, mais para si mesmo do que para mim. — Mas suaviza as dores de alguma forma. Sou a prova viva disso.

— Então... não é uma deficiência de nascença?

Ele sabe a que me refiro.

— Não.

— Você treinava aqui?

— Há muito, muito tempo. — Ele assente e, de relance, olha para a perna problemática. — Quando eu ainda era... uma criança. — Sua voz vacila, como se por um instante a palavra "completo" passasse por seus pensamentos. — Eu não sei se devia, mas está na hora de dar alguma utilidade ao local. Assistir você montar foi a coisa mais deslumbrante que meus olhos já viram, mas, apesar disso, sua forma de saltar tem falhas básicas.

— Não é isso. Silver apenas...

— Precisa aprender a saltar — dispara, inflexível. — O que vocês fazem é fugir dos obstáculos e atropelar tudo que veem pela frente, mas existe muito mais em questão, tem a vida das duas em jogo.

— Não precisa se preocupar.

— Desculpe-me a franqueza, mas preciso sim. Paguei caro pelas duas.

— Gastou seu dinheiro porque quis.

— Égua brava! — Ele repuxa os lábios. — Sabe, eu tinha lá minhas dúvidas, mas acabo de ter a certeza de que você é mais selvagem que Silver.

Fecho a cara. Ele gargalha.

— Vamos lá, diga logo o que achou e pare de dar coices. Gostou da ideia? Vou providenciar uma trave móvel, está na moda, ouvi dizer. Diga-me o que quer que eu coloque. Algum pedido especial?

Quero revidar, xingar um monte de palavrões pelo fato de ele falar comigo dessa maneira, mas então meu cérebro lerdo processa a proposta inimaginável, e é uma risada alta e idiota o que escapole da minha boca.

— Você vai... preparar esse local para eu treinar?!?

— Ele será todo seu, ferrãozinho. Somente seu.

— M-meu? — Engulo em seco, gaguejo.

— Você fica lindíssima quando sorri. — Concorda com um discreto menear de cabeça, a expressão séria agora. — Ouvir sua risada, fazê-la feliz... — Ele olha para as próprias mãos e depois para o horizonte. — De repente isso me faz sentir tão bem comigo mesmo, mais realizado do que jamais me recordo. É bom, estrelinha. Na verdade, é mais do que isso. — Ele torna a me encarar.

— Ron, eu não...

— Shhh. Sim, você merece — murmura de um jeito que me faz esquentar por inteiro. Meu rosto começa a pegar fogo.

Como ele sabia que seria isso o que eu ia dizer? Recuo, a respiração repentinamente descompassada. Ele percebe, faz Dark se aproximar um pouco mais de Silver, mas interrompe o trote ao me ver tão desorientada. Não consigo identificar a sensação que se revira dentro de mim, quente e súbita. Não é surpresa. Não é contentamento apenas. Essas eu conheço. Mas a de agora, não.

— Vamos voltar para casa. Meu corpo não reage bem quando a temperatura cai.

Ron gira as rédeas e, como sempre faz, cavalga ligeiramente a minha frente. Hoje desejo que ele faça isso mais do que nunca. Não quero que perceba que, de alguma forma, ele tocou fundo dentro de mim. Quando abriu mão de Silver, eu fiquei feliz, mas não me senti assim porque, dentro do meu coração, Silver sempre me pertencera. Mas isso aqui era diferente. Ron estava desenterrando fantasmas do passado, enfrentando-os por minha causa, ainda que isso lhe fosse doloroso.

Vou seguindo o cavaleiro de porte altivo e olhar distante, nada parecido com o infame Ron Blankenhein de sempre, e me perguntando a cada instante:

Você está jogando comigo?

Afinal, quem é você, Aaron Blankenhein?

Capítulo 17

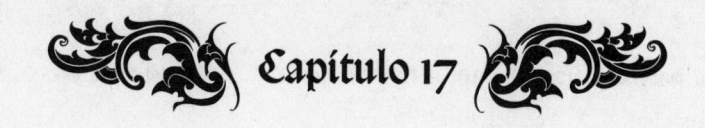

Quando saio do quarto na manhã seguinte, o dia está claro e quente, mas o silêncio na mansão me causa estranheza. Vou andando pelos corredores, passo pela cozinha e nada. Nenhum ruído. Absolutamente ninguém.

Acelero os passos em direção ao jardim de begônias. Mais caprichado do que nunca, meu café da manhã me aguarda sob o sombreiro. Verona está sentada no pequenino sofá lateral, a cabeça pendurada num cochilo profundo.

— L-Luz de Lynian! — Despertada pelo susto, saúda atabalhoada a bela criada ao escutar meus movimentos. Ela me serve uma xícara de café, mal consegue segurar o bocejo, mas seus olhos brilham como nunca.

— Você passou a noite em claro? — vou direto ao ponto. Tudo ali está mais do que estranho. — Onde estão todos?

— Ninguém dormiu esta noite, senhora — confessa ela.

— Por que não? Por que esse sorriso bobo no rosto? — Estreito os olhos, confusa e ao mesmo tempo contente por vê-la com o semblante tão animado.

— Senhora, eu não posso...

— Nailah — corrijo-a. — Fale logo antes que eu tenha que descobrir por conta própria. Onde está todo mundo? Por que ninguém dormiu? O que está havendo?

— Margot disse que era para a senhora fazer seu desjejum primeiro.

— Eu vou fazer, fique tranquila. Estou faminta.

Ela parece satisfeita com a resposta e, com orgulho que parece vir da alma, revela:

— O sr. Aaron pediu para que, assim que terminar o desjejum, a senhora monte sua thunder e o encontre na área ao norte da propriedade. Ele disse que a madame saberia ir, mas, se tiver alguma dúvida, Ernest a guiará até lá e...

Não é possível! Não pode ser o que estou pensando. Não deu tempo.

— Eu sei onde é. — Coloco-me de pé num rompante, o coração rápido demais.

— Mas tem de comer antes — Verona protesta.

— Tenho quilos de sobra. — Arranco as sapatilhas. — E estou sem fome.

— Mas você disse que estava faminta!

— Eu disse? — Faço cara de desentendida.

— Humpf! Já não me basta uma implicante como a Aleza para aturar. — Ela revira os olhos, mas alarga o sorriso e toca minha mão de leve.

Exatamente como Lisa fazia, como uma amiga.

Meu peito se aquece. Sorrio para ela e, com uma emoção inédita jorrando nas veias, corro a passos mais do que rápidos para a baia de Silver. Minha thunder pressente algo e, agitadíssima, remexe a cabeça para a frente e para trás.

— Vamos lá, menina! — Abro a porteira de maneira afoita e saio cavalgando em disparada, mais veloz do que nunca.

À medida que avançamos em direção ao norte, passamos por criados carregando ferramentas, latas de tinta e toras, alguns cochilam sob a copa de frondosas árvores, outros me cumprimentam com sorrisos gigantescos, ainda que com as faces cansadas e sonolentas. Minhas suspeitas aumentam. Aceno de volta e acelero o galope, que já era rápido, para uma corrida alucinada. Mais empregados sorridentes passam como borrões por nós. Meu coração parece estar ainda mais apressado que a nossa cavalgada porque pretende chegar ao lugar antes de mim. Deparo-me com a pequena colina. *Quase lá!* Subo-a num piscar de olhos e, ainda assim, parecé uma eternidade para minha ansiedade galopante. Quando chegamos ao topo, minha boca despenca, meu coração aquieta, puxo as rédeas.

E admiro.

Observo, catatônica, o lugar que nada tem a ver com o campo de desolação da véspera. *Como o haviam transformado tão rapidamente assim?*

A vegetação está aparada em uma extensão que minha visão mal alcança, as traves substituídas, cada uma de uma altura e com as distâncias adequadas a um treino, infinitas vezes melhor que em meus sonhos. Tudo tão caprichado, tão lindo, tão... *perfeito!*

Ron interrompe a conversa com Oliver, gira o rosto em minha direção e fica paralisado. Parece que quer me olhar e olhar e olhar, porque não sorri, não se mexe, não faz absolutamente nada enquanto me observa com seus insondáveis olhos negros.

Oliver diz algo, Ron assente sem desgrudar os olhos de mim. Em seguida, o criado se afasta e, ao passar ao meu lado, também meneia a cabeça com um sorriso imenso a tiracolo. Engasgo ao compreender seu significado. Não é de felicidade apenas. *Gratidão?... Era isso?*

É Silver quem tem alguma reação e começa a descer a pequena colina em direção a Ron. Ele permanece de pé, recostado a uma das traves, as roupas sempre impecáveis agora amarrotadas. A camisa branca largada por cima da calça, vários botões abertos, as mangas enroladas até os cotovelos exibindo a pele alva dos antebraços, as mãos sujas, o cabelo negro caindo pelo rosto, arruinando sua aparência aristocrática e o deixando tão comum, tão másculo, tão... *perturbadoramente interessante.*

Ele continua paralisado, olhando para mim como quem vê uma miragem.

Aproximo-me um pouco mais. Apeio de Silver.

— Ron...

Mas a voz e as palavras se perdem no caminho. Não sei o que dizer, muito menos o que estou sentindo.

E então, ele sorri.

Um sorriso rasgado, tão hipnotizante e emocionado quanto o do dia do casamento, mas com uma aura diferente, algo que não sei definir...

— Não se acostume a me encontrar aqui tão cedo, aurorinha — diz de forma marota, o olhar cravado no meu. — Não compactuo de seus hábitos matutinos, prefiro cavalgar ao entardecer, mas quis estar aqui na primeira vez — confessa, e seu semblante cintila uma energia vibrante. — Quero estar presente em muitas das suas *primeiras vezes*, assim como desejo ter muitas delas com você. — Era para sair de maneira descontraída, mas a voz rouca o trai.

Engulo em seco. *O que ele queria dizer com isso?*

— Ron...

— Pode dizer que fui acometido por alguma tolice romântica e... — Sua fala sai atropelada, rápida demais.

— Ron...

— Eu sei, eu sei, ainda precisamos melhorar. — Ele gira a cabeça de um lado para o outro, aponta para as traves móveis. — Estas são provisórias, estou estudando com Oliver um novo modelo e...

— Ron...

— As poças precisam ter os limites mais definidos e...

— Ron, cala a boca! — rujo. Ele fecha a matraca e é a minha vez de escancarar um sorriso. — Está tudo absolutamente lindo, fabuloso e perfeito e... bem, queria saber proferir palavras mais bonitas do que essas porque utilizaria todas aqui e agora. Mas é tudo que consigo dizer... Obrigada, Aaron Blankenhein. De verdade.

Toco sua mão de leve e, sem hesitar, ele a segura com vontade, embrenhando os dedos entre os meus. A mão está gelada e trepidante.

— De nada, Nailah. — A forma como diz meu nome, com tanta devoção e intensidade, mexe comigo.

Ron tem a capacidade de cutucar áreas desconhecidas dentro de mim. Tenho medo disso. Muito medo do que poderei encontrar lá dentro. Puxo a mão de volta, sem graça, interrompendo o contato que nem deveria ter acontecido.

— Posso? — disfarço, apontando para o campo de treinamento.

O nobre percebe minha reação e recua, sério, abre os braços.

— Ele é todo seu — diz, com a voz seca e os olhos muito escuros, quase tão negros quanto a nuvem que não vi surgir ao longe.

Um marido ausente era mais que perfeito. Um marido que permitia que minha thunder permanecesse comigo, que não contestou minha decisão de continuar no campeonato, que até construiu um campo de treinamento para mim e, principalmente, que não exigia meu corpo na sua cama no final do dia...

Bom, isso já era perfeito até demais, alerta a voz da razão, desconfiadíssima. Dou de ombros. Eu haveria de me aproveitar dos ventos favoráveis e focar no que importava: a *semifinal do Twin Slam!*

Mais um dia de treinamento chega ao fim, e, impaciente sem qualquer motivo aparente, não contorno a sequência de traves diagonais e salto a mais alta delas com mínimo espaço para aceleração.

— Pelos cabelos arrepiados de Lynian! Não sei qual das duas é a mais maluca... — Meu coração dispara ao vê-lo surgir como uma assombração às minhas costas, três dias depois de fazer o campo de treinamento e sumir do mapa. — Acho que terei que aumentar a altura das cercas de Greenwood, senão você e sua égua vão sair voando por aí qualquer dia desses — ele diz, com a cara travessa.

Franzo o cenho, mas não consigo impedir que um sorriso traiçoeiro surja em meus lábios com velocidade assustadora.

— Olha, preciso ser franco, sua corrida está muito previsível, raiozinho — diz na lata.

— Não foi da vez passada.

— Você não fez uma corrida "previsível" da vez passada e ainda era o azarão. Lembre-se: ninguém tem olhos para azarões. O que será o oposto na semifinal. — Ele solta o ar com desgosto. — Se continuar assim, você será trucidada naquela pista.

— Ah, é?

— É — devolve. — Cuidado com as poças. Com água até metade das patas, nem Silver é páreo para uma emboscada. Os adversários sabem disso e, se estiverem armando algo, é lá que vão fazê-las ir ao chão.

— Silver não cai — retruco, acariciando o focinho da minha amada.

— Qualquer um pode cair, Nailah, qualquer um — diz de um jeito sinistro. — Até sua thunder. É bom colocar isso na sua cabeça.

— O que sugere, então? — disparo, incomodada com a estranha conversa.

— Contorne as traves aquáticas.

— Está louco? Se eu fizer isso irei para a última colocação!

— Você se manterá viva na prova. Com a velocidade de Silver, ainda chegará entre os dez primeiros colocados. Mas se quiser pagar para ver... — Ele faz uma careta. — Só poupe meus ouvidos, ok? Não suporto gente chorona.

— "Gente chorona"?!? Eu? Quem é você para falar? — explodo. — Alguém que se borra de medo de água! Pensa que não vejo o quanto foge desses lugares?

— Muito bem — diz, displicentemente, enquanto uma tempestade acontece em seus olhos. — O papo está interessante, mas está bom por hoje.

— Mas você acabou de chegar! — rebato ao vê-lo se afastar. — Não vá, Ron, por favor! — O pedido desesperado sai antes que eu me dê conta. — Jante comigo.

Ele gira as rédeas de Dark, olha por sobre o ombro e abre um sorrisinho.

— Mas era para casa que eu estava indo. Estou com uma fome danada.

Xingo-o baixinho por ter me enganado, mas não consigo deixar de sorrir de volta.

— Perdeu o jantar impressionante que Margot lhe preparou três dias atrás.

— Fiquei sabendo. Pretendo me redimir esta noite — ele diz com entusiasmo.

As olheiras profundas, a tosse e os movimentos lentos, no entanto, afirmam o contrário. Ron está pálido demais.

Assim como estava logo depois do dia em que fui violentada...

O pensamento me faz arrepiar por inteiro.

— Acho que devia dar um descanso nas noitadas se não quiser chegar aos trinta aparentando oitenta.

— Trinta?!? — Ron desdenha, ácido. O olhar sempre tão cheio de mistérios e significados que ainda não sei decifrar. — Ah, não. Não tenho essa pretensão.

O mórbido comentário me faz congelar.

Estaria ele com alguma doença, como disseram aquelas aristocratas? Seria esse o motivo do seu abatimento?

— Ótimo. Então ficarei livre de você mais cedo do que eu imaginava.

— Adoro seu humor peculiar, azedinha. — Ron joga a cabeça para trás, gargalha.

— Você está se matando... — balbucio. — É algum tipo de punição?

— Talvez.

— Precisa ir mais devagar.

— Está preocupada comigo? — Ele abre um sorriso convencido enquanto leva a mão repleta de anéis ao peito.

— Óbvio que não. — Reviro os olhos. — Por mim você pode fazer o que bem entender, ficar fora o tempo que quiser, eu só acho que seria bom se...

— Para mim parece preocupação — alfineta o cretino, sem me deixar completar a frase.

— Ah, então por que não fica por lá de vez? — Meu pavio curto me faz explodir. — As mulheres de vinho devem saber cuidar bem de um... de um...

— De um...? — Ele estreita os olhos de águia na minha direção.

— Tolo! — retruco. — Não enxerga que Greenwood precisa de você? Ron mal contém o sorriso repleto de dentes ao se aproximar.

— E você, espoletinha? Também precisa de mim? — indaga com a voz sedutora.

— Ah, não enche! — Desvencilho-me dele e acelero em direção ao casarão.

Achei que escutaria sua risadinha, mas, dessa vez, apenas silêncio acompanha meus passos.

Não gosto disso.

Capítulo 18

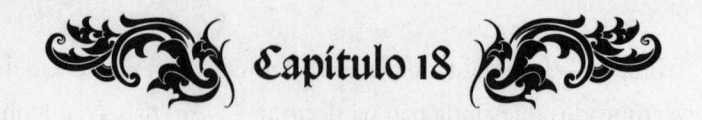

— Se me queria morto, era só dizer — Ron me recepciona com a voz fraca, preguiçosamente recostado em uma das paredes de pé-direito altíssimo da sala de jantar enquanto brinca com um cálice de cristal vazio entre os dedos.

O nobre vem em minha direção em seu ritmo cadenciado, porém mais lento que o normal. *Ele não está bem.* Galanteador, puxa uma cadeira para que eu me sente e se acomoda ao meu lado. Para quem diz estar com uma fome avassaladora, Ron mal toca na comida. Tenho a sensação de que aceitou esse jantar somente para me ouvir falar e falar e depois gargalhar com as minhas histórias, os olhos reluzindo quando explodo, furiosa com alguma das suas piadinhas idiotas, e, logo depois, render-me e rir alto com ele, um riso solto, como eu não sabia que era capaz de liberar, como somente Ron consegue arrancar de mim.

— Eu queria te agradecer — digo, afônica, assim que a refeição termina. Ele percebe a mudança no meu comportamento e os olhos reluzem, aguardando com interesse, como sempre. Engulo em seco, sem graça. *Não é o que ele imagina...* Apesar de ansiar pelos momentos que passamos juntos mais do que eu poderia imaginar, tenho cortado qualquer tentativa dele de aprofundar nossas conversas, mantendo-as, como ele já deve ter percebido, superficiais. Não acho honesto tomar conhecimento sobre seu passado e fatos íntimos se esse casamento é um grande engano e, principalmente, se pretendo partir em breve, quando Andriel vier me buscar. Ainda assim, eu precisava me despir de alguns medos para ter acesso às respostas que me consumiam.

O tempo urgia.

— Por ter me socorrido naquela noite, lá fora... — continuo, remexendo o doce de maçã com a colher enquanto tomo coragem para tocar no assunto que, literalmente, arranca-me o sono, sobretudo agora que outra lua de Kapak se aproxima...

— Que noite? — Ele estreita os olhos, confuso, antes de arregalá-los. — Ah! Quando você resolveu golpear o pobre jatobá como se fosse seu maior inimigo? Pobre árvore. Foi mais maltratada naqueles minutos do que em toda a sua existência. Olha que já se passaram séculos! Por pouco sua espécie não foi erradicada de vez da face de Unyan.

— "Erradicada"? Você quer dizer que...

Orgulho reluz em suas feições.

— Pois é, benzinho. Esse jatobá é o último que restou em nosso mundo. O casarão foi construído em uma posição que lhe desse o destaque que merece. O Gênesis já tentou plantar essa árvore por toda a Unyan, mas ela simplesmente não cresce em lugar algum. Tem valor inestimável para a minha família.

— O brasão dos Blankenhein... é por isso!

— Sim, ele é mais do que um patrimônio — Ron anui. — É a nossa marca.

— E-eu sinto muito.

— Não precisa. O jatobá mandou dizer que passa bem — afirma, brincalhão. — Mas, como sujeito curioso que sou, queria entender um pouco mais como... há... *funciona*. Já li sobre o assunto, mas nunca tinha visto alguém nesse estado.

— Desde criança eu sempre os tive... — minha voz vacila — quero dizer, os "sonhos diferentes". Mas os episódios de sonambulismo começaram três anos atrás.

— "Sonhos diferentes"? Como assim?

— Vozes. Luz. Uma silhueta com cabelos de fogo que fala comigo.

— Ela fala com você durante os sonhos? — indaga, atento demais.

Concordo com um mínimo movimento de cabeça, mas não digo tudo. Não conto sobre a voz da escuridão e o fascínio que ela exerce sobre mim.

— Sobre o que essa silhueta fala com você?

— Depende. Em algumas ocasiões, ralha comigo, noutras, me dá comandos que minha mãe pediu para eu sempre obedecer. Foi herança dela.

— Herança da sua mãe... — Ron tateia as palavras ao me ver destrancar uma das portas mais fechadas da minha existência. — Você gostaria de falar um pouco sobre ela?

— Ela quem? A silhueta dos sonhos ou a minha mãe?

— Você decide.

— Georgia era seu nome. A mulher mais forte que já vi.

— Agora sei a quem você puxou. — Ele me lança uma piscadela. — Prossiga.

— Ela era linda, inteligente, adorava contar histórias fantásticas para mim e meus irmãos. — Apesar da dor da lembrança, um sorriso nostálgico me escapa. — Antes de a tacharem como louca e a matarem. Eu tinha sete anos na época.

— Por que fizeram isso?

— Porque ela pensava diferente. Porque acreditava no amor. E nos sonhos.

— Os sonhos dos quais ela pediu para você nunca duvidar?

Assinto e aperto os dedos, tensa. É a primeira vez na vida que conta isso a alguém, mas, por alguma razão inexplicável, sinto-me estranhamente bem em dividir com Ron o que me causaria horror em confessar a qualquer outra pessoa.

— Mamãe também os tinha, mas os sonhos pararam quando engravidou de mim.

— Porque eles passaram para você, como uma herança... — murmura ele, juntando os pontos. — As vozes desses sonhos... — recomeça com cautela. Quase posso ver as engrenagens de seu cérebro trabalhando a todo vapor. — São elas que te chamam durante a noite? São essas vozes que você segue?

— Não sei ao certo — saio pela tangente. Oculto que em meio à escuridão dos sonhos vejo lugares em que nunca estive e rostos de garotas que desconheço, escuto berros. *Seriam as vozes delas?*

— Mas se isso vem acontecendo há três anos... — lança a indagação no ar.

— É raro acontecer.

Não sei se minto para ele ou para mim, se preciso desesperadamente acreditar que tudo é apenas uma sinistra coincidência. Porque de uns tempos para cá ocorre sempre em noite de lua cheia...

— E seu pai?

— O velho tem sono pesado. — Abro um sorriso irônico. — Graças a Lynian, ele nunca presenciou nenhum episódio.

— Mãe Sagrada! Então você já andou de madrugada *nesse estado* por Khannan? — O nobre engasga. — As pessoas nunca contaram para ele ou para os...?

Capatazes? Era isso que Ron ia perguntar?

— Se alguém viu, nunca delatou. Além do mais, Nefret sempre surgia para me ajudar a voltar para casa em segurança. Algumas vezes eu só descobria que havia vagado pela colônia ao acordar de manhã, com os pés imundos de terra.

— Você não se lembra de nada quando está nesse estado?

— Não. — A voz arranha quando não posso lhe contar a verdade na íntegra, que após um surto às vezes eu encontrava objetos estranhos entre as minhas coisas, como um broche feito de folhas de ouro ou um tufo de cabelos platinados assustadoramente semelhantes aos de um colono que aparecera morto nas ruínas de Khannan.

— Mas seu irmão chegou a ver, certo? Ele não...

— Nefret nunca tocava no assunto — acelero em explicar. — Paredes têm ouvidos e ele tinha pavor que alguém descobrisse, que tomassem meu sonambulismo como um problema mental e eu acabasse tendo o mesmo destino da nossa mãe e irmã.

— Entendo — diz taciturno, perdido em pensamentos. — Você acha que os episódios têm a ver com alguma situação específica?

— Não. — Se eu comentasse sobre a lua de Kapak, na certa ele riria da minha cara, principalmente se conhecesse um conto dos nossos ancestrais sobre um homem que começava a uivar e virava um monstro cheio de pelos e garras nessas luas...

— Talvez possamos mapear o que antecede em uma crise, talvez haja algum padrão — insiste ele, astuto e interessado demais para o meu gosto. — Pode ser no período que antecede o sangramento. Nessa época, as mulheres ficam mais sensíveis.

— Não é nada disso — rebato, a voz árida como o deserto que me tornei. *Porque desde aquela noite fatídica eu não sangro mais.*
Porque fiquei estéril.

— Bom, agora que a questão com o jatobá foi resolvida... — Ron desconversa, pois, como bom jogador que é, já captou que tínhamos ido longe demais para uma única conversa. — Venha, pernilonguinha. Está tarde. Eu a acompanho até o seu quarto.

— Espera! — chamo com a voz esganiçada, coloco a mão sobre a dele, impedindo-o de ir quando faz menção de se levantar. — Eu também queria... lhe perguntar uma coisa.

Com um discreto movimento de cabeça, ele torna a se recostar na cadeira, os olhos sempre atentos, analisando, estudando...

— E-eu queria saber... — Disfarço o tremor antes de proferir o nome que fora sinônimo de pavor durante toda uma existência, a vontade de entender um pouco mais sobre o mundo que me cerca. Se havia alguém que me daria as respostas – a verdade nua e crua –, minha intuição afirmava que era essa pessoa peculiar à minha frente: Aaron Blankenhein. — Lacrima Lunii realmente existe ou se trata apenas de uma mentira do Gênesis para eliminar as mulheres que não se encaixam nos padrões ou desobedecem às regras?

— Você sabe que alguns assuntos são proibidos, que eu não posso...

— Por favor, Ron.

— Para vergonha de Unyan, sim, Lacrima Lunii existe. — Sua voz sai baixa e grave, muito grave, como um aviso silencioso para não ir adiante.

Estremeço, mas avanço mesmo assim.

— Por quê?

— Porque o medo é a maior das armas, se ainda não notou.

— Medo?!? Isso não tem cabimento. Que ameaça podemos lhes causar?

— O que está em questão é um outro tipo de ameaça, abelhudinha — Ron murmura ao menear a cabeça, como quem sabe muito, mas guarda para si.

— Eu não entendo... — Minha mente gira em um torvelinho de teorias malucas e pensamentos desencontrados.

— No passado, não existiam as checagens médicas, e os casamentos eram indissolúveis sob quaisquer circunstâncias. Lacrima Lunii foi a forma que o Gênesis criou, ou melhor, que *os homens* arrumaram — destaca ele —, para coibir condutas femininas que achavam "inadequadas" — confessa, debochado, girando o garfo por entre os anéis dos dedos. — O porquê dos tempos entre as fases do Twin Slam, de três em três meses, dando um total de...

— Nove meses! Como uma gestação — exclamo boquiaberta, os fatos fazendo algum sentido. — Os lances no início do campeonato, o casamento somente no final dele, o isolamento das mulheres depois de selecionadas... Esse tempo era para os homens terem certeza de que as escolhidas não estavam grávidas de outro!

— É um pouco mais complexo do que imagina, mas, no cômputo geral, sim, seria isso — diz, de um jeito sombrio. — Com o avanço das artes médicas, no entanto, passou a ser possível saber se as selecionadas conservaram sua *honra* antes do casamento — ele repuxa os lábios ao proferir a palavra — e tal conduta já não seria mais necessária, mas, para manter a tradição, o intervalo entre as provas permaneceu — explica. — Com o aumento da brutalidade durante as corridas, o próprio Gênesis achou importante dar esse tempo para a recuperação dos animais e dos seus hookers. Além do mais, a permanência de Lacrima Lunii se mostra interessante em uma sociedade repleta de falso moralismo e mulheres estéreis.

Falso moralismo? Mulheres estéreis? Mas... o que isso tem a ver? Eu me arrepio por completo. *Ah, não! Não pode ser o que estou imaginando...*

— De onde vêm as mulheres da cor vinho, Ron? Por que nunca ouvi ninguém comentar sobre essa cor em Khannan? — imprenso-o quando minha intuição apita alto e as peças do maldito quebra-cabeça, por mais deformadas que sejam, começam a se encaixar – uma a uma – com perturbadora precisão.

— Porque vivemos num mundo hipócrita — dispara, sarcástico.

— Como assim? O que você quer dizer com isso?

— Sinto muito, já falei demais.

— Antes do julgamento, enquanto eu era conduzida pelos corredores... — digo com cautela, fazendo-me de surda, quando nossos papéis se invertem e agora sou eu a tatear o terreno e as palavras — escutei uma discussão dos senhores do Gênesis. Alguns deles diziam sobre a semelhança entre mim e o que havia acontecido na corrida com os antigos versos de Lynian. Que versos são esses, Ron? O que eles dizem?

— Essa conversa fica para outro dia. Estou exausto. — Ron coloca-se de pé num rompante, o semblante impenetrável ao apontar o caminho a seguir.

Ele não quer ou não pode falar sobre esse assunto?

Estranhamente mais incomodada com a sua reação e pelo fato de o jantar ter passado num piscar de olhos do que com as surpreendentes revelações, eu o acompanho pelo corredor de tábuas corridas até a porta do meu quarto.

Mas hoje não quero entrar. Também não quero que ele se vá.

Uma energia inesperada paira no ar e me impulsiona para a frente, para mais perto dele. Sem entender o que se passa dentro de mim, dou um passo hesitante em sua direção, diminuo a distância entre nossos corpos. Ron abre um sorriso lento, meneia a cabeça em negativa, afasta-se. Enrijeço, decepcionada com a impensável atitude.

Ele... não deseja a minha aproximação?

Para um mulherengo inveterado, é uma rasteira na minha autoestima. Ron torna a balançar a cabeça, compreende a frustração em meus olhos, acaricia meu rosto. O toque é leve como o de uma pena, mas há apenas fogo nas pontas dos seus dedos e minha pele arde de um jeito insuportável.

— Desculpe, benzinho. Não me sinto bem.

— Mas tem disposição para passar as noites com as mulheres de vinho fazendo... — Com o orgulho destroçado, jogo o corpo para trás. — Ah! Fazendo sei lá o quê!

— Ora, se vou fazer o "sei lá o quê" com elas é porque não tenho opção. — Ele morde o lábio, segura o sorrisinho. — Meu quarto fica logo ali, e, como a pessoa que eu mais desejo nunca aparece... — Dá de ombros, implicante. — Sou um homem de palavra e temos um acordo. Não vou ultrapassar essa daí. — Ele aponta com o nariz para a minha porta. — Sendo assim, às vezes preciso sair para, sabe como é, matar o desejo de fazer o "sei lá o quê".

— Ótimo! Pois troque o *às vezes* pelo *para sempre*. Jamais baterei na sua porta.

— Ah, sim. Já ouvi isso antes, mas achei que estivesse cogitando...

— Achou errado! — disparo, furiosa comigo mesma por ter me colocado nessa situação idiota, por ter dado motivos para ele tripudiar sobre mim ainda mais. — Com essa sua cabeça pervertida, pensa que todas vão cair na sua lábia e encantos, né?

— Encantos? — Ron repuxa os lábios, divertindo-se com a minha reação. — Não sabia que me tinha em estima tão elevada. Ah, Diaba...

— Vá descansar, está precisando. Sua cara está péssima! — interrompo-o, sem paciência para as suas brincadeirinhas a essa altura da noite. — Para sua ciência, amanhã intensificarei os treinamentos com Silver. Já avisei aos cuidadores.

— Tanto faz, mas acho que está indo com muita sede ao pote, pode deixar sua thunder com os nervos à flor da pele. Silver fica instável quando se sente sob pressão, exatamente como a dona — ele rebate, irônico.

— "Instável"? — Recuo, magoada, ao ouvir a maldita palavra.

Era isso que ele queria insinuar? Que sou louca?

O nobre engole em seco ao compreender minha reação, para onde o comentário havia conduzido meus pensamentos, mas parece cansado demais para tentar se explicar e, meneando a cabeça, dá de ombros.

— Use as tardes como quiser, mas deixe sua égua descansar na parte da manhã. Você e ela precisam disso — finaliza com a voz grave, sério demais.

— Se fizer o que venho lhe dizendo, ficará entre os dez finalistas. Silver é muito superior aos demais.

— Me classificar é o de menos.

— De menos? Como assim? — Ele agarra meu braço num rompante inesperado, os olhos transtornados, diferentes.

— Não é da sua conta! — Solto-me com facilidade de sua pegada. Hoje ela não está tão forte quanto costuma ser.

— Tudo que se refere a você é da minha conta agora! O que está planejando? Você não se importa em se classificar... — ele balbucia, junta os pontos. — Mas que merda! Como pude ser tão cego? — Seu cenho franze com velocidade impressionante. — Você quer se vingar! É isso, não é? Ainda não tirou essa ideia idiota da cabeça?

— E se for? — enfrento-o.

— Entrar na corrida já é uma loucura, mas se for por vingança é suicídio!

— Vai me impedir de correr agora que não sou mais a dona de Silver?

O tempo está passando e os papéis da legalização ainda não chegaram. *Isso se Ron havia mesmo dado entrada junto ao Gênesis, se não estava blefando...*

— Silver sempre será sua enquanto *você* for minha! — ele ruge. Ao ver meus olhos se arregalarem com a resposta, ele se retrai, a ira contida a custo. — Enquanto você for a minha esposa, uma Blankenhein, foi o que quis dizer.

— Ah. Então obrigada por sua generosidade, sr. Blankenhein — destaco o sobrenome com sarcasmo.

— Nailah... — Ron puxa o ar com força, recompõe-se. — Só a Mãe Sagrada sabe o quanto estou em conflito comigo mesmo por permitir que essa loucura vá adiante, mas não posso te impedir de participar do Twin Slam, não quando vê-la correr foi a coisa mais estupenda que já presenciei na vida. Mas, se vai mesmo entrar naquela arena maldita, faça isso por você, pelas mulheres, pelo significado da sua presença no torneio. Se entrar na corrida por vingança, prepare uma sepultura a mais: a sua!

— Aqueles monstros têm que ser punidos! Eles têm que pagar!

— "Eles" quem? — Mais rápido que uma pulsação, Ron torna a agarrar meu braço, a força repentinamente restaurada e os olhos mais negros do que nunca. Sua reação tempestuosa me faz estremecer. — Você se lembrou dos rostos? O Taylor você liquidou na corrida. Então quem são esses *eles*... além do Mathew e do Jet?

— V-você sabia o tempo todo?

— Meu problema está na minha perna, não no cérebro ou nos olhos, como seus antigos pretendentes adoram afirmar — rebate com sarcasmo ferino. — Tem certeza de que eram quatro homens?

Assinto num sopro de frustração, sem saber se devia lhe confessar que, de uns dias para cá, havia uma quinta pessoa assombrando meus pesadelos. *Seria ela real ou apenas fruto de uma mente levada ao extremo?*

— Então o perigo é ainda maior, não vê? — afirma ele, tão perdido em pensamentos quanto eu. — Se o cretino for um hooker, como tudo leva a crer, será ele e não você o elemento surpresa desta corrida. Jet e Mathew vão te fazer de isca e esse sujeito virá para lhe dar o golpe de misericórdia. Entende aonde eu quero chegar? Você não pode arriscar. Com a velocidade de Silver, você tem que disparar para assumir a liderança e deixá-los para trás, não pode se permitir ficar presa em alguma armadilha! Você tem que se preocupar em fazer uma corrida magnífica apenas, aquela que vai fazer Unyan parar porque, pelo que acabo de saber, os ingressos já se esgotaram e o Gênesis teve que providenciar mais espaço por exigência do público. Compreende a importância que isso está tomando? As pessoas querem ver de perto o milagre, a afronta, a magia, ou seja lá o que você representar para cada uma delas. Você não pode jogar tudo fora por causa de uma vingança que não a levará a nada. Acabou! Você se feriu? Sim, isso aconteceu. Não consigo nem imaginar o horror por que passou, é inexpressável, mas você deu a volta por cima e saiu vitoriosa.

— Vitoriosa?!? Eles roubaram meu futuro e o que havia de melhor em mim! Eles me assassinaram em vida! — brado quando ele não alivia a pegada. — Me larga!

— Sua estúpida! Pensa que é a única que carrega feridas? Mire além do seu próprio umbigo. Olhe bem ao redor! — Ron me encara com fúria anormal e uma pitada de... *desespero*? — Foi uma merda, mas ficou no passado. Aceite isso!

— Não! — Empurro-o com força.

O nobre finalmente me solta. E recua.

Ele me encara por um longo e perturbador momento.

— Pois que assim seja. Boa noite, *princesinha* — finaliza, com o semblante frio e o tom de voz sarcástico. — Tenha bons sonhos... em seu castelo de areia e ilusões.

Não, não era um castelo feito de areia e ilusões, como eu descobriria em breve.

Mas um labirinto de decepções e mentiras.

Capítulo 19

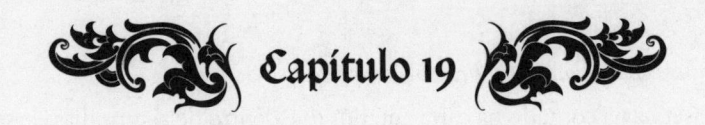

— Bom dia, sra. Blankenhein. — Margot me recepciona com seu sorriso habitual na varanda das begônias. — Está uma manhã muito agradável, não?

— O sr. Aaron já saiu? — faço a pergunta de todos os dias, mas, por alguma razão, hoje eu gostaria que a resposta fosse diferente.

— Sim, sinto muito.

— Afinal, qual é o vício dele? — indago ao relembrar o abatimento de Ron na véspera. — Mulheres? Jogos de azar? Bebida ou…?

— Chegou outra caixa de biscoitos para a senhora. Aleza que trouxe. — Ela empalidece com o comentário e me interrompe de maneira afoita, apontando para o embrulho feito de tecido xadrez verde envolto com um laço de fita vermelha, parecido com o que eu havia recebido há alguns dias. Sem olhar para trás, apavorada que eu exija respostas, Margot retorna ao casarão.

Checo ao redor para ver se ninguém está me observando e desfaço o belo laço. Como mulheres não podem receber cartas, foi por meio dessas caixas de biscoitos que eu e meu irmão combinamos de nos comunicar, antes de eu partir com as damas de preparação no dia do meu casamento.

Seria outro pedido de desculpas?

Apesar de tudo, eu já o havia perdoado. Eu sempre o perdoava. Sei o quanto Nefret sempre fora dependente da aprovação do nosso pai, do quanto, por mais que o coitado lutasse, ele não tinha forças para enfrentá-lo. Meu irmão simplesmente era assim e eu o amaria de qualquer forma.

Seriam mais notícias sobre sua nova vida?

Nefret havia contado na carta anterior que dentro de alguns dias ele se mudaria para um chalé na estreita faixa de terra anexa ao terreno de Greenwood que Ron tinha lhe doado como parte do meu dote de casamento, um lugar agradável onde ele poderia tocar a vida longe das garras do nosso odioso pai. Por mais que quisesse soar sereno, ficou óbvio o quanto estava preocupado comigo pela quantidade de vezes que perguntou se Blankenhein estava me tratando bem. Por fim, disse que ele e Samir conversaram e acabaram com o mal-entendido, restabelecendo a amizade de anos. Prometeu que, assim que se estabelecesse na nova moradia, viria me buscar sempre que eu desejasse para passarmos um tempo juntos.

Coloco um biscoito na boca, e, em seguida, enfio os dedos por debaixo do fundo falso da caixa e pesco o bilhete. Instantaneamente sei que há algo errado. O doce amarga na língua. Cuspo-o longe. O calafrio se alastra pela minha coluna, minha intuição apita alto, parece prever que a felicidade não faz parte da minha vida, porque, assim que eu desdobro a folha de papel, o mundo desata a rodopiar num ciclone infernal.

"Último aviso, vadia!

Pelo visto, não se importa com ninguém a não ser você mesma, não é? Não parece compadecida com o que vem acontecendo a elas… Terei que ser mais incisivo para fazê-la acreditar que não estou blefando?

A cada dia que permanecer no Twin Slam, inocentes pagarão um preço muito alto. POR SUA CAUSA!

Abandone o campeonato imediatamente se não quiser ser a culpada pelo destino trágico delas. Uma mulher morta a cada dia. Você decide."

Perco a fome.

"Último aviso"?!? Quem mandara esta carta, afinal? Um dos monstros que me violentaram ou o assassino de Unyan? Seriam eles a mesma pessoa? Ele já

havia mandado outras mensagens? Como tinha conhecimento de que eu sabia ler? Sagrada Lynian! Isso era real ou um blefe apenas?

Ira e desespero gritam dentro da minha mente, mas a razão, tão fria quanto mordaz, afirma que essa foi uma cartada para a qual eu não estava preparada.

Não. Não. Não!

Comprimo a cabeça. O maldito não teria coragem, seria arriscado demais. Todos sabem que os assassinatos são aleatórios, infringidos a mulheres descuidadas, assim como eu fui. Mas essa ameaça é bem diferente...

O que fazer? O que fazer? O que fazer?

Com o coração disparado, corro até a baia, monto em Silver e galopo acelerada em direção à entrada da fazenda. Os criados arregalam os olhos e empalidecem ao me ver me aproximar. Minha cor vai pelo mesmo caminho ao notar que o magnífico portão permanece bloqueado por toras e vigiado por homens armados. *Assim como os que rondavam – por dentro e por fora – as extensas cercas de Greenwood nos últimos dias...*

Estremeço ao ver algumas pessoas do lado de fora acenando para mim, entoando cânticos enquanto se colocam de joelhos. E, como da vez anterior, elas são abrupta e energicamente caladas e removidas dali.

— Ainda não consertaram o portão depois de todo esse tempo?

— O ferreiro está adoentado.

— O que está acontecendo aqui, afinal de contas? — imprenso quando minha intuição desata a berrar diante da situação para lá de esdrúxula.

— Nada com que uma dama deva se preocupar — responde o que vem à frente do grupo com a voz trepidante e o semblante culpado.

— Preciso falar com o seu patrão agora. Onde eu o encontro?

— Hã?

— Não se faça de surdo.

— Não sabemos, senhora.

— Muito bem. Onde tem outro portão?

O homem meneia a cabeça. Os demais encaram o chão.

— Não vão dizer, não é? — Com o sangue latejando nos ouvidos, puxo as rédeas com força e pego distância para saltar a cerca. — Pois que se dane!

— Não! — Ao compreender minha intenção, ele berra e cinco deles se colocam no meu caminho. Minha pulsação dá um pico. Silver raspa os cascos no chão, bufa forte. Relâmpagos cortam o céu.

Isso não pode estar acontecendo...

— Sou uma... prisioneira? — enfrento-os dentro de uma onda de fúria e desgosto, incapaz de acreditar que isso esteja mesmo acontecendo.

Que ele esteja fazendo isso comigo.

— N-não é isso — gagueja o que está à frente, a voz aos tropeços. — Se precisa mesmo sair, eu posso arranjar um jeito se... me der um dia. Por favor, senhora, por favor... — Pede, com tanto desespero que me paralisa.

Respiro fundo. Recuo.

— Tudo bem. — Blefo para não levantar suspeitas, mas minha voz arranha, titubeante. — Que horas seu patrão costuma chegar?

— O sr. Blankenhein n-não tem um horário certo e, b-bem... — Sem saber o que dizer, o criado olha para os demais, claramente clamando pelo socorro dos colegas que me encaram de um jeito sinistro. Começa a chuviscar. — Por favor, sra. Blankenhein, volte lá para dentro. O patrão ficará furioso se a vir aqui, se o vir chegando...

— "Chegando"? — Dou de cara com a mentira escancarada.

Se o portão estava bloqueado, como Ron entraria, então?

— A senhora não entend...

— Isso não lhe diz respeito, é assunto para homens! — dispara outro deles, impaciente.

Meus pelos se eriçam. Algumas semanas sem escutar frases assim me lembravam o quanto eu detestava este mundo.

— O que foi que você disse? — indago com os punhos cerrados, os respingos explodindo na minha face como faíscas em combustão.

— Womar, não! — adverte o que está à frente.

— O que foi que você disse? — repito, confrontando o sujeito armado.

— Ah, volte lá para dentro, mulher, antes que sobre para o nosso lado e o patrão perca a cabeç...

— Womar! — esbraveja o sujeito que parece ser o chefe. — Ele não quis afrontá-la, senhora, mas é prudente que volte *agora* — frisa. — Por favor.

Perder a cabeça...? Ron?!? Como pude ser tão estúpida?

Mordo as bochechas, arrasada com o que não fui capaz de enxergar durante essas semanas de pretensa paz: eu estava sendo enganada!

Por todos?

Não sou uma prisioneira. Não sou uma prisioneira. Não sou uma prisioneira.

A frase pulsa como um coração desgovernado em minha mente.

— Isso não vai ficar assim — aviso com os dentes trincados e, antes que eu cometa alguma loucura, saio dali galopando com fúria mortal.

Disparo pela propriedade a toda a velocidade. Preciso de ar para clarear meu raciocínio, encontrar outra saída. Em vão. Dúvidas incessantes me torturam a alma, desestabilizam-me. A ideia de que Ron era diferente dos demais se desintegra em milhares de pedaços.

Não! Deve haver uma explicação lógica. Estou apenas nervosa por causa da ameaça, vendo monstros onde não há nenhum, só pode ser isso.

— Margot disse que foi você que trouxe a caixa de biscoitos — imprenso Aleza ao encontrá-la na oficina das wingens. — Você viu quem a mandou?

— Não, senhora. Os vigias apenas me pediram para te entregar — devolve ela, olhando-me olho no olho. — Mas posso tentar descobrir.

— Você faria isso por mim? — Surpreendo-me com a oferta inesperada.

— Não concordo com o rumo que as coisas estão tomando — diz, com o semblante desafiador.

Seu humor estava péssimo nos últimos dias, mas agora eu podia ver que era mais do que isso. Ódio fervilhava em suas retinas.

— Sobre o que está falando? — *Seria sobre mim ou sobre as garotas assassinadas?* Seguro seu braço, as sardas dos meus dedos reluzem em sua pele negra. Ela encara com intensidade a mão que a toca. — Desculpe. Eu não quis, eu só queria... — Meneio a cabeça, libero a pegada e vou direto ao ponto: — Garotas estão sendo assassinadas do lado de fora?

— Isso sempre aconteceu, senhora — responde, sarcástica.

— Mais que o habitual? — Deixo minha aflição transparecer. — Você ouviu alguma coisa sobre isso? Por favor, você precisa me contar!

— Sinto muito — murmura ela, taciturna, após um momento de introspecção, como quem recebera uma ordem para se manter em silêncio. — Mas Verona confia na senhora, acha que devemos ficar do seu lado — seu semblante cintila ao mencionar o nome da amiga. — E eu confio nos julgamentos dela, então...

— Ficar do *"meu lado"*? — Sinto o chão ser arrancado dos meus pés. Ela repuxa os lábios, mas nada diz. Não me deixo abater.

— O número de criados armados aumentou ou é impressão minha?

— Não é impressão.

— Por quê?

— É melhor pararmos com essa conversa... — solta de um jeito estranho. — Mas em breve descobrirá. Ele não tem como esconder por muito tempo.

— "Ele"?

Aleza meneia a cabeça em negativa, não pode dizer também. Meu sangue entra em ebulição com a ideia que toma forma em minha mente. *O que Ron não poderia esconder por muito tempo?*

— Verona me disse que seu sonho era ser um oficial.

— Acreditar em sonhos é perigoso — devolve na lata.

— Disse também que você é responsável pela limpeza dos armamentos daqui.

— Por que não diz logo o que quer de mim, senhora?

— Uma arma.

Sua expressão se acende ao abrir um sorriso que é puro desafio.

— Finalmente falou do jeito que eu gosto, Domadora do Sol.

Sorrio de volta.

Agora eu tinha uma aliada!

Capítulo 20

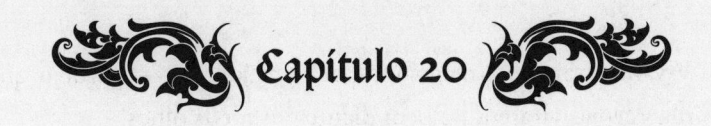

— Vaga-lumezinha, que coisa mais linda! Você estava esperando pelo seu maridinho? — Ron abre um sorriso idiota ao me ver correr em sua direção.

— Preciso falar com você.

— Ah, eu também. Trago novidades.

— Agora!

— Pelas asas da Sagrada Mãe! — Ele alarga ainda mais o sorriso. — Estava com tantas saudades assim?

— Ron! — bufo.

— Posso ao menos apear? — indaga ele, levando as mãos repletas de anéis ao peito de um jeito afetado. Em seguida, desce de Dark e entrega as rédeas a um criado. — Pela sua cara, o assunto que tem a tratar comigo parece sério. Assim, é melhor eu contar logo a novidade antes que me esqueça, não sou muito chegado a essas coisas, mas as mulheres adoram, e essa família é quase tão antiga quanto os Blankenhein, muito respeitável, então... — Dá de ombros. — Fomos convidados para um jantar amanhã. Nos Strawford. Já mandei providenciar um vestido para você. Mas acho melhor encomendarmos mais uma dúzia porque em breve virão outros convites, esteja certa. A aristocracia quer ver a "Domadora do Sol" de perto. Estava apenas respeitando a etiqueta e dando um tempo de privacidade para nós, sabe como é, né? — Pisca de um jeito safado. — A famosa *lua de mel*...

— V-vamos sair de Greenwood para um jantar? — gaguejo quando vejo minhas armas virarem pó bem diante dos meus olhos.

— Um não. Vários. Sendo que o de amanhã está mais para uma festança. Os Strawford adoram celebrações. — Ele repuxa os lábios.

— Amanhã?

— Sim.

— Em uma fazenda aristocrática?

— Tudo bem com você, *azedinha*? Ou fui eu que não me fiz entender? — Ron estreita os olhos. — Agora, vamos lá. Diga-me o que a aflige.

— Por qual portão você entra? — indago de bate-pronto.

— Pelo da área leste, óbvio — responde ele sem titubear. — Se ao menos tivesse outro ferreiro que soubesse lidar com as dobradiças infernais do portão de entrada... Foi meu tataravô quem mandou fazer. Ninguém consegue consertar aquela traquitana e o único que tem conhecimento está adoentado. Estou cogitando trocá-lo, mas tem a questão sentimental, né? Muitas gerações passaram por ele...

— Área leste?

— Sim. Dar essa volta enorme todos os dias já está me tirando do sério.

— Você parecia bem calmo. — Sua explicação não me convence.

— Ora, mas sou um sujeito "bem calmo". Ainda não reparou?

— Seus criados não parecem compartilhar dessa opinião.

— Que tal se continuarmos essa conversa lá dentro? O tempo está esfriando. — Ele sai pela tangente, afastando-se. — O que ia dizendo? — indaga assim que alcança o casarão, e eu o acompanho de perto como uma sombra.

— Que os seus criados estavam apavorados com a ideia de você me vir por lá. Avançaram para cima de Silver quando ameacei pular a cerca.

— Pular a cerca? Por que minha linda esposinha faria uma estupidez desse nível? — Ron indaga, alisando o thunder de sua bengala.

— Porque não vou ser tratada por um serviçal da mesma maneira que era tratada pelos capatazes de Khannan! Porque eu queria sair! — trovejo, e o sorriso é varrido do rosto de Ron.

— Unyan não mudou só porque agora você é uma Vermelha, meu bem. Mulheres que saem sozinhas correm grande risco, sabe disso melhor que ninguém. Além do mais, para onde minha esposa iria com tanta pressa e desespero? — devolve ele com uma expressão estranha demais, quase... *perigosa*.

— E-eu... — gaguejo quando me dou conta de que, se quisesse comprar essa briga, eu teria que revelar o conteúdo da carta, contar sobre a ameaça que recebi, que garotas estão sendo assassinadas por minha causa. Ron é inteligente. Na mesma hora, saberia o motivo de tudo, que eu faria alguma loucura para impedir os assassinatos. *Se estivessem mesmo acontecendo...* Na certa, ele tomaria precauções e poderia complicar as coisas para o meu lado. Entretanto, se for verdade o que o nobre diz, a partir de amanhã eu poderei investigar a fundo. Festas, jantares, ouvir conversas sussurradas pelos cantos... *Ah, eu era boa nisso!* Meu coração pulsa. *Talvez eu até encontre Andriel!*

— Tem razão... Desculpa. Eu não estava raciocinando direito.

— Percebi — Ron diz após um longo silêncio, solta o ar. Faço o mesmo, só agora me dando conta de que também estava prendendo a respiração. — Desculpas aceitas. Vem, vamos entrar. Estou tão faminto que hoje poderia até comer um porco — faz piada envergando os lábios para baixo ao me estender a mão pálida, como se nada demais tivesse acontecido.

E eu aceito.

Sem me dar conta de que no jogo da enganação era eu quem fazia papel de tola.

Com a entrada principal bloqueada, o luxuoso veículo dos Blankenhein precisa percorrer uma grande extensão por dentro da gigantesca Greenwood antes de finalmente sair pelo portão da ala leste, tão pequeno e discreto em meio à densa vegetação que mais parece uma passagem secreta. Há criados armados aqui também, que nos saúdam ao passarmos, mas tudo parece na mais perfeita ordem e monotonia, sem confusão do lado de fora das cercas, onde, no entanto, duas Sterwingens com soldados do Gênesis armados até os dentes aguardam a nossa chegada.

— Por que precisamos de proteção? — pergunto assim que vejo uma delas abrir caminho à nossa frente e a outra assumir a posição traseira.

— Tempos estranhos, grilinha. Mas as coisas já estão retornando ao normal, não tem com o que se preocupar — Ron limita-se a dizer antes de enveredar pelo assunto que mais me interessava no momento e que fazia meu estômago revirar em expectativa. Ele revela os nomes das famílias importantes de Unyan, conta curiosidades, fofocas e podres de cada uma delas, acrescentando, claro, suas pertinentes pílulas de sarcasmo. Afundo no estofamento e, por um instante, sinto-me mal por ter desconfiado dele, de ter achado que ele me fazia sua prisioneira.

— À sua esquerda estão as famosas Montanhas Sagradas — Ron aponta.

Preciso me segurar assim que pouso os olhos sobre o lugar. *Poderosa Lynian!* Nefret havia comentado sobre as maiores elevações rochosas de Unyan, finas e compridas, que podiam ser vistas a olho nu a quilômetros de distância, projetando-se para o céu como dedos gigantescos pedindo clemência aos deuses. Mas o que me arrancava o ar era saber que, em meu íntimo, eu já conhecia essas montanhas!

Como contar a Ron que elas sempre estiveram em meus sonhos?

A Sterwingen continua serpenteando a colina por um bom tempo, subindo e subindo até desacelerar à medida que se aproxima de uma muralha branca. Um oficial uniformizado com as mesmas cores vem conferir os ocupantes depois de falar com Oliver e o condutor.

— Sr. Blankenhein! — cumprimenta ele pela janela de maneira reverencial. Ron acena com um mínimo movimento de cabeça. Empertigo-me no banco, imaginando que ele falaria comigo em seguida, mas o homem age como se eu não estivesse ali – *como se eu fosse invisível* – e dá o comando para alguém abrir o portão. — Bom passeio, senhor.

Travo os dentes.

— Não leve para o lado pessoal, lindinha. Aqui em cima não é muito diferente das colônias — comenta Ron, irônico. — Mas, se lhe serve de consolo, nem todos os homens são machistas idiotas. Você teve a sorte de se casar apenas com um *idiota*.

Tenho que admitir. Ron sabe como amenizar o clima.

— Onde estamos, afinal?

— Pedi a Oliver para mudar um pouquinho a rota. Lembra o que disse sobre estar com você nas suas "primeiras vezes", pois é... — responde, fazendo círculos com o polegar na palma da minha mão. — Quis te apresentar o famoso "Caminho dos Deuses" — diz ao apontar para fora.

Só me dou conta de que nosso veículo já está em movimento porque a paisagem se modifica rapidamente. *Como pode isso se a Sterwingem parou de chacoalhar? Estamos deslizando no ar?* Coloco o rosto na janela e meus olhos dobram de tamanho ao me deparar com uma estrada diferente. Ela não é de terra, mas feita de uma pedra clara e tão polida que quase posso enxergar meu rosto refletido.

— Ah! — exclamo, o coração de repente veloz demais, ao ver parques arborizados e praças floridas, fontes jorrando água cristalina em um pequeno lago, curiosas habitações pequeninas e coloridas, cada uma de um formato, como em uma cidade de brinquedo, como casinhas de bonecas com suas portas e janelas prateadas e plaquinhas nos telhados vermelhos oferecendo de tudo: vestidos, chás, doces, sapatos, brinquedos. Mas o que me arranca o fôlego de vez é presenciar mulheres andando calmamente pelas calçadas de mãos dadas aos filhos, outras conversando em rodinhas, homens lendo descontraidamente nos bancos de pedras, crianças brincando em gangorras e balanços. Todos parecem tão tranquilos e... *felizes!* — Isso é...

— Onde a aristocracia vem passear.

— Tão lindo!

— É — Ron diz, sem um pingo de entusiasmo.

— Posso vir aqui amanhã? — jogo a isca.

— Está precisando de alguma coisa? — Ele a morde. — Posso mandar algum criado buscar.

— Não foi isso que eu perguntei.

— Por que não poderia? — Sua voz sai áspera.

— Talvez haja algum perigo que não queira que eu saiba. — Dou mais corda. — Tem essa história dos assassinatos de Amarelas e Corais... Ouvi alguns boatos sobre o número de mortes estar aumentando. É verdade?

— Que eu saiba, nada fora do usual.

— Então posso sair à vontade?

— Desde que acompanhada, como ditam as regras, não vejo problema algum.

— Ótimo. Vou pedir a Verona para vir comigo, então. Ela tem andado tão abatida de uns dias para cá. — Abro um sorriso provocador, quero ver até onde ele aguenta. — Não, não. Aleza seria melhor. Ela é mais despachada.

— Hum.

— Por que está com essa cara?

— Já nos atrasamos bastante. — Ele soca o teto duas vezes, o código para o condutor acelerar, e desvia o rosto.

Capítulo 21

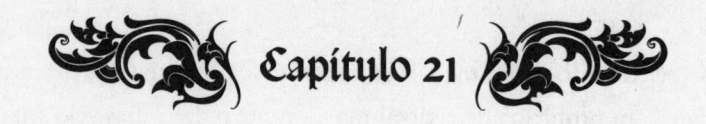

A ansiedade aumenta assim que a Sterwingen para em frente à porta principal da mansão. Criados uniformizados de verde e branco nos saúdam com sorrisos gentis.

— Bem-vindos a Stonehauss, a residência secular dos Strawford! — anuncia um deles com orgulho.

— Também conhecida como o "palácio torto" — Ron sussurra para que somente eu escute enquanto abre um sorriso para os empregados. — Mas eu nunca te disse isso.

Ele desce primeiro e em seguida estende o braço para me ajudar. Ávida por conhecer a aristocracia de perto e o mundo que me cerca, meus olhos engolem tudo que conseguem. A construção à minha frente não é feia nem bonita. Ela é... *diferente*. Suas paredes são feitas de pedra de vários tamanhos com janelas estreitas e muito compridas. Não é nem de longe tão majestosa quanto a dos Blankenhein, mas é gigantesca, com vários pavimentos superpostos em ângulos estranhos, assemelhando-se a um castelo sem proporções. *Um "palácio torto" de fato.*

Reparo nas várias Sterwingens estacionadas na entrada e nas pessoas elegantemente trajadas se dirigindo para a mansão. Ao passar por nós, é para mim que todas olham ao cumprimentarem Blankenhein. Alguns aristocratas, no entanto, viram os rostos em outra direção quando Ron os saúda com um aceno de cabeça. O nobre tenta disfarçar o ultraje que o toma ao ser tratado de tal maneira fazendo graça da situação, dizendo que tem gente com problema de visão ainda pior que o dele, mas vejo seu pomo de adão subir e descer várias vezes e as juntas dos seus dedos ficarem ainda mais pálidas ao apertar a bengala com força exagerada.

— Acho que não sou tão bem-vinda assim — ironizo.

— Não se deixe abalar, docinho. — Ron repuxa os lábios com desdém. — O mundo tem gente demais. O importante é ser querido por quem importa.

— Mas não saberei conversar com "quem importa". Sou uma bruta.

— Não, tolinha — ele devolve com a expressão travessa. — Você é exatamente do jeito que uma mulher precisa ser para se fazer ouvida.

— Será? Não sei, não...

— Vai ficar tudo bem. Além do mais, os Strawford são pessoas bondosas, têm o meu respeito — ele acelera em dizer, entrelaçando os dedos nos meus. — Alguns podem até desviar o rosto, mas ninguém terá a audácia de abrir a boca para dizer o que não deve. Não enquanto *eu* estiver do seu lado, e, como não pretendo abandonar esse posto a noite inteira... — Ele abre um sorrisinho que é puro desafio.

Ah, que ótimo. A emenda saiu pior que o soneto. Eu precisava ficar a sós, investigar, saber se os assassinatos das garotas estavam mesmo acontecendo. *Como fazer isso se Ron não largaria do meu pé?*

— Consegue subir? — Disfarço minha frustração chamando a atenção para outro detalhe que não parecia aborrecê-lo tanto quanto imaginei. *Curiosamente eu estava preocupada com ele.*

— Sim, mas já falei mil vezes para o Bruce que esses degraus estão um horror de tão desnivelados. Ele é incorrigível, sabe? Adora tudo que é fora dos padrões.

— Tá explicado por que ele nos convidou — respondo de bate-pronto e Ron gargalha com vontade.

Após me apresentar e astutamente guiar minha conversa com vários senhores, Ron pede licença e se afasta comigo, prometendo retornar assim que possível.

— Diaba, você encantou meia dúzia daqueles velhacos e deixou a outra metade de queixo caído.

— Alguns não estavam com a cara boa.

— A cara deles é essa mesmo — ele libera o veneno. Solto uma risada.

— Blank! Finalmente! — Um homem calvo e de boa aparência tenta puxar a bengala de Ron, que tem reflexo rápido e se esquiva. Os dois se abraçam com vontade. — Essa vida de casado deve estar boa demais para tomar todo o seu tempo, né?

— Muito... — Ron me encara de um jeito intenso. — Florzinha, esse aqui é Leonard Strawford, irmão caçula de Bruce.

— Senhora. — Ele faz uma mesura.

— Muito prazer. — Estendo-lhe a mão.

— Nós já fomos apresentados na fila de cumprimentos do seu casamento.

Empalideço ao me recordar daquele momento terrível, quando descobri que meu pai havia sido comprado pela fortuna de Blankenhein e me arrancado o direito de ter Andriel para mim.

— Sinto desapontá-lo, Leon, mas seu rosto não está na lista dos inesquecíveis — Ron solta a piadinha ao perceber que perco a reação com o comentário. Seu sorriso, entretanto, não alcança os olhos.

— Senhora, se importa se eu raptar seu marido por um instante? Tenho um assunto em particular a tratar. Será rápido, prometo.

Graças a Lynian! Finalmente eu poderia vasculhar o lugar à procura de pistas e de... Andriel! Queria tanto que ele me visse com esse vestido vermelho moldando minhas curvas... *Será que ele viria? Será que já havia chegado e estava em outro aposento?* Isso era mais do que possível porque o jantar, assim como Ron comentara, parecia mais uma festa pela quantidade de pessoas.

— Sua casa é tão... incrível. Com certeza vou encontrar algo com que me distrair enquanto conversam — digo, incapaz de conter a nota de euforia.

— Ah, encontrar distrações é com a minha esposinha mesmo — Ron dispara, irônico.

— Que bom! Fique à vontade — diz Leon alegremente, alheio à minha expressão de satisfação e ao olhar desconfiado que Ron lança em minha direção.

O amigo o puxa pelo braço e, com o maxilar trincado, Blankenhein se deixa levar, fincando a bengala com vontade no piso de tábuas corridas.

❦

— Tenho um recado para o sr. Andriel Braun. Por acaso você o viu? — indago à primeira criada que encontro pelo caminho. Ela se curva e, pálida, meneia a cabeça em negativa. *Não sabe ou não pode dizer?*

Sem tempo a perder, avanço por Stonehauss, uma construção repleta de corredores, passagens bifurcadas e desníveis, com áreas muito antigas anexadas a outras atuais, típico de um lugar que cresceu sem qualquer planejamento no decorrer de séculos. Começo minha busca, mas não consigo ir muito longe de maneira discreta. Todos paralisam suas conversas ao me ver passar. São homens em sua grande maioria. Enquanto alguns me encaram maravilhados, outros me observam com um misto de desprezo e ira, como se eu fosse um verme a ser esmagado ou o seu pior inimigo. A cada corredor que cruzo alguma criada aparece no meu caminho e se curva. Pergunto por Andriel, mas todas agem de maneira idêntica à primeira e nada respondem. Não sei se começo a ficar incomodada com esse comportamento ou com a sensação de que estou perdendo um tempo precioso, dando voltas sem sair do lugar nessa mansão-labirinto dos infernos. Posso jurar que já passei duas vezes pela porta com uma pintura de um thunder em um belíssimo Zavoj dourado. *Mas agora, além de ela estar ligeiramente aberta, há luz e uma discussão lá dentro…*

— Ela não pode saber de nada. Tirar a proteção do Gênesis das suas fronteiras foi um erro tremendo — rosna a voz de um homem de idade. Tenho a sensação de que a conheço de algum lugar.

— Inteligência é o que não lhe falta, e logo perceberia que há algo errado acontecendo justamente por isso. Além do mais, tenho homens suficientes para cobrir as principais áreas. — A voz familiar tenta demonstrar calma, mas a nota mais fina em seu tom evidencia sua tensão.

Ron?!?

— Será? Apesar das perdas recentes e do generoso dote que deu, Greenwood ainda é imensa — devolve a voz de bate-pronto. Aproximo-me sorrateiramente e, por uma pequena fresta, consigo identificar o senhor franzino de olhar vivo que conversa com ele: é o Patremeister, a maior autoridade do Gênesis. — Estou controlando essa situação insustentável em razão da estima que tenho pelos Blankenhein, mas você está indo longe demais, meu jovem. O que deu na sua cabeça para tomar uma atitude tão louca quanto a do Helsten? Não enxerga que colocou Unyan em terrível risco?

— Unyan estaria correndo mais riscos se eu não tivesse feito o que fiz.

— Humm... Assim espero — matuta o Patremeister. — Você sempre foi muito à frente dos rapazes da sua idade, mas nessa situação só existem duas hipóteses: ou é mais sagaz do que qualquer homem que já vi na vida ou está fazendo papel de um tolo apaixonado, o que acho mais provável.

— Tenho tudo sob controle, senhor.

— Para seu próprio bem, é melhor mesmo. As consequências serão terríveis e eu nada mais poderei fazer para ajudar — arfa, pesaroso agora. — Há incêndios a serem apagados por todos os cantos de Unyan... Chegamos a um momento de inflexão e os riscos se multiplicam a cada dia que a próxima prova se aproxima.

— Sei o que estou fazendo. Dou-lhe minha palavra, senhor.

— Que plano tem em mente?

— Recuar para avançar.

— O que quer dizer com isso? — O semblante do Patremeister se acende de repente, tão satisfeito quanto curioso.

— Ganhar a confiança dela antes de...

Um puxão na barra do meu vestido me faz dar um pulo de susto e me desequilibrar. Jogo o corpo para trás, saindo aos tropeços dali, preocupada que Ron e o Patremeister surgissem por aquela porta e me pegassem em posição para lá de incriminadora. Quando volto a mim, deparo-me com um menininho de bochechas rosadas e carinha de anjo esfregando as mãozinhas imundas e rechonchudas na minha roupa. *Ele estava se limpando em mim?!?*

— Leon, não! Ah, me desculpe! — Uma bela mulher surge no meu campo de visão. Ao ver o estrago que o garotinho fez, ela empalidece por um instante, mas em seguida fecha a cara e tenta agarrá-lo a qualquer custo. O menininho é rápido e, esquivando-se de um lado para o outro, esconde-se atrás de mim. — Vai ver quando eu colocar as mãos em você, criança terrível! Saia já daí, Leonard Strawford Terceiro!

Ah, claro! O garotinho era filho de Leon!

— É seu filho? — pergunto, ainda tonta com a situação.

— Há? Ah! Sim, sim... Esse pestinha é meu filho — a mulher confirma, atabalhoada, abrindo um sorriso cansado, porém orgulhoso. Volta a falar com ele: — Peça desculpas à Domadora do Sol, Leonard!

— Nailah — corrijo-a. — O vestido já estava sujo. O Leon não fez nada, né? — Pisco para ele, abaixando-me para ficar ao seu nível.

O danadinho, que deve ter uns cinco anos de idade, apenas ri e, com uma cara ainda mais endiabrada, sai correndo.

— Peguei você! — diz a criada que surge no corredor, abraçando-o por trás. — Ah! — exclama ao me ver, também se curvando de maneira reverencial.

— Ainda bem que você chegou, Marie — diz a bela mãe, uma Azul curvilínea de volumosos cabelos negros, aprumando o corpo e me estendendo a mão assim que a serviçal vai embora com o filho. — Muito prazer. Eu sou Dafne Strawford. Vamos tirar um pouco dessa gordura antes que estrague esse vestido lindo para sempre.

— Está tudo bem. Não precisa.

— É uma desculpa. — Ela sorri e checa os arredores. — Para te dar uns minutinhos de liberdade — confessa, o rosto tão diabólico quanto o do filho.

Sorrio de volta e, sem titubear, ela me guia por um número incontável de corredores, deixando-me cada vez mais zonza. Só mesmo alguém que morava ali para não se perder.

— Olha quem eu trouxe! — anuncia ela em tom vibrante ao entrar em um salão com pinturas de flores nas paredes e tetos. Canapés forrados em tons de verde-água preenchem os espaços. Há inúmeras pessoas sentadas neles. Outras estão de pé, em rodinhas. Todos os rostos – de todas as cores de Unyan – são femininos e se viram em minha direção.

Uma sala de chá só para mulheres!

Elas me rodeiam e me inundam com uma enxurrada de perguntas, eufóricas demais. Querem saber se eu acredito nas divindades, como foi meu primeiro encontro com Silver, como fiz para me disfarçar de homem e participar da prova, se é verdade que tenho um irmão gêmeo, onde aprendi a montar, se sou forte assim desde a infância, qual foi a sensação de ter o sol sobre meu rosto, enfim, indagam quase tudo sobre mim.

Quase.

Não me passa despercebido, entretanto, que nenhuma perguntou sobre desejos ou amor, ninguém comentou sobre o meu casamento às pressas ou indagou se eu estava feliz com o "meu marido".

— Calma, meninas. Estão deixando a coitada tonta! — Dafne ri. — Nailah, essa é Debra, minha irmã e sua fã número um. — A gentil anfitriã aponta para a Coral que ouve a conversa com cristalina felicidade estampada em um rosto tão diferente dos demais. Somente a cor morena é idêntica à da irmã mais velha. Com o nariz muito grande para um rosto tão miúdo e as bochechas chupadas demais em um corpo raquítico, ela contrasta de todas as formas com as mulheres mais belas de Unyan...

Em todos os sentidos.

Porque, apesar de não ser bela como a irmã e as demais, Debra é a única cuja expressão reluz ali, a mais feliz com suas falas cheias de entusiasmo e paixão pela vida. Sem conseguir evitar, reparo na pulseira coral em seu pulso. Não há furo algum. *Ela não tinha recebido lance de nenhum pretendente.*

— Terceira e última vez — confirma Debra, com tanto contentamento que não sei se ouvi direito.

Olho para Dafne, que revira os olhos, mas não está arrasada, como qualquer colona ficaria. Ela até parece achar graça da situação. *As mulheres* aristocratas não batiam bem da cabeça? Debra estava no último ano para receber um lance e nem mesmo um colono a quis, não se casaria nunca mais...

— É isso mesmo que entendeu. Serei livre para sempre — solta simplesmente, e sinto o ar escapar dos meus pulmões.

Um sorriso largo vem fácil aos meus lábios. *Ah! Então... era isso!*

Em meio às conversas paralelas, Debra me conta sobre seus planos para o futuro de solteira para sempre. *Planos!* Ela quer ser modista, fazer vestidos elaborados como também vestimentas mais práticas para as colonas trabalharem, mostra com orgulho os desenhos de vários modelos que criou, diz, para meu total atordoamento, que o pai a apoiará, que montará uma loja para ela em frente à praça de Topak no Caminho dos Deuses, que ele ficará à frente do negócio, claro, mas ela tem fé que, com o passar do tempo, as pessoas se acostumarão com a ideia de uma mulher ser a proprietária de um lugar assim.

— Posso fazer Kabuts mais exóticos que os que vocês usam no Twin Slam. Veja! Fiz um vestido tão lindo quanto o que você usou no seu casamento — diz sem a menor modéstia ao me mostrar o desenho de traços perfeitos.

— Você foi ao meu casamento? — indago num engasgo, ao me dar conta de que, imersa em minha dor, não havia reparado no rosto de absolutamente ninguém no dia que deveria ter sido um dos mais importantes da minha vida.

— Fique tranquila. Ninguém me vê mesmo.

— E-eu não estava bem, eu...

— Quase nenhuma mulher fica bem, Nailah. É por isso que estou tão feliz em me livrar dessa sina terrível — responde ela, e não sei o que pensar.

Porque cresci acreditando naquilo pelo que minha mãe deu sua vida. *No amor...*

— Por falar nesse assunto, a essa altura seu marido já deve estar tonto de tanto te procurar — comenta uma Azul.

— Sim, já tomamos muito tempo de Nailah, afinal os pombinhos ainda estão em lua de mel. — Dafne faz uma careta estranha. Parece de... *repulsa?!*

— Eles nunca encontram esta sala mesmo — afirma outra, rindo.

— Por isso a adoramos! — três delas soltam em uníssono.

— Assuntos de homens são sempre um tédio — concorda Dafne.

Engulo em seco, sem saber o que dizer sobre isso também. Apesar de tudo, as conversas com Ron eram sempre as mais divertidas e, pelo que me recordava, eu e Andriel tínhamos sempre tão pouco tempo juntos que conversar era o que menos fazíamos...

— Ter de ouvir nossos maridos falando dos mesmos assuntos, fazendo as mesmas burradas e ainda ter de apoiar... — outra delas faz uma careta.

— Por que não dizem isso a eles? — indago e elas arregalam os olhos, como se eu tivesse proferido alguma blasfêmia. Enrijeço. — Então, vocês...

— Temos que ouvir caladas, querida — Dafne confessa, séria.

— E-eu pensei que na aristocracia era diferente, que aqui seria...

— Melhor? Só se for pelo conforto e pelas roupas — responde uma senhora de forma azeda. — Fora isso, as regras são as mesmas.

— Ah, Domadora do Sol, você precisa nos ajudar! Eu lhe imploro! — O pedido bradado ecoa abruptamente no lugar quando a porta se abre com estrondo e uma mulher entra como um tufão. Ela voa sobre mim, agarra-me pelos ombros. Há tanta dor e desespero em seus olhos que meu coração se encolhe. — Só você pode fazer isso! Só você pode nos ajudar!

— Nancy, solte-a, por favor! Você não devia... Não é o momento! — Dafne tenta interceder, mas é em vão.

— Chega de sermos mudas! — Seu choro alto força passagem. — Chega de carnificinas! Eles têm de pagar pela morte da minha menina... tão linda... tinha uma vida inteira pela frente! Degolada como um verme, descartada como nada! — Ela desaba sobre mim, chora convulsivamente. Seus soluços parecem socos a esmurrar a minha alma culpada. *Não. Não. Não pode ser o que estou imaginando. Ah, Mãe Sagrada, não permita...* — Eles não podem sair impunes! Por favor, nos ajude, Domadora do Sol!

— Rápido! Tragam um chá calmante — Dafne comanda, tensa e ao mesmo tempo compadecida. — Nancy, você ainda está muito abalada... Você devia ter ficado em casa como Helena. É tão recente ainda.

— Quando... *aconteceu?* — indago, envolvendo-a em um abraço tão sem força quanto a minha voz.

— Semana retrasada — explica Dafne em meio ao pranto incessante da pobre mulher. — Desde que o horror se intensificou.

— Nove dias! — corrige Nancy. — Eu perdi minha Angelina há nove dias!

— Agora são catorze garotas mortas em três semanas! — uma Azul brada agarrada à sua bebê, que dorme em meio à comoção instalada.

— E ninguém faz nada! — outra guincha. — Assim como nos desaparecimentos!

— Somos proibidas até de falar delas, como se nunca tivessem existido! Minha menina... Minha vida... Os malditos têm que pagar pelo que estão fazendo! — Nancy chora muito, berra descontrolada.

— Sagrada Mãe! Levem-na daqui antes que chame a atenção *deles!* — Uma senhora mais idosa comanda num arfar que é pura tensão.

— Só você pode chacoalhar este mundo hediondo! — implora Nancy enquanto é removida dali às pressas. — Só você pode nos ajudar, filha de Lynian!

Filha de Lynian?!? Ajudar? Logo eu?!?

Tenho vontade de berrar alto, de dor e angústia, quando sou rasgada por inteiro. Uma. Duas. Mil vezes.

Então era verdade...

Tantas garotas estavam morrendo por minha causa!

— Devia ter imaginado que Nancy não aguentaria... — Dafne arfa quando várias delas se despedem e, assustadas, saem rapidinho dali. As mulheres que ficaram olham entre si, os rostos, um emaranhado de emoções conflitantes. — Está muito difícil ver tantas famílias amigas destruídas. Não acho que seja o momento para comemorações, mas Bruce afirma que temos que manter as tradições dos Strawford, que o Gênesis está tomando as atitudes necessárias, então... — Dá de ombros, impotente. — Sinto muito mesmo. Não queria que presenciasse isso.

— O Gênesis? Até parece! — bufa Debra.

— Onde aconteceram os assassinatos? — pergunto quando, inexplicavelmente, uma imagem passa a rondar minha mente.

— Em qualquer lugar. Em todos os lugares — Dafne diz sem me encarar.

— Uma Amarela foi morta na própria colônia — revela uma Coral.

— O Gênesis afirma que as mulheres foram as culpadas porque estavam em áreas de risco — acrescenta Debra, com sarcasmo.

Dentro de uma colônia não é área de risco...

— Os assassinatos pioraram desde a última corrida — acrescenta a Azul que segura a bebezinha, deixando-me ainda mais arrasada. — Se temos ciência é porque as vítimas eram conhecidas. O Gênesis quer silêncio absoluto, se é para evitar pânico ou outro motivo ninguém sabe, mas os ataques estão mais violentos dessa vez, *diferentes...*

— Temo por minha irmã, minhas amigas, por todas nós — confessa Dafne, olhando para as próprias mãos como quem clama por socorro. — Não podemos assistir às pessoas que amamos morrerem assim, dia após dia, e não fazer nada. Não suportamos mais ficar alheias a tudo. Leon diz apenas que não há com o que me preocupar, que em breve tudo estará resolvido, mas não conversa comigo, nenhum deles conversa com suas esposas, então... — murmura. — Sabemos pelos criados que desde a sua vitória o Gênesis triplicou o número de soldados armados por toda a Unyan, que o povo está diferente, talvez esteja protestando a morte de suas filhas amadas, talvez seja outra coisa. Algo muito sério está para acontecer, isso é certo, mas o quê? O que será que escondem de nós? O que podemos fazer para acabar com esses assassinatos? Será que existe algum motivo por trás disso tudo?

Afundo ainda mais. Sim, havia.

Eu!

— Sra. Strawford, o pequeno Leon caiu e machucou os joelhos. Já limpei a ferida, mas ele não para de chorar, sabe como ele fica... — a criada comunica baixinho, surgindo em meio à tensão do momento.

— Estou indo. Só vou acompanhar Nailah até o salão principal para que ela não se perca pelo caminho. — Dafne libera o ar.

— Deixe isso comigo e Kate. Vá ver seu filhinho — oferece, solícita, uma morena ao lado de uma garota de nariz adunco que surgem no meu campo de visão. Reconheço-as. Eram aristocratas que servi na festa dos Meckil.

— Obrigada, Julianne. Vejo você em instantes, Nailah. — Dafne assente e se vai.

— Você é a culpada por esses assassinatos! — sem parar de sorrir, Julianne sussurra a terrível verdade para que somente eu escute, enquanto ela e Kate me guiam pelo sobe e desce interminável dos corredores desnivelados de Stonehauss. Sinto todo o sangue fugir das minhas veias. Encaro-a, sem voz ou chão. Ela alarga o sorriso, mas ódio fervilha em seus olhos. — Nosso mundo está em caos por sua causa e você aqui, se divertindo e bancando a "Predestinada". As tolas são incapazes de enxergar o que você realmente é: a praga que precisa ser exterminada para que Unyan sobreviva!

— Os deuses estão nos castigando por sua causa, pelo fato do Gênesis ter permitido que uma mulher tocasse em um thunder. Você será a desgraça de Unyan, meu pai disse que os versos já diziam isso! — acrescenta a colega, sem tentar disfarçar a ira que a toma. *Os versos...* — Por que acha que tantas famílias aristocráticas não compareceram à festa, hein? Não tem um palpite?

— Calma, Kate. Essa farsante vai durar pouco... — Julianne joga mais veneno. — Por sinal, está gostando da nova vidinha, "Filha de Lynian"? — questiona, sarcástica, quando estamos perto de chegar ao nosso destino. — Já começou a sufocar dentro da redoma de vidro em que o psicopata a colocou?

— O que quer dizer com isso? — indago num sussurro ao sentir meu corpo ser lambido por ondas de gelo e fogo ininterruptas.

— Ou é uma sonsa ou uma idiota — murmura Kate.

— Enquanto isso o mentiroso, ou melhor, o esperto do seu marido fica por aí flertando com todas, ganhando tempo para... — Julianne repuxa os lábios com desdém ao apontar para uma extremidade do salão principal. Kate ri ao me ver congelar no lugar. — É melhor abrir os olhos, Domadora do Sol — sibila a cobra ao sorrir angelicalmente para mim.

Mal vejo as duas cretinas irem embora porque, fervendo dentro de um caldeirão de culpa, ódio e frustração, em uma fração de segundo minha visão percorre o salão de gala de Stonehauss e, entre as várias rodinhas, avista os dois – *somente os dois* – em uma conversa reservada: Ron e Barbra.

Os olhos azuis da belíssima loira reluzem, vidrados – apaixonados – por Blankenhein, que, como sempre, encanta a todas com sua lábia de seda. Recostado relaxadamente, ele gesticula os dedos repletos de anéis, sorridente demais para um homem recém-casado, a postura sedutora enquanto de maneira sutil pousa a mão sobre a de Barbra. A loira arregala os olhos, surpresa com o contato, e seu rosto enrubesce.

Uma sensação horrível sobe pela minha garganta, como se me faltasse ar. Sinto nojo. Sinto raiva de Blankenhein, raiva de mim, raiva de tudo. Mas, principalmente, ódio descomunal do que eu significo nessa trama tão macabra quanto sem sentido. Minha cabeça começa a girar freneticamente.

Não sei mais o que pensar.

Mas já sei o que fazer!

OH, ALMAS INOCENTES!

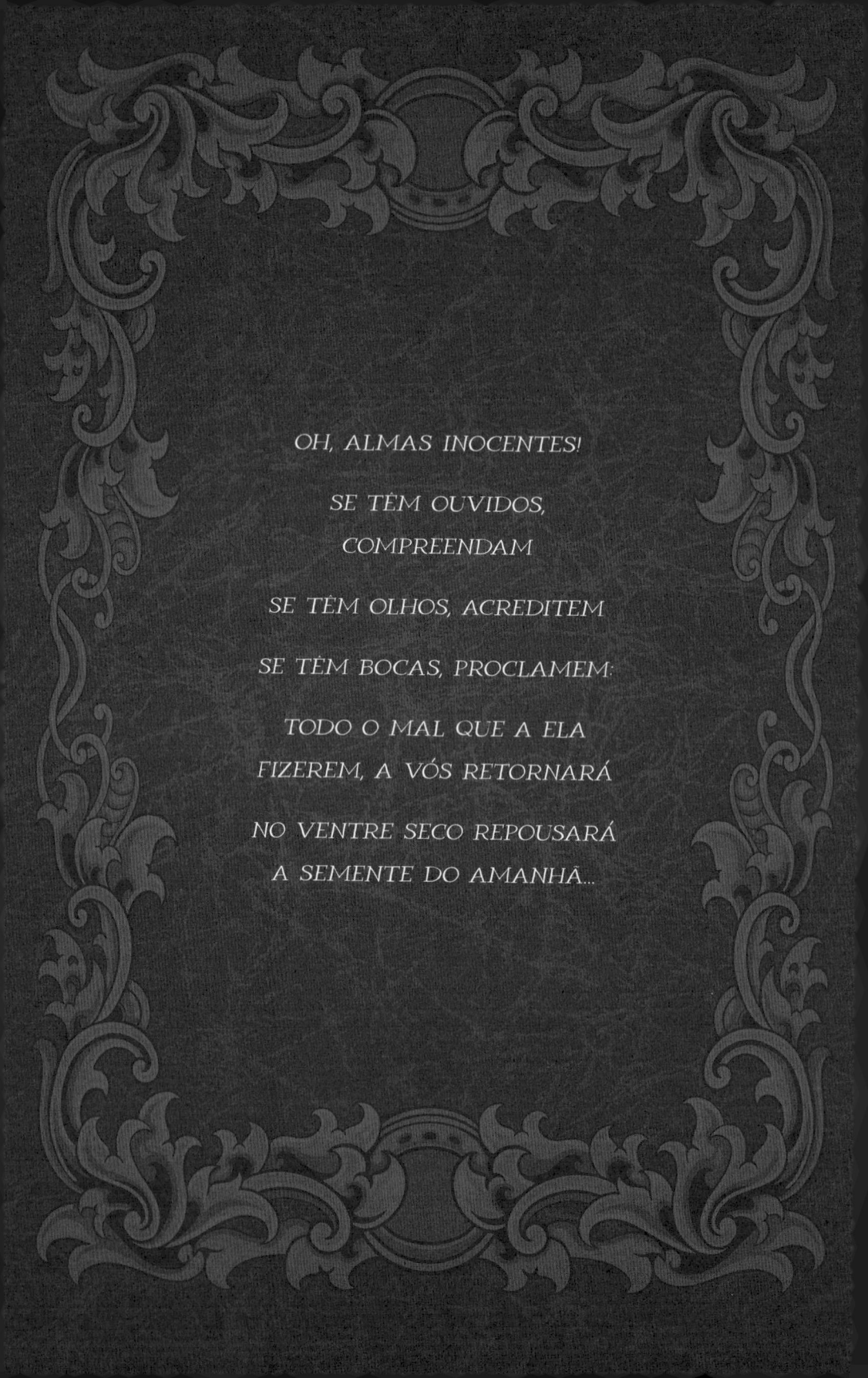

SE TÊM OUVIDOS, COMPREENDAM

SE TÊM OLHOS, ACREDITEM

SE TÊM BOCAS, PROCLAMEM:

TODO O MAL QUE A ELA FIZEREM, A VÓS RETORNARÁ

NO VENTRE SECO REPOUSARÁ A SEMENTE DO AMANHÃ...

Capítulo 22

As cenas e revelações do jantar nos Strawford massacram mais a minha mente do que o caminho esburacado que a Sterwingen resolveu tomar de volta para Greenwood. Culpa e raiva me arrancam o ar, tão intrinsecamente ligadas que não sei mais onde uma termina e a outra começa. Sim, devo ser ignorante demais para colocar a questão de forma mais civilizada e "aristocrática" porque tudo que sinto é uma vontade enlouquecedora de socar tudo: as regras desse mundo, os assassinos e, principalmente, a cara cínica de Aaron Blankenhein.

O mulherengo bom de lábia perdeu a fala depois que fiz questão que visse o sorriso supermeigo – *e mortal* – que lancei para ele e a linda Barbra assim que os peguei no flagra no salão dos Strawford. A vontade insana de xingá-lo por sua total falta de respeito a mim, da vergonha que o cafajeste me fez passar no nosso primeiro jantar na aristocracia. Inventei uma dor de cabeça, avisei que voltaria para casa mais cedo e, despedindo-me dos anfitriões, dei meia-volta e saí de Stonehauss sem olhar para trás. Não sem antes dar uma alfinetada nos dois pombinhos, claro.

"*Não desperdicem o lindo momento. Fiquem e aproveitem a noite.*"

Ao deixar o lugar como um furacão, o único som que ouvi enquanto abria caminho pelas expressões boquiabertas era o batuque vigoroso de uma bengala logo atrás de mim. Com a ira a me consumir por inteiro, o restante das cenas até chegar em casa foram flashes borrados em meio à ventania e relâmpagos, Oliver meneando a cabeça, o olhar de condenação cravado no patrão enquanto o aguardava se aproximar, eu afundando no assento da Sterwingen, Ron com a expressão sombria sentando-se ao meu lado em seguida, o silêncio sepulcral durante todo o percurso de volta para casa. Sem ao menos disfarçar ou tentar se desculpar, o nobre parte para mais uma noitada de libertinagem assim que me despeja em Greenwood.

Puxo o ar com força.

Melhor assim.

Trajando as calças de montaria que haviam chegado na véspera, observo a arma de fogo que Aleza conseguiu para mim, pulsando como um organismo vivo entre meus dedos. Aguardo todos irem dormir e a mansão silenciar para escapar sorrateiramente até a baia de Silver. Minha thunder bufa, sente minha dor, encara-me com os olhos muito vermelhos ao me ver chegar.

Uma garota por dia.

Rostos sem vida. É tudo que vejo. Um. Dois. Dez. Quatorze.

Estou dentro de um jogo de cartas marcadas, prisioneira de uma teia de mentiras, em uma batalha contra o tempo. Não posso mais esperar. Senti na alma a dor daquela mãe, não suportaria saber que mais inocentes seriam assassinadas e famílias arruinadas por minha causa, e eu nada havia feito para tentar impedir.

Não mais!

Saímos como um raio pelas áreas escuras, unindo nossa ira aos uivos furiosos do vento. Avanço por dentro, fugindo das zonas vigiadas, e, quando encontro o local específico, acelero a toda a velocidade. Escuto um ruído ao longe. *O berro de algum criado armado ou o piado de uma coruja?* Pouco importa. Já chegamos ao declive. As patas de Silver ganham impulso e, no instante seguinte, estamos plainando no ar, ultrapassando as altas cercas como se nada fossem e deixando Greenwood para trás. Fecho os olhos e então enxergo o caminho a tomar, tão claro como se fosse dia...

As Montanhas Sagradas!

É para lá que meu instinto me guia.

Mas em vez de cavalgar para o norte, seguindo a estrada principal, e me tornar um alvo fácil para os bandidos, para os soldados do Gênesis ou os criados de Blankenhein que possam estar à minha procura, não faço o caminho óbvio. Sempre tive boa noção espacial, prestei atenção no percurso enquanto ia para o jantar dos Strawford, e avanço a toda a velocidade pelas áreas desertas, fechando o ângulo do trajeto somente quando me deparo com as imensas elevações rochosas, que se destacam de tudo ao redor. O bosque que as margeia é, no entanto, maior do que eu imaginava. Respiro fundo e esfrego a orelha de Silver, nosso código para discrição máxima. Ela compreende e muda o trote para um mais leve. Para surpreendermos o monstro, teríamos de ser sorrateiras.

A madrugada é fria, mas seus dedos gelados são inexpressivos em minha pele em chamas. Procuro por pistas, atenta a qualquer movimento suspeito enquanto permaneço camuflada na vegetação ao redor. Minha intuição está quieta, sem vozes chamando por mim ou dores de cabeça alertando sobre algum risco iminente; no entanto, por mais que me negue a lhe dar ouvidos, a tensão me segue como uma sombra macabra.

Porque é lua de Kapak.

O tempo passa. O tempo não passa.

Nenhum barulho. Nenhuma voz. Nada. Vasculho e vasculho, mas em meu íntimo sei que se trata de uma missão quase impossível. O bosque é grande demais para ser coberto nesse trotar cauteloso. Mas não desistirei. Voltarei amanhã. Depois de amanhã. E depois de depois. Haverei de liquidar o covarde quando ele menos esperar, porque cedo ou tarde todo criminoso retorna ao local do crime. Haveria de destruí-lo assim como ele e seus comparsas fizeram comigo e estão fazendo com essas garotas. Não sei, entretanto, qual de nós ficou em pior condição: elas ou eu. A pessoa que me tornei...

Porque sobreviver apenas não é viver.

Minhas pálpebras pesam toneladas, apeio de Silver para lavar o rosto no pequenino córrego em meio ao matagal. Exausta mental e fisicamente, estico o corpo no chão, fecho os olhos por um momento.

Um ruído suspeito de dentro do silêncio sepulcral me faz dar um pulo!

Quanto tempo se passou? Um segundo? Minutos? Horas?

Pouco importa. Porque perco o chão, os olhos saltando das órbitas e o coração latejando dentro da boca com o que vejo passar a pequena distância de onde estou, flutuando no ar em meio à bruma negra: um vestido amarelo cobrindo o corpo esguio, os olhos abertos, porém distantes, o rosto familiar...

Caroline?!?

Para meu horror ainda maior, há sangue vivo escorrendo por sua mão, que balança, frouxa, ao lado do corpo inerte. Mas, com a mesma rapidez com que havia surgido, o vulto da irmã caçula de Candice desaparece do meu campo de visão.

Em choque, afundo no lugar por um longo e apavorante momento. Um nó de saliva se gruda em minha garganta, minha pulsação assume níveis elevadíssimos, a ventania piora. Pisco várias vezes, esfrego os olhos com força.

Não é real! Caroline está em Khannan, viva! Nada disso está acontecendo. Assombrações não existem! É apenas um desliz de uma mente se afogando em culpa e levada ao extremo.

Mas a súbita dor de cabeça e a estranha agonia seguidas pelo frenesi enlouquecedor estão de volta. O trio de sensações sempre vinha nessas noites, quando *a lua de Kapak* estava presente... A mórbida compreensão me faz cambalear, deixando-me ainda mais atordoada. Ergo o rosto para o céu. A grande bola de luz prateada me encara de volta, poderosa, enigmática.

Traiçoeira? Uma aliada?

Chacoalho a cabeça com força. Vozes digladiam dentro de mim. Minha razão se nega a aceitar que eu esteja dentro de outro delírio e impulsiona meu cérebro a ir adiante, a deixar o medo de lado e decifrar a maldita charada, a enxergar o que estava por trás da face oculta da lua cheia e da estranha bruma negra que sempre a acompanhava.

Capto um pulsar vigoroso de um coração que perde a intensidade sob a palma da minha mão, e, com um estremecimento, silencia para sempre. Sinto o poder escorrendo por meus dedos, quente e irrefreável. Sorrio. O calafrio de prazer se espalha pela minha pele em chamas. Há desejo e cheiro de morte no ar. Sou apenas trevas e revolta e descontrole e loucura. Sorrio ainda mais.

Rápido! Por aqui!

Posso ouvir sua voz me chamando. Ela clama dentro do turbilhão de emoções que me desestabiliza. Sem saber o que é verdade ou não, vou atrás das respostas para as perguntas que mal formulei, monto em Silver e disparo pela névoa escura e onipresente – dentro e fora de mim –, procuro pelo corpo de Caroline, qualquer vestígio, mas, como era de se esperar, não encontro nada. Afundo a cabeça nas mãos, encarcerada em um oceano de escuridão e incertezas. Talvez eu tenha sido ludibriada pelo cansaço, pelas emoções à flor da pele ou, talvez, eu realmente não esteja nada bem...

Rápido!

O chamado hipnotizante me guia pela neblina mais e mais para dentro, para o coração do bosque. O ar se adensa. Perdida dentro de mim, deixo-me levar pela sedutora voz da escuridão. Perco a noção de tudo. Cavalgo por um tempo que não sei precisar. Ruídos suspeitos e o grasnar de corvos me fazem estremecer. Silver remexe a cabeça, bufa sua advertência.

Havia mais alguém ali?

Forço a audição e, apesar de baixos, posso jurar que os sons são de cascos de cavalo. Meu sexto sentido, para minha surpresa, não se pronuncia. Olho ao redor. *Será que já estava perto de amanhecer?* A madrugada, no entanto, está mais escura do que o normal. Minha cabeça lateja sem parar. Enrijeço na sela, mas não recuo. Ao contrário, forço Silver a avançar às cegas.

E, subitamente, todos os sons se vão.

Puxo as rédeas dentro do claustrofóbico silêncio, giro os olhos em todas as direções, tento enxergar em meio ao negrume total.

Será que a assombração nos observava agora? Será que viramos o alvo?

Algo nos ronda. Posso sentir sua respiração à espreita. Silver empina, relincha alto, brada sua advertência. Somos só nós duas agora. Saco a arma e aguardo. O que quer que seja, eu enfrentarei.

Apareça, covarde!

E, como se obediente ao meu comando, um relâmpago explode no céu na mesma hora e expõe a face ainda mais escura da mesma noite, deixando-me cara a cara com o que implorei aos deuses para que não fosse verdade.

Mas era.

O vestido agora é coral e, assim como o amarelo que eu havia visto há pouco, também está manchado de vermelho. Feixes de luz refletem no colar de sangue ao redor do delicado pescoço. Levo uma das mãos à boca para conter o grito e vasculho ao redor, desorientada. Reconheço o brasão dos Blankenhein – o jatobá – pintado na cerca adiante.

Uma parte daquele bosque fazia limite com a propriedade de Ron?!?

Apeio de Silver e, aos tropeços, vou até a garota. Meus joelhos bambeiam e se dobram, indo com força ao chão. Sem saber onde tocá-la, coloco o ouvido em seu nariz. O ar sai fraco demais, quase inexistente. A dor insuportável, como se a ferida dela estivesse dentro de mim – como se fosse minha –, é clara e cristalina: *culpa!*

Um ciclone de terra, pânico e folhas começa a girar com força ao nosso redor.

— Vai, Silver! Traga ajuda! — brado. Minha thunder toma impulso e salta a cerca, disparando em direção a Greenwood. — Por favor, não morra — imploro num balbuciar desesperado quando não sei o que fazer a não ser balançar meu corpo para a frente e para trás num cacoete incessante e orar a Lynian que a salve.

A garota geme baixinho, abre ligeiramente os olhos.

— Você vai ficar bem — afirmo, asfixiando de remorso. Sou a pior pessoa do mundo. Porque não digo a verdade. Porque preciso confortá-la, ainda que seja por um mísero instante. *Porque reconheço esse olhar vazio...* Era igual ao da minha mãe naquela noite maldita, idêntico ao das garotas dos meus pesadelos. — Vai ficar tudo bem, vai ficar tudo bem — murmuro a mentira ao aninhar seu rosto entre minhas mãos trêmulas. Puxo-a para mim, quero acalentá-la de todas as formas, mas tudo que consigo enxergar é o sangue vivo se espalhando por meus dedos e minhas migalhas de esperança. — Eu vou cuidar de você, eu vo...

Mas não há mais nada a dizer.

Um último suspiro se desprende dos lábios arroxeados e a cabeça tomba para o lado, as pupilas completamente dilatadas.

Está morta.

Exatamente como os monstros disseram que o fariam.

— NÃOOO! — Sacudo seus ombros com força, descontrolada, incapaz de aceitar a tenebrosa verdade: ela morreu por minha causa.

Um ganido estrangulado sai rasgando por minha garganta, meu corpo impotente sacode sem cessar, sou somente dor e derrota. Os uivos do vento se transformam em meu pranto seco. E, ainda que haja um martelar furioso em meus tímpanos, que eu esteja dentro de um furacão de culpa e sangue, os ouvidos treinados de uma garota acostumada a viver nas sombras captam os suspeitos ruídos no bosque que me cerca.

Passos.

O assassino não foi embora.

Camuflado pelo nevoeiro, o monstro ficara ali, observando-me, deliciando-se com o meu sofrimento, aguardando o momento certo para dar o bote. Já podia ter me atacado se quisesse. *O que estava esperando, então?* Minha mente gira e gira, quer a resposta a todo custo, aquela que não tenho para dar. Tombo a cabeça por sobre os ombros, não reajo e muito menos saco a arma. *Ah, claro! Foi por isso que o covarde não atacou ainda. Porque estou armada!*

Seguro o objeto entre os dedos e o observo. Eu poderia calar essa sinfonia mórbida que me massacra a alma se o colocasse na boca e apertasse o gatilho.

Sim, eu poderia...

Mas não consigo. Não sou assim. Então simplesmente jogo a arma para longe. Preciso que o maldito compreenda a mensagem não dita: acabou. Não quero mais continuar. Desejo apenas que ele dê as caras, que me mate de uma vez por todas e, com isso, me arranque do martírio dessa jornada sem rumo ou sentido, que poupe a vida de tantas inocentes...

Levo a testa ao chão, rendo-me. Uma chuva fina começa a cair.

Passos aumentam de volume, aproximam-se.

Fecho os olhos e aguardo o meu fim.

Capítulo 23

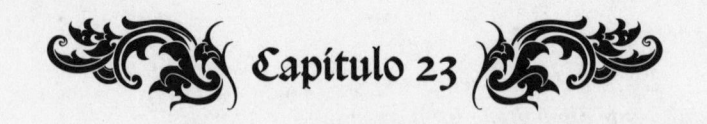

O ATORMENTADO

Por pouco você viu quem eu sou.

Por pouco você viu *o que eu sou*.

Por muito pouco...

O que você acharia, meu amor?

Veria a aquarela de tons vermelhos como uma bênção ou um castigo divino? Aceitaria que a finitude pode ser bela? Que existe graça dentro das imperfeições?

Compreenderia que há dignidade – e até certo encanto – nas tragédias e na escuridão? Que são as escolhas que nos escolhem e não o contrário? Que existe um número infinito de interpretações diferentes para a mesma cena, de realidades completamente distintas, dependendo apenas do que a consciência de cada um é capaz de perceber?

Que esse mundo precisa de alguém como eu para dar cabo dessa sentença de morte? Alguém com dó desses corpos condenados desde sempre?

Corpo e morte...

Um não existe sem o outro e, no entanto, *uma ilusão!*

A verdadeira essência está em algum lugar dentro dessa ilusão, aquele que você – sempre cega para o que importa – nunca foi capaz de ver.

Mas, se fosse capaz de enxergar...

Me aceitaria como sou?

Me admiraria?

Ou veria apenas o que há por trás dessa máscara e me rotularia como um... monstro?

Sim, às vezes acho que sou um.

Nesses momentos, tenho pavor de que você descubra. Um medo absurdo de que me despreze.

Por que insisto em me iludir?

Somos incompatíveis desde o início.

Você, pura luz. Eu, apenas trevas.

E se você chegar muito perto...

Não! Nunca!

Preciso soldar esta máscara à minha pele e energia.

Haverei de escondê-la a todo custo porque, se você a vir, o pouco que restou de bom e decente dentro de mim – o pedacinho que o destino milagrosamente ainda não arrancou – estaria comprometido para sempre.

E, nesse caso, sinto muitíssimo, mas seria um adeus.

Porque, minha amada, meu tudo, apesar de você ser valiosa demais para mim – muito mesmo –, para o meu (ou o seu) azar, o fogo que arde dentro de mim jamais haverá de se apagar.

Porque, a bem da verdade, não quero que isso aconteça. Necessito que ele queime e que suas labaredas continuem a me guiar pelas sombras que regem essa jornada sem sentido.

Noite após noite, lua de sangue após lua de sangue.

Porque, apesar de tudo estar diferente, *de você estar diferente*, a maldição permanece.

A maldição sempre permanece...

Capítulo 24

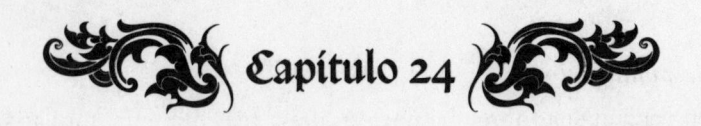

— Nailah?!? Ah, Sagrada Lynian! Você está bem? — indaga aos berros a voz que em outro momento faria meu coração ricochetear de felicidade dentro do peito.

Mas não agora. Não mais.

Tudo se tornou insignificante diante do que esse corpo sem vida à minha frente representa. Estou asfixiando de culpa, alquebrada e subjugada sob o peso da impotência, os sentidos nublados, cárceres de uma bruma intransponível. Ainda assim, capto seus movimentos, quando se abaixa e se coloca ao meu lado, checando meu corpo inteiro quando permaneço tão imóvel quanto a garota assassinada.

— Raio de sol, por favor, fale comigo! — Andriel sacode meus ombros, implora com a voz trepidante.

Ele puxa meu corpo frouxo para si, seus braços protetores me envolvem como no passado, trazendo tantas lembranças dos momentos felizes e apaixonados que passamos, mas, para meu horror, algo sinistro afirmava que nunca mais retornariam, extintos para sempre... *assim como a vida desta garota.*

— Eu a matei — murmuro.

— O-o quê?!?

— Não cheguei a temp... Não consegui salv... — Minha voz sai engasgada, afogando dentro do maremoto de sangue em que eu fora arremessada. Chuva fina escorre por minha face e se transforma na enxurrada de lágrimas que meu espírito arruinado não consegue mais liberar. — Está morta... por minha causa.

— Sobre o que está falando? Quem está morta, Nailah? — indaga, tenso.

— Ela.

— "Ela" quem?!?

— Essa garot... — Aponto, mas minha voz se desintegra em lascas de horror antes de completar a frase quando algo se racha com violência dentro de mim.

O negrume se foi. O dia amanhece devagar, o mundo parou de tremer. Vejo tudo com clareza agora. Paradoxalmente, não encontro nada.

Procuro e procuro. Encaro meus dedos trêmulos e sujos de... *terra*?!? *Onde está o sangue?* Espremo a cabeça entre as mãos, e, em vez de soltar o ar aliviada, é um ganido agudo que sai rasgando por minha garganta. Sou invadida pelo terror em sua forma mais cruel: quando perdemos a fé em nós mesmos.

Porque não há corpo algum a minha frente.

Não há nada.

— Ah, meu amor... — Andriel me abraça ainda mais forte. Sinto seu tremor em minha própria pele e seu coração bater forte contra meu ouvido. — Shhh, calma! — pede com candura ao acariciar meus cabelos.

— O que está havendo comigo? — indago, arrasada diante da verdade em que me recuso a acreditar.

Era mais que sonambulismo. Eu estava enlouquecendo.

Como a minha mãe.

— E-eu... eu não sei — murmura ele, compadecido.

— Não sei mais o que é verdade ou o que minha mente cria, Andriel. Eu tenho o papel para provar, li a mensagem, mas o que aconteceu agora há pouco, ou melhor, o que não aconteceu... Estou começando a duvidar de mim mesma, da minha sanidade.

Exatamente como minha mãe disse que aconteceria.

Logo ela...

— Que "mensagem"? Sobre o que está falando?

— O assassino de Unyan me mandou uma carta.

— Uma carta?!? — Suas sobrancelhas se contraem abruptamente.

— O monstro disse que, enquanto eu não abandonasse o Twin Slam — o tremor faz minha voz falhar —, ele mataria uma garota por dia.

Andriel empalidece.

— Então abandone o campeonato, Nailah. Você não está em condiç...

— Nunca! — Puxo o corpo para trás, ficando de pé num rompante. — Como pode me pedir isso justamente agora? Não vê que o Twin Slam se transformou na minha única arma contra esse tipo de injustiça?

— Sua vida vale mais do que qualquer campeonato! Não posso mais arriscar perder você. Nunca mais! — rebate ele no mesmo tom, colocando-se de pé também. — Além do mais, todas as garotas que apareceram mortas eram maiores de idade, sabiam o que estavam fazendo ao andar aqui fora sem a companhia de um homem para lhes dar proteção. — Ele diz isso não com descaso, e sim como um fato, como sempre fez.

Mas hoje essa constatação me atinge como um soco na boca do estômago.

— Está dizendo que as vítimas são as culpadas? — enfrento-o. — Então é mais um motivo para eu continuar no campeonato. Para jogar na cara do Gênesis que qualquer um tem o direito de andar livremente por onde quiser, seja homem ou mulher, sem correr o risco de ser violentado ou assassinado!

— Raio de sol, desculpa. Não foi o que eu quis dizer, você sabe. Sempre achei tudo isso um absurdo, mas não posso arriscar que mais nada lhe aconteça.

— O que *você* está fazendo por essas bandas a essa hora da madrugada, afinal? — disparo quando a nuvem da loucura se vai e a energia desafiadora, minha companheira de uma vida inteira, traz a lucidez de volta em seus braços.

— Eu vim buscar você, como prometi! O que mais poderia ser? — devolve ele no mesmo tom. — Tenho vindo todos os dias, mas estou proibido de me aproximar! Minha presença, ou melhor, a presença de ninguém é bem-vinda em Greenwood. Mas ouvi os berros dos criados, escutei que você havia fugido. Imaginei o pior, que ele tivesse te… *maltratado* — confessa. — Fiquei em pânico e saí à sua procura.

Me buscar?

— E-eu estou bem — estremeço e perco o raciocínio de vez, sem conseguir mapear o que sinto. Há um emaranhado de emoções desencontradas duelando em meu peito.

— Você não me parece bem. Por que fugiu, então? Cadê o imprestável do Blankenhein? — dispara ele e, cada vez mais perdida, recuo. — Ah, claro. Imagino onde ele esteja… — Abre um sorriso de desaprovação. — Quando você for minha, apenas minha, não será deixada de lado, nunca mais sofrerá riscos desnecessários, será livre para ir e vir.

— Eu sou liv…

Sua risada navalha o ar.

— Não, Nailah. Não é. — Sua voz sai ácida demais. — Não pode ser tão cega assim para não ter reparado que vive aprisionada em uma fortaleza de homens armados.

Aprisionada… Cega…

— Blankenhein é um louco possessivo que vive de colecionar objetos valiosos. — Ele repuxa os lábios ao me ver empalidecer. — A "Domadora do Sol" e sua thunder são suas mais novas aquisições e ele não quer que ninguém se aproxime. Depois que nos viu juntos no casamento, tomou medidas ainda mais contundentes. Você é mantida refém, meu amor. Todos sabem disso.

Refém…

— Tenho vindo todos os dias, louco para te contar a notícia maravilhosa. Mas como fazer isso se você não podia sair e eu não tinha como entrar? — Ele segura minhas mãos, olha dentro dos meus olhos. — Eu estava desesperado para te dizer que temos como provar que você não o escolheu, que seu pai lhe usurpou esse direito. Seu irmão concordou em falar a verdade se eu conseguisse provas contundentes. E eu as consegui, Nailah! Arrumei uma saída para esse inferno em que te arremessaram.

— Nefret...? U-uma saída? — O jorro de euforia é verdadeiro, eu o sinto pulsar em minha pele, mas, paradoxalmente, angústia cresce em meu peito.

— Sim, raio de sol. Para falar a verdade, eu já havia perdido as esperanças. Foi um milagre dos deuses eu te encontrar hoje, aqui, quase às vésperas do prazo se findar.

— Que prazo?

— O prazo para a anulação do seu casamento e nós finalmente ficarmos juntos. Dois dias apenas. — Sua voz sai emocionada. Meu coração dá uma quicada estranha. *Dois dias...* — Uma vez acertada a anulação, basta você deixar Greenwood por vontade própria na presença de um intermediador. Blankenhein nada poderá fazer a respeito. O Gênesis garantiu que você estará resguardada contra qualquer punição.

— Mas e Silver?

— Vem com você, claro. Ela é sua propriedade.

— Como é que é?!? Silver não passou a pertencer ao Ron após o casamento?

— Claro que não. — Suas sobrancelhas se contraem. — Foi Blankenhein que disse isso? Manco mentiroso! — dispara com desprezo. — Olhe. Veja com seus próprios olhos. Já está tudo acertado. É uma cópia apenas, mas quero que confira e diga se está de acordo. — Andriel saca uma folha de papel do casaco e a desdobra para que eu possa ter acesso ao conteúdo. — Ficou amassada assim porque está há dias no meu bolso. Como disse, estou tentando falar com você faz tempo — explica. Observo o texto com um monte de palavras complicadas e frases intermináveis, mas, apesar de nada entender, sou profundamente grata por ele respeitar minha opinião e não me tratar como uma analfabeta.

— Ah, Andriel... Claro que estou de acordo! — murmuro, não tão emocionada quanto achei que estaria quando esse dia chegasse. Talvez seja muita coisa para meu cérebro processar em tão pouco tempo. *Sim, deve ser isso...*

— Só que... ainda temos uma questão a resolver. Eu preciso dela... — Ele se retrai ao apontar para meu dedo anelar.

— Minha aliança? — hesito. — E-eu... não posso fazer isso.

— Sinto muito, mas a aliança é o bem mais importante para a anulação, a principal prova de que você quer sair por vontade própria dessa união em que fora forçada a entrar. A não ser que... — O rosto irretocável que sempre fora sinônimo dos momentos mais lindos da minha vida se aproxima, nossas respirações se misturam e a prata derretida de seus olhos se derrama sobre mim. Meu coração acelera quando, tomada de ciúmes, sua voz sai baixa e muito rouca. — Que você não me queira mais.

— E-eu...

— Raio de sol, entenda uma coisa de uma vez por todas: eu te amo e respeitarei sua decisão, qualquer que seja. Sumirei para sempre da sua vida, se for isso o que desejar. Mas preciso que você me diga hoje, agora, o que quer de mim, o que realmente quer de nós, porque não haverá outra oportunidade e você sabe disso melhor do que ninguém.

— Toma. — Arranco a aliança num rompante e a coloco em seu bolso.

— Tem certeza? Eu entenderei se...

— Shhh! Certeza absoluta. — Elimino a distância e afundo meu rosto em seu peito. Quero que ele sinta a verdade e os sentimentos que exalam de mim. — Nunca houve nada entre mim e o Ron. Tenho esperado por você, exatamente como me pediu.

— Então vocês não...? — Ele compreende aquilo que não preciso dizer e segura meu rosto. Sinto sua expectativa em minha própria pele.

— Eu não escolhi Aaron Blankenhein. Sempre foi você, Andriel, e sempre será.

Meu amado deixa as armas caírem, envolve-me em seus braços, e eu me derreto. Sinto bem-estar com sua beleza irretocável, conforto no aconchego de seu corpo e carinhos, sinônimo de desejo e de esperança por tanto tempo, da familiaridade na forma de beijar e ser acariciada, cada milímetro de pele e barba, cada arfar...

Um relinchar altíssimo reverbera pelo bosque e em algum lugar dentro de mim. Cascos poderosos afundam com violência bem próximo de onde estamos. Não preciso girar o rosto para saber quem seria capaz de chegar tão sorrateiramente assim.

Ron!

Ah, que ótimo.

Culpa repele nossos corpos com violência, ciente de que fazíamos algo errado, não para nossos corações, mas para os olhos dessa sociedade. Sem titubear, Andriel se coloca à minha frente. Damos de cara com o cavaleiro negro nos observando, como um justiceiro saído do inferno, os olhos exalando o fogo da ira, mais escuros do que nunca, assassinos. Ele nos encara com a expressão deformada, a pele alva agora vermelha como o sangue. O mesmo sangue que explode em minhas veias e retumba em meus ouvidos por saber que o cretino não tinha o direito de se sentir tão ultrajado assim por tudo que havia feito comigo, aprisionando-me, traindo-me com outras, *sempre mentindo...*

Ele balbucia o nome de Andriel como se fosse a palavra mais asquerosa do mundo, e balança a cabeça, os olhos desorientados, enlouquecidos.

— Ron... — Mas, ainda assim, um sussurro me escapa, preocupada com o que esse encontro poderia significar. Querendo ou não, eu ainda era sua esposa e adultério era sinônimo de Lacrima Lunii.

— Não houve nada. Nailah não tem culpa de nada. — Andriel entra em minha defesa.

— Não houve... *nada*? — Um grasnado baixo. — Sei que tem lá seus defeitos, mas achei que ao menos houvesse alguma decência em seu sangue nobre, Braun.

— "Decência"? Quem é você para dar sermão sobre o assunto? Um jogador inveterado, um homem que se satisfaz com qualquer vadia sem cor, que abandona a esposa na lua de mel para passar as noites em tabernas imundas?

Os dois se encaram por um longo e perturbador momento, em um duelo invisível, como se avaliassem as palavras que poderiam ou não ser ditas.

— Talvez eu seja mesmo tudo isso que o nobre falou — Ron responde com a voz rascante e uma veia lateja em seu maxilar —, mas nunca, em momento algum, flertei com uma mulher comprometida. — Ele torna a olhar para mim com a fisionomia perigosa, os olhos escuros demais. — Apesar de você ser um... — ele repuxa os lábios, não diz o que pensa — pensei que a essa altura do campeonato já soubesse perder, que tivesse vergonha na cara e sumisse de uma vez por todas quando Nailah deixou claro que foi a mim que ela escolheu.

Andriel solta uma risada alta.

— Eu não perdi partida alguma! Ela nunca te escolheu, infeliz!

Ai, merda!

Ron abre um sorriso estranho, horrível... *Uma promessa de morte?*

— O caro nobre acaba de ultrapassar todos os limites e, se quiser continuar a respirar com esse olhar arrogante, é bom sair daqui agora. Eu o proíbo de dirigir a palavra a Nailah. Se o fizer, eu o estrangularei com minhas próprias mãos. Seu sobrenome tem valor, Braun, mas não é um Blankenhein. Fui claro o suficiente? Eu o proíbo de se aproximar da minha mulher!

— "Sua mulher"?!? — Andriel desdenha. — Ela nunca foi *sua* e nunca será, Blankenhein! Não no que mais importa.

— Cale a sua boca. — A voz de Ron sai muito áspera, primitiva.

— Por quê? O *bon-vivant* mimadinho tem medo de ouvir algumas verdades?

Ron puxa as rédeas do cavalo de maneira intempestiva. Dark esfrega as patas no chão e bufa forte, refletindo a fúria de seu senhor. O clima fica ainda mais tenso. A ventania piora.

— Nailah, você fala ou eu falo? — Andriel exige.

— Andriel, não... — imploro num murmúrio, meu instinto afirmando que esse encontro estava indo por um caminho perigosíssimo.

E sem volta.

Ron se petrifica e o sangue é varrido do seu rosto, compreende o que não consigo dizer, *o que não precisa ser dito*. Seu olhar escurece em uma névoa impenetrável.

— Que "verdades"? — A rouquidão em sua voz me faz estremecer, ecoa em meus ossos. Acho que há um choro infiltrado nela, como se ele pressentisse que era o fim sem um início, o ponto-final de algo que nunca começou, mas que, por alguma razão inexplicável, eu já sentia pesar em perder. — Fala, Nailah!

Mas não consigo. Existem pregos cravados na minha garganta.

— Conte-lhe a verdade, meu amor. Diga quem fez a escolha, quem definiu o maldito lance — Andriel insiste.

— Eu... eu... — Levo as mãos à cabeça, transtornada, desorientada.

Ron tem a expressão devastada, mas não parece surpreso com a notícia, como se, em seu íntimo, desconfiasse desde o início. Ele me encara de um jeito profundo, quebrado, os olhos negros cintilando em uma cortina de lágrimas não derramadas.

— Seu pai — balbucia ele, afônico, ao compreender a grande verdade e, ainda assim, retumba alto em meus ouvidos. — Então... Você nunca me escolheu?

— Não.

Seu pomo de adão sobe e desce com uma velocidade apavorante. Posso jurar que presencio o elixir da vida se desprender do corpo de Ron porque seus ombros curvam e ele não me encara mais. Sua visão embaça e me transpassa em direção ao nada. Ele tinha sido mortalmente alvejado e, por mais louco que pareça, algum lugar dentro do meu peito começa a arder, como se fosse minha própria chaga.

Andriel puxa o ar com força, meneia a cabeça. Quando começa a falar, sua voz sai comedida, de quem acabara de perceber a gravidade do momento, por ter nos colocado em uma situação delicadíssima.

— Eu não quis... — Ele tateia as palavras. — Blankenhein, você já deve ter compreendido o que existe entre mim e Nailah. Por favor, aceite que nunca houve a intenção de te desrespeitar. Enxergue o que está diante dos seus olhos.

— O meu problema de visão, claro — ironiza, mas seu sorriso se transformou em um talho feroz e os olhos escuros ficaram quase... *selvagens*.

— Nós jamais desejamos que chegasse a esse ponto, mas eu e Nailah nos amamos há mais tempo do que o nobre imagina. Eu falhei por ter ficado longe dela, estava ferido... — Libera o ar com força. — A verdade é que não tive coragem de ir contra os meus pais na época em que ela mais precisou de mim. Fui um fraco — Andriel confessa mirando dentro dos meus olhos. Meu coração desata a esmurrar o peito. — Mas não mais! Eu prometi a Nailah que lutaria por nosso amor e é isso que farei a partir de agora. Ela fora usurpada do direito concedido pelo Gênesis. Nailah não o escolheu, portanto, quer você queira ou não, há meios legais de anular esse casamento.

— Ah, sim! Eu enxergo agora. Vejo que o *nobre* é estupendo com as palavras! — O olhar de Ron torna a se acender, como se ele estivesse sendo queimado vivo. Em suas feições há somente ódio, puro e genuíno. — Vejo que você é um canalha miserável, um fodido metido a besta!

Andriel contrai os punhos e parte em direção ao adversário em estado perturbado. Ron estufa o peito, confiante quando se encontra em cima de seu cavalo.

— Babaca! Manco mentiroso! Nailah já sabe que você a mantém aprisionada, da mesma forma como faz com todos os troféus e quinquilharias que adora exibir! — dispara sem hesitar, e os olhos de Ron triplicam de tamanho. Um calafrio fino, dolorido, trespassa minha coluna ao identificar o que encontro com tanta clareza ali, dentro da escuridão que ele sempre camuflou tão bem: culpa. *Então era mesmo verdade... Ron me fazia refém!* Cambaleio. Não devia, mas cambaleio diante da certeza que me asfixia. — Nailah já sabe de tudo, que Silver sempre pertenceu a ela, que ainda tem dois dias para abandonar esse casamento de fachada, que eu estarei aqui para recebê-la na minha vida assim que deixar Greenwood. Se tiver um pingo de orgulho na cara, você vai aceitar colocar um ponto-final nessa situação vergonhosa. Afinal, que homem da sua estirpe manteria uma mulher que escancaradamente não o quer, não é verdade?

Ao ouvir as últimas palavras, Ron recua por um momento, em choque, o rosto deformado de uma maneira assustadora.

— Nailah, é óbvio que Blankenhein vai te prender em Greenwood nas próximas quarenta e oito horas. Sagrada Mãe, sabe-se lá o que mais ele pode fazer! — Andriel avança, irrefreável. — Temos de decidir isso aqui e agora porque não teremos outra oportunidade. Diga com quem você quer ficar!

Mas não consigo. Punhais dilaceram minhas cordas vocais. Perco o chão e o oxigênio. *Isso estava mesmo acontecendo ou era outro delírio?*

— Fale, Nailah! Decida e vamos acabar com essa tortura! — Andriel insiste.

— Se disser mais uma palavra, eu te mato — adverte Ron, a respiração saindo em arquejos.

— Por quê? Não tem coragem de ouvir a verdade ao menos uma vez na vida? — Andriel não se abala. — Se é mesmo um sujeito tão moderno como se proclama, deixe Nailah falar. Deixe-a decidir com quem quer ficar de uma vez por todas!

Eu pensei que já conhecia todas as risadas altas de Ron, mas quando ele joga a cabeça exageradamente para trás e solta uma gargalhada satânica, a mais estrondosa de todas que já vi liberar, meu corpo se arrepia da cabeça aos pés.

— NUNCA! — O bramido grotesco, quase inumano, congela o sangue nas minhas veias. Possuído por uma cólera assassina, Ron faz Dark empinar e, em seguida, avançar como um bicho raivoso para cima do adversário.

— NÃOOO! — berro apavorada ao reconhecer esse tipo de ataque.

Era para matar!

— Argh! — Andriel consegue se desviar da investida letal, mas não escapa do golpe inesperado, quando Ron saca a bengala com velocidade impressionante e lhe acerta o peito com violência. Andriel vai de boca ao chão.

Ato contínuo, veloz como um raio desgovernado, Ron puxa meu corpo para cima do cavalo negro de patas brancas de maneira abrupta. Com o mundo de cabeça para baixo e sem ter onde me firmar, debato-me sem sucesso. Blankenhein ganha impulso em uma elevação do terreno e faz Dark voar, pulando a cerca e entrando acelerado pelas terras de sua fazenda.

— Dois dias, Nailah! — Escuto o berro desesperado de Andriel ficar para trás.

Dois dias... Era esse o prazo para a anulação desse fiasco de casamento, para deixar de ser uma prisioneira. Mas ambos sabíamos que fugir seria dificílimo, tampouco Andriel conseguiria entrar. Ron dobraria a vigilância.

— Me larga! — brado, com ódio mortal.

Mas o cretino apenas solta um som bizarro da garganta, algo entre um grunhido e uma risada. Galopando como um suicida, Ron Blankenhein passa voando pelos jardins de Greenwood como um raio, deixando um rastro de fogo para trás, levando-me consigo em sua queda vertiginosa ao precipício que denominamos vida.

No alvorecer sombrio que desponta – *no horizonte e na minha jornada* – há clamores bradados, calor e frio escaldante, tremor por todos os lados.

Perdida dentro das minhas conturbadas emoções, em meio ao borrão de imagens que passam por mim, capto o horror nos olhos dos criados que vigiam a propriedade, como se eles compreendessem o que está acontecendo dentro da mente do patrão, como se conhecessem tão bem seus demônios a ponto de saberem a loucura que ele faria a seguir.

Mas eu não.

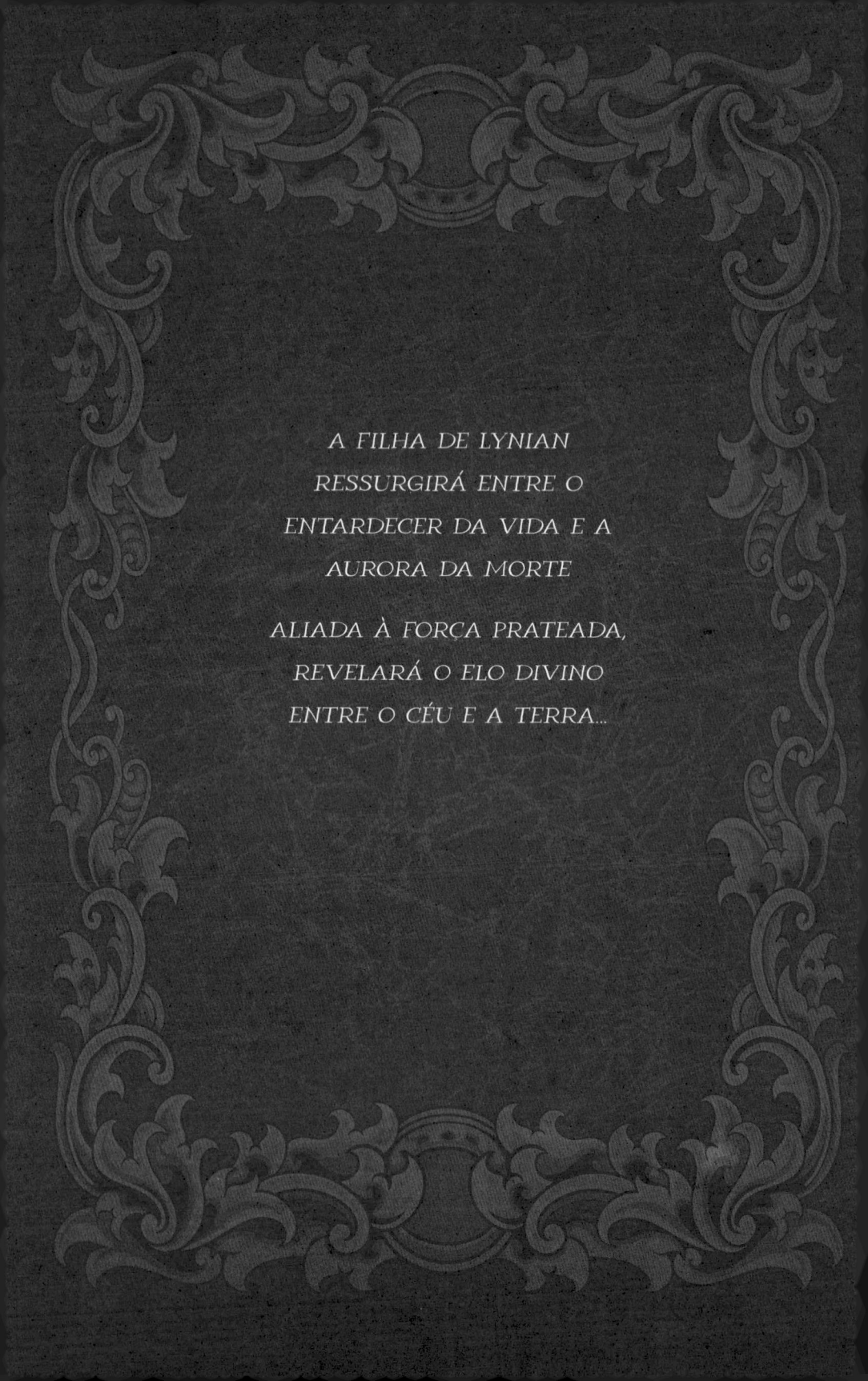

*A filha de Lynian
ressurgirá entre o
entardecer da vida e a
aurora da morte*

*Aliada à força prateada,
revelará o elo divino
entre o céu e a terra...*

Capítulo 25

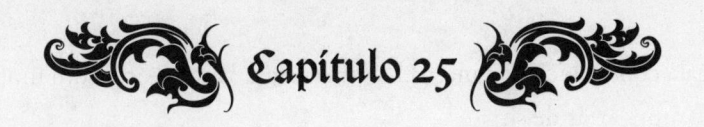

Ódio. Ventania. Decepção.

Tudo isso milhares e milhares de vezes.

— Me solta, seu canalha mentiroso! — ordeno aos berros, largada como uma idiota sobre seu cavalo.

Eu o soco, esperneio e o xingo de todos os palavrões e nomes desprezíveis, mas o maldito me segura com força, cravando os anéis na minha pele. Ele emite uma risada estranha e, para me deixar ainda mais desnorteada, diz para eu bater mais e com força, que já esperava isso de mim.

Blankenhein apeia de maneira intempestiva e, mancando como nunca, arrasta-me aos solavancos para a mansão. Apavorados com a cena em andamento, os serviçais clamam pelo bom senso do patrão, mas o nobre está transtornado como um animal selvagem gravemente ferido. Cego e surdo para tudo, finca a bengala no chão com furor e vai abrindo caminho, avançando comigo corredor adentro.

Perco a força de repente. *Ele ia...?*

A cena me deixa em choque. Eu estava acostumada às maldades do mundo: espancada por meu pai, maltratada pelos capatazes, violentada e ferida pelo destino, mas... Por alguma razão inexplicável, eu jamais esperaria isso de Ron.

Não dele.

— Entra aí! — Ele me empurra para dentro do meu quarto. Suas narinas estão dilatadas e a ira exala pelos seus poros, palavras e gestos. Girando a bengala com velocidade incrível, o aristocrata bate a porta com uma pancada abrupta atrás de si.

Volto a mim, recupero o ar e as forças. Para esse tipo de confronto já nasci preparada. Estufo o peito. Enfrento-o.

Se ele pensa que me amedronta...

— Ótimo! Empine mesmo esse nariz porque é só assim que você é capaz de entender as coisas, não é? Na ignorância! — brada ele. — Da forma que sempre julguei desprezível e vergonhosa! Pois então será desse jeito. Você pediu!

— Se pensa que vai tocar um dedo em mim...

— Um dedo apenas? — Ele acha graça, mas a voz está grave demais e a fisionomia, perturbada, de quem está totalmente fora de si. — Quantos dedos seu queridinho já tocou em você?

— Você quase o matou!

— Sorte a dele, e a sua, pelo visto, que a minha visão não seja das melhores, não? — rosna. — Pena não ter me consultado com um curadok quando tive a oportunidade.

— Seu cretino! Eu te odeio!

— Opa! Finalmente mostrando as garrinhas — responde, sarcástico, modulando a voz, mas labaredas crepitam dentro da fogueira dos seus olhos.

— Canalha! Só sabe mentir e enganar! Me fez acreditar que Silver não me pertencia mais, que seria um marido benevolente passando a certidão dela para mim. Ela sempre foi minha!

— Num casamento, o thunder sempre pertencerá ao marido, como determina a lei! Pode perguntar a qualquer pessoa, sua tola!

— Ah, é? Então por que Andriel mentiria a esse respeito se eu poderia perguntar a qualquer um, hein?

— Pois pergunte ao patife duas caras e me responda! — troveja de volta.

— "Duas caras" é você, que fica tramando às escondidas com o *Patremeister*! Eu não tenho como perguntar nada a Andriel ou a qualquer outra pessoa, sabe por quê? Porque aquela conversa de que não existe tranca em nenhuma porta desta mansão era pura fachada para enganar a trouxa aqui!

Porque as grades estão bem longe da minha visão, estão nas cercas de Greenwood! Porque seus criados têm ordem para me impedir de sair! Porque você não permite que ninguém venha me ver! Porque virei sua prisioneira!

— As únicas pessoas que vieram te visitar foram aquela senhora da sua antiga colônia, dona Cecelia, e o seu irmão, e, pelo que eu saiba, todos tiveram permissão para entrar! — Ron tenta rebater no mesmo tom, mas sua voz trepida em uma linha fina.

E o denuncia.

— Você proibiu a entrada de Andriel! Talvez até de Samir!

— Ah, claro. Queira desculpar minha falta de modos, caríssima esposa. Como fui indelicado. Eu devia ter solicitado sua lista interminável de pretendentes e ordenar a Oliver que fosse buscá-los pessoalmente, que minha mulher sentia muita falta deles durante nossa *lua de mel* — soletra a palavra com nojo. — Onde devo marcar o encontro dos pombinhos? Aqui no seu aposento ou nas moitas em que adorava se enfurnar?

— Pode parar de bancar o marido ultrajado enquanto fica lá jogando charme para a Barbra na frente de todo mundo, além de passar todas as noites com mulheres, seu sonso! Andriel tem razão. Você é um louco que vive de possuir e controlar tudo que deseja. E quando não consegue comprar o que quer com o seu "charme aristocrático"? Bom... aí você rouba! — esbravejo com o dedo em riste e, com o meu pavio curto, jogo o bom senso para o espaço e afirmo o que não deveria. — Isso vem de longe. Você já mandava furtar minhas cartas quando eu ainda era solteira!

Ron enrijece e, apesar da fúria deformar seus traços, deparo-me com culpa estampada em seu semblante.

— Tudo teria sido diferente se tivesse me esquecido, conforme lhe ordenei quando me fez aquela proposta indecente para eu ser sua amante! — avanço, finalmente colocando para fora o que estava entalado em minha garganta desde sempre, aliviada em vomitar a maldita verdade. — Você não passa de um mentiroso, um riquinho mimado acostumado a ter o que quer, que não admitiu o fato de eu não te desejar. Na certa deve ter mexido com sua "vaidade aristocrática", de achar que pode comprar tudo com a sua fortuna. Mas não pode, ouviu bem? Há coisas que não estão à venda, e o amor é uma delas! — vocifero e sua palidez hipócrita fica ainda mais evidente. — E ainda me mantém em cárcere privado. Pela frente, um sedutor com a fala mansa, mas por trás, um homem possessivo. Fez comigo exatamente o que faz com aquele monte de velharias caríssimas que exibe no salão de gala, me manteve trancada a sete chaves como um objeto de valor, raro e intocado, o troféu que conseguiu após o maior de todos os leilões. Esnobe metido a besta! Posso imaginar o jorro de vaidade ao expor para toda a Unyan a conquista extraordinária durante o nosso casamento, não? — Enfrento-o com desprezo. — Não passa de um cretino miserável igual a todos os outros!

— Cale a boca, sua... sua... — Ele fecha o punho e dá um passo em minha direção, descontrolado, a respiração ainda mais incerta que as passadas. — Agora é a minha vez de falar! Nessa brincadeirinha idiota, o palhaço aqui tem o direito de proferir algumas palavras, se me permite. — Seus olhos são um ninho de sombras apenas. — Se eu "confisquei" algumas cartas? Sim, eu o fiz e não tenho vergonha de confessar porque eram correspondências sem brasão. Apesar de lhe dar a falsa impressão, não sou um tolo lunático que vive atrás de um rabo de saia, que não tenho noção do mundo em que vivo. Assim como te conheço o suficiente para saber que, com o sangue indomável que corre em suas veias, se você tivesse conhecimento sobre os assassinatos, *se conseguisse ler* o conteúdo das cartas — ele frisa de maneira acusatória, mas não me permito estremecer —, era evidente que faria alguma besteira e acabaria se colocando em perigo, exatamente como os bandidos desejavam. — Ron diminui a distância, o semblante muito alterado, de outra pessoa, enquanto desata a bater a bengala no chão. — Tudo que fiz foi para te proteger!

— Me tornando sua prisioneira? Me livrando de Lacrima Lunii para me trancafiar aqui dentro? Então não preciso que me proteja, está ouvindo? Nunca mais!

— Sua tonta! Se ainda não notou, você se transformou no símbolo dos novos tempos e, da mesma forma que muitos a idolatram, acabou se colocando em perigo de morte porque um mundo machista não se desfaz da noite para o dia, e é óbvio que iriam tentar silenciá-la de alguma forma. — Sua testa se lota de vincos ao dizer essas últimas palavras. — Se era para arriscar perder você, que fosse de um jeito nobre, em uma corrida, num lugar onde você tem a força e o brilho. Mas não dessa forma. Não do jeito que vem acontecendo com essas garotas, como carniça nas garras de abutres famintos.

— Me perder? — indago, irônica. — Você me prendeu. Dá no mesmo.

Ron perde a cor por um instante, esfrega o rosto, fecha a cara.

— Para onde você iria, pode me dizer? — devolve ele. — Ah, sim, claro. Na primeira oportunidade sairia na calada da madrugada para se agarrar com outro, não? Se ainda fosse um homem de verdade, mas um sujeito como o Andriel Braun...

— Eu não saí para me encontrar com ele! — retruco, mas não confesso a verdade: que fui atrás de vingança, do assassino. — E mesmo que fosse. Isso não muda nada, seu hipócrita. Sim, eu não te contei que não o escolhi. E você? O que faz? Mente o tempo todo e ainda me mantém prisioneira. Estamos quites!

— Ah, não seja modesta. Você foi bem superior a mim, muito superior. — Ele solta uma risada rouca, aproxima-se perigosamente. Não recuo. — Porque o idiota aqui achou que com carinho e atenção poderia juntar os cacos da sua alma quebrada — Ron diz, mirando dentro dos meus olhos. — Achei que erámos perfeitos um para o outro, os dois cheios de cicatrizes, os dois... — Ele meneia a cabeça, mas não diz o que pensa. *Mutilados? Era isso?* — Desde o que lhe aconteceu, desde que... — Ele puxa o ar. — Eu queria fazer com você o que ninguém conseguiu fazer comigo, deixá-la novamente... *inteira*. Achei que a cobrindo de amor, aquilo que nunca recebeu, você começaria a gostar de mim, se importaria comigo e, em seu reerguer, você me levaria junto e me faria um homem completo outra vez. — Ele solta uma risada amarga. — Mas você se superou, Nailah Wark. Fez o que ninguém foi capaz. Você não aleijou uma perna apenas.

Suas palavras parecem um terremoto a assolar minhas verdades.

Não sei onde me segurar, no que acreditar. Como sempre, eu estava preparada para lutar. Não para... *isso*.

— Eu não...

— Cale. A. Boca. Não acabei ainda — ele me atropela, feroz, precisa expurgar a dor que o consome. — Você arrancou com as mãos o que restara de bom dentro de mim, esmagou o coração que ainda pulsava em meu peito. Se eu sabia? Não. Eu suspeitava? Óbvio! Não sou cego e você nunca foi santa, não é mesmo? Jamais achei, no entanto, que você teria tamanha audácia. Eu via seu semblante se acender, reluzir como a lua de Kapak quando olhava para o glorioso Andriel Braun com seu rosto perfeito, todo *perfeito*. — Ele enverga os lábios ao pronunciar a palavra. — Sonhei que um dia você olharia para mim da mesma forma, que veria em mim um homem inteiro e não... *isso*. — Olha com asco para a própria perna. — Mas fui um estúpido! Hoje tive a certeza de que você jamais olhará para mim do jeito que olha para ele... — As palavras saem num sopro frio demais, ele encara a mão repleta de anéis por um inquietante momento. — Sabe por que nunca quis me casar, Nailah? Por que nunca dei um lance? Vamos lá! Dê um palpite — indaga num rosnado impregnado de frustração. — Eu queria uma mulher que também me desejasse. Mas estava disposto a jogar essa regra pelos ares, porque, de alguma forma, eu queria crer que o destino a havia colocado nos meus braços para que eu cuidasse de você, um prêmio ou uma maldição, eu não sabia dizer até... *hoje*. — Solta o ar com força, um brilho distante a reluzir em suas pupilas. — Quando vi seu sangramento acontecer diante dos meus olhos achei que era um sinal, mas eu sabia que você não tinha interesse em um aleijado, era evidente em seu semblante, e, bem, sempre tive uma vida boa, sabe? As mulheres "sem cor", como o seu adorado Andriel as chamou, costumavam ser generosas em seus carinhos e me confortavam muito bem, mas, de uns tempos para cá, elas não me satisfaziam mais. Eu desejava seu cheiro, sua pele na minha, seu rosto era uma fixação da minha mente, e então, acabei fazendo aquela proposta vergonhosa para que fosse minha amante. Me senti um cafajeste, um verme. A dor que me rasgou o peito ao vê-la ir embora, arrasada, decepcionada comigo, foi simplesmente... — Ele arfa forte, meneia a cabeça. — Os dias sem poder te ver, impossibilitado de me explicar, de conversar e rir com você, de olhar para seu rosto lindo e arisco, e imaginar mil coisas que me tiravam o fôlego e me faziam me sentir vivo novamente, foram... sufocantes. Eu estava disposto a jogar tudo para o alto, ia dar o lance em você, mas, com o coração sangrando, respeitei sua decisão de que ninguém deveria saber que era uma Amarela, que queria continuar fingindo ser uma Branca. Deixei que fizesse suas diabruras e, para falar a verdade, eu até achava uma graça ver você aprontar, não sei explicar. Algo dentro de mim sempre quis te... *mimar*. Fazer suas vontades de repente me fazia infinitas vezes mais feliz do que realizar as minhas.

Ele eleva o rosto, a face muito rubra ao cravar os olhos em meus lábios. Não consigo escapar. Há estática no ar, posso senti-la se embrenhando pelas minhas células e arrepiando todos os pelos do meu corpo.

— Então a corrida aconteceu e você se tornou a grande "Domadora do Sol"! Quando eu a vi lá do meu camarote... Mãe Sagrada! A emoção que senti ao vislumbrá-la montada sobre a sua égua, o orgulho sem precedentes que experimentei, que eu amava uma guerreira, me deu tanto prazer, tanta... — Ele alisa o thunder cravado em sua bengala. — E depois disso, quando da decisão extraordinária do Gênesis, de que seria você a escolher o candidato e não o contrário... — Sua respiração fica ruidosa. — Eu vi que ali estava a explicação de tudo, do carma da minha existência. Você poderia escolher! Eu sabia que você receberia muitos lances, óbvio, não apenas por ser alta e linda desse jeito, dos descendentes incríveis que poderia gerar, mas também por causa da sua thunder excepcional. Que homem de condições econômicas e em sã consciência não desejaria esse conjunto espetacular? Quase morri de medo e de apreensão. Dei o maior lance que só um homem insensato poderia dar, mas sempre soube que não seria isso que a faria tomar sua decisão, afinal você era a "minha Diaba", a que nunca foi interesseira, aquela que sempre me viu como realmente sou. Essa era outra das suas virtudes que me encantava e que agora me levaria à ruína, porque você poderia escolher qualquer um apenas por querer. — Ron solta uma risada fria. — "Cuidado com o que você deseja..." O provérbio dos nossos ancestrais nunca fez tanto sentido porque, no final das contas, eu teria que pagar o preço do que sempre quis: uma mulher que também pudesse escolher. Então não dormi ou comi até sair o resultado da apuração, transformei a vida de Oliver num inferno e quase enfartei de felicidade quando o oficial do Gênesis trouxe a mensagem de que você havia me escolhido. Eu soube que você teve outros lances, não sei quantos nem quais foram os candidatos, e, honestamente, cheguei a pensar que era delírio da minha mente, afinal você estava tão furiosa, tão magoada comigo da última vez que nos falamos... — Ele abre um sorriso amargo. — Deixei todos loucos por aqui tamanho o meu nervosismo e ansiedade, mesmo depois de saber sua resposta, por ainda não estar acreditando que meu milagre estava acontecendo e desejando que tudo estivesse perfeito, ao seu gosto. Queria que você se sentisse em casa, porque era assim que você me fazia sentir de novo. Mas, para falar a verdade, só acreditei que você havia me perdoado quando a vi chegar de braço dado ao seu pai. A mais encantadora de todas seria minha e eu iria amá-la e fazer dela a mulher mais feliz do mundo, porque era isso que ela fazia comigo, o homem mais feliz do mundo.

— Que ótima maneira para isso, não? Me fazendo sua prision...

— Não acabei! — ele me interrompe com um rosnado. — Se eu achava que você gostava de mim? Ora, minha cara, sou um homem que tem lá seus defeitos, mas, modéstia à parte, também tenho algumas qualidades, e uma delas é conhecer as mulheres. Eu sempre soube que, na melhor das hipóteses, eu seria sua segunda opção, que você só ficaria comigo se o cretino do Braun não lhe desse lance algum. Mas eu enlouqueceria se ficasse pensando nisso. Teria de pagar para ver. Além do mais, você era inexperiente no assunto, acreditei que esqueceria o canalha com lábia de seda assim que ficasse comigo... — Ron meneia a cabeça, a expressão tomada por tanta... mágoa. Raiva. Desolação. — Enfim, achei que, com o tempo, eu a faria gostar de mim e que, apesar de tudo, você me daria uma segunda chance. Então, cegamente, acreditei que lhe dando espaço para me conhecer, respeitando seu tempo, você me admiraria, e em algum momento me procuraria, que bateria na porta do meu quarto e, por vontade própria, passaria a noite comigo e me faria o homem mais realizado do mundo.

Engulo em seco, razão e intuição travando uma batalha sangrenta dentro do meu peito. Não consigo distinguir verdades de mentiras enquanto o vejo se afastar em direção à porta, a bengala não mais batendo com força no chão de madeira e, ainda assim, massacrando minha consciência.

— Ron...

Ele eleva a mão de maneira brusca, ordenando-me a me calar novamente, intolerante, disposto a colocar um ponto-final nessa conversa inimaginável, em meio às palavras – e ao silêncio – que têm o poder de rachar minhas frágeis certezas, um dos poucos pilares que me restaram e que, a todo custo, esforçam-se para me manter de pé, ainda que cambaleante. Ron interrompe os passos de um jeito estranho, como se também estivesse se segurando para não desmoronar, gira o rosto por cima do ombro. Seu perfil está deformado, como se segurasse as lágrimas a muito custo.

— Mas jamais... — Sua voz sai trepidante, um sussurro apenas. — Jamais teria me casado, mesmo a amando do jeito que a amo, se soubesse que você tinha sido obrigada. — Ele contrai os olhos, como se sentisse uma dor dilacerante ao proferir as palavras seguintes: — Tenho muita pena de você e do caminho que acaba de tomar, Nailah Wark. Pela primeira vez na vida, recebeu tanto amor e atenção e, sem hesitar, jogou tudo fora por algo que não sabe o que é, por um sonho tolo e infantil. Sinto profundo pesar por saber que você vai se arrepender amargamente em breve... — sentencia de um jeito sombrio. — Bom, mas aí já não será mais problema meu.

Capítulo 26

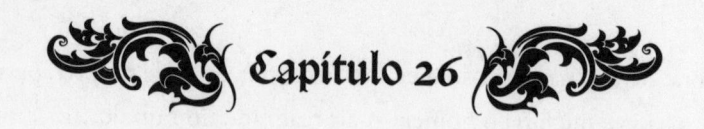

Lágrimas inesperadas insistem em forçar caminho assim que Ron se vai, mas não as deixo passar, afogo-as no maremoto de fúria que eferversce minha alma ao compreender que o cretino era tão bom com as palavras que acabara distorcendo a bizarra situação, me fazendo me sentir mais do que culpada, transformando-me na grande vilã desta história em que eu fora arremessada aos pontapés. Muito fácil assumir o papel de vítima, mas não foi ele quem teve suas vontades desprezadas, sua voz e asas arrancadas. Eu não queria ter sido violentada. Eu não queria que as garotas estivessem morrendo por minha causa. Eu não queria ter me casado com um homem que não escolhi, um mentiroso que me encarcera em seu palácio de farsas e troféus enquanto passa todas as noites com outras! Eu não desejei um milhão de coisas, e nem por isso os deuses me livraram de tantos desgostos e sofrimentos.

Mas, se escapei de Lacrima Lunii, também posso escapar de Greenwood! Não serei prisioneira de ninguém!

Vou dar um jeito de fugir, colocar um ponto-final nesse casamento de fachada e finalmente ficar com o homem que me ama de verdade. Os criados de Blankenhein terão que atirar em mim desta vez porque nada me deterá. *Nada!*

Sem pensar duas vezes, abro a cômoda e pego a sacola de pano que trouxe com os poucos pertences da minha vida anterior. Reparo no quanto ela destoa de tudo aqui, tão bruta, tão diferente... *Como eu.*

Guardo a maquiagem de mamãe, o véu rendado que Nefret me dera de presente juntamente com alguns desenhos que ele havia feito para mim quando ainda éramos crianças. Uma vida com tão poucas recordações, um passado tão destruído que só existia em meus sonhos, fumaça rala em meio à neblina do mundo. Vasculho a gaveta para ver se não me esqueci de nada quando meus dedos esbarram na caixinha de música. Sou tomada por uma aflição paralisante, diferente, *como se uma parte dentro de mim não quisesse ir...*

Sons de cascos e uma bufada familiar me fazem despertar.

Não pode ser! Não. Não. Não!

Saio acelerada do quarto ao escutar a comoção do lado de fora. Assustadíssimos, os criados correm de um lado para o outro em meio ao repentino vendaval que faz as portas do casarão baterem com estrondo e vidraças estilhaçarem. Oliver e Margot travam um diálogo tenso na varanda. Escondo-me para escutar o que dizem. Não posso mais confiar em ninguém.

— O sr. Aaron ficará bem — Oliver afirma, mas sua voz não me parece serena.

— Ah, misericordiosa Lynian! — Margot geme e sua face está deformada pela preocupação. — Ele saiu transtornado como nunca vi na vida, galopando como um louco naquela égua selvagem. Logo vai desabar outra tempestade! A saúde dele...

— Silver gosta do sr. Aaron, não o fará cair — Oliver a interrompe. A voz está mais grave do que de costume. Há algum perigo no ar que vai além das palavras. — Ele encontrará abrigo em outros braços e se acalmará.

Silver? Outros braços?

Travo os dentes e meus punhos se contraem.

Blankenhein tinha levado minha Silver... para ir atrás de outra mulher?!?

Meneio a cabeça, fervendo dentro do caldeirão de outra emoção que não sei mapear, primitiva e poderosa, como se a raiva que experimento por Ron crescesse de maneira vertiginosa ao ter noção de onde ele tinha ido encontrar sua paz enquanto eu permanecia aprisionada no inferno, sendo implacavelmente atormentada por pensamentos cada vez mais insanos, de ódio e vingança, ardendo em brasas, como se algo dentro de mim não admitisse ter de dividir...

Qual dos dois?
Silver ou Ron?
O temporal desaba.

Passo o dia em fúria e agonia, fechada em um mundo que só faz ruir à medida que os ponteiros do relógio avançam, inclementes como sempre. O prazo para fugir daqui e conseguir a anulação desse casamento desastroso está se esgotando. Fico andando de um lado para o outro dentro do quarto, aguardando o cretino chegar com meu único tesouro nesta vida: Silver. Surda para os clamores dos empregados, já chutei tudo que encontrei pela frente e praguejei o nome do maldito um milhão de vezes. É madrugada quando ouço um trotar vigoroso e o relinchar inconfundível.

Graças a Lynian! Silver estava de volta!

Minutos depois, barulhos estridentes reverberam pelo casarão, portas batem com violência, coisas se quebram, xingamentos, o bradar de ordens atrás de ordens. Sua voz está estranha, enrolada, mais colérica do que nunca.

Imprenso o ouvido na porta, quero compreender o que ele diz. Mas não vou sair. Não quero dar de cara com seu rosto hipócrita, ainda mais nesse estado deplorável em que já vi meu pai ficar inúmeras vezes, quando o álcool transformava o covarde em um carrasco sem piedade. O horror cavalga em meu peito enquanto a sensação obstrutiva, um misto de raiva e pena, arranca-me a razão. Escuto sua bengala alvejando o piso com força, sem sua cadência característica, avolumando-se, aproximando-se, até silenciar bem diante do meu aposento, como inúmeras vezes o fez, aguardando, avaliando...

Minha pulsação atinge níveis perigosos. Não quero ter de enfrentá-lo nessas condições. Isso não vai acabar bem.

Vá embora, Ron! Não ouse bater aqui! Não ouse entrar neste quarto!

Capto sua respiração irregular e a estática no ar, como se eu fosse capaz de senti-lo à minha frente e não com uma porta a nos separar.

Vá embora!

Após um momento interminável de tensão, o toc-toc ritmado da bengala ecoa pelo corredor, afasta-se. *Finalmente!*

Puxo o ar à procura de oxigênio, um furacão acontecendo dentro do peito. Com a testa apoiada na porta e o coração em um ritmo enlouquecido, permaneço nessa posição por um longo momento, tomando coragem para fazer o que deve ser feito, perdida em um turbilhão de emoções desencontradas que me nublam o raciocínio.

Porque eu sabia que era um caminho sem volta.

Não vou pensar nisso. Se o fizer, a parte arredia dentro de mim pode me impedir. Preciso fugir enquanto ainda serei camuflada pelo manto da noite. Caminho até a cômoda e pego a sacola com meus míseros pertences.

Mas não tenho tempo para nada!

Mais rápido que uma pulsação, sem qualquer aviso prévio da bengala, a porta do quarto se escancara com estrondo e Ron surge por ela como um demônio possuído pela ira, um animal em sua cólera máxima.

E a bate atrás de si.

— O que você quer?

Ron encara a sacola nas minhas mãos, abre um sorriso perigoso. *Droga!*

— O que me é de direito. — Sua voz é pura rouquidão e os olhos envoltos em sombras, impenetráveis.

Engulo em seco com a resposta e meu corpo responde de uma forma estranha ao ver seus trajes negros de hoje cedo agora amarrotados, com o cós da calça muito baixo, a camisa aberta e o peitoral exposto. Dessa vez, Ron não parece se incomodar que eu repare na cicatriz ao nível da cintura, está decidido, o olhar desafiador.

Finco os pés no chão. Enfrento-o.

— Você não tem direito a nada, seu cretino! Nada!

O sorriso perigoso se expande e uma veia pulsa em seu maxilar.

— Pois então terei de tomar, ou melhor, *domar*. Você é selvagem e só entende esse tipo de conversa. Palavras gentis não lhe dizem nada, não é?

— Saia deste quarto! — esbravejo.

— Não enquanto não responder, porra! — brada de volta, feroz, a voz mais grave do que nunca. — O que você quer? O que realmente deseja dessa merda de vida, Nailah?

— Quero que você anule a droga desse casamento! Quero que me deixe ir embora com Silver!

Ele arregala os olhos, congelado em algum lugar entre a raiva e o terror.

— Nunca — sibila, arrancando a sacola da minha mão com a bengala e me imobilizando numa investida inesperada. Tento me desvencilhar, mas é em vão.

— Me solta, seu manco desgraçado! — expurgo minha ira, agredindo seu ponto fraco, o que sei que o fere mais do que tudo.

Ron bufa uma gargalhada fria. Mas é somente a bengala que ele larga.

— É disso que gosta, não? O que sempre quis? Um homem bruto? Alguém que a segure pelo cabresto?

— Você é igual a todos os outros!

— Que alento — desdenha sem me soltar, mas dando certo espaço entre nossos rostos. O desgraçado quer ver minhas reações. — Igual ao seu adorado Andriel?

— Não se compare a ele, seu cretino! Andriel é perfeito de todas as formas.

— Ah, sim, o *perfeito* Andriel… — Ira deforma suas feições de um jeito terrível.

— Está com ciúmes! Tem inveja do que nunca conseguirá ter ou ser, mesmo com sua fortuna a tiracolo!

— Sua… — A mão ao redor do meu pescoço treme, seus anéis arranham minha pele, a respiração febril dele embrenhando-se à minha.

— Não se atreva — rosno, imobilizada não por suas mãos enormes, e sim por algum tipo de teia ou encanto, pelo animal ferido que vislumbro em seus ônix negros. E, por mais que eu não queira admitir, isso mexe comigo, deixando-me perdida dentro do enigma a ser decifrado que é Aaron Blankenhein.

Sinto fúria. Sinto medo. Sinto pena.

— Senão o quê, docinho?

— Pare de me chamar por esses diminutivos idiotas!

— Ah, sim... — Ele não alivia a pegada. — Como quer que a chame? Como seu adorado Andriel a chama? — indaga ele, irônico, enquanto seus dedos deslizam pelo meu pescoço, os olhos vidrados em minha boca.

— Está bêbado! — rebato com desprezo, incomodada com o rumo da conversa e com a proximidade dos nossos corpos.

— Será? Acho que não. Ops! Talvez um pouco — ele atiça, soltando um soluço que sei que é falso, apesar do seu estado deplorável.

— Me solta!

— Não. — Sua resposta sai provida de certeza visceral. Me arrepio por inteiro. Ele não vai me soltar. Está escrito no brilho predatório dos seus olhos. Este não é o Ron que conheço. Também não sei se está tão embriagado assim. — Se houvesse alguma forma de arrancar o *perfeito* Andriel Braun da sua cabeça, das suas ideias infantis sobre o amor... — Seu hálito quente arde em minha pele. — É tão inteligente e destemida para algumas coisas e, ainda assim, tão estupidamente cega para outras...

Ele segura meu rosto com ambas as mãos ferventes e avança sobre mim. Travo os dentes, mas é sem sucesso. Sua língua penetra em minha boca sem pedir licença, com tanta força e desejo que não consigo reagir. Perco a noção de quem sou, de onde estou ou do que desejo ao sufocar uma emoção súbita e prazerosa, quando suas mãos imensas me agarram com desespero e me puxam para junto de si, possessivas, mas, ao mesmo tempo, protetoras, poderosas, *gentis*.

— Diaba... — seu gemido me arrepia por completo. Não reconheço essa Nailah que fica paralisada sob seus carinhos viciantes, que não deveria, mas que parece querer mais, *muito mais*. — Eu não posso... — Seus dedos passeiam com delicadeza por meu rosto, mas percorrem meu corpo de um jeito selvagem, entorpecente e abrasador, tatuando seu calor e desejo em minha própria carne.

A inesperada sensação me faz questionar o que se passa em meu coração. O que experimento com os carinhos de Ron me faz perder a noção do que quero para mim.

Porque gosto.

Realmente gosto demais deste entorpecimento mágico, de estar sendo desconstruída e reconstruída a cada respirar, a cada vez que meu fôlego se vai de um jeito que acho que nunca mais voltará, mas então... o ar retorna, trazendo em seus braços uma sensação de arrebatamento sem precedentes.

— Está errado... *assim*... — ele murmura com a voz muito rouca num lampejo de lucidez, os lábios incandescentes deslizando por meu colo desnudo, correndo por meu pescoço e pelo lóbulo da minha orelha e me gerando calafrios ininterruptos. Suas mãos me agarram com intensidade, acariciam cada centímetro da minha pele. Entro em ebulição, e o que restou da minha razão acaba de evaporar. — Me faça... *parar* — ele implora em meio aos beijos cada vez mais febris e desesperados.

Mas não consigo.

Não consigo porque não quero que ele pare. Não agora.

Pela primeira vez desde que fui violentada sinto desejo. Mais do que isso. Meu corpo nunca esteve tão aceso, nem mesmo sob os carinhos de Andriel. Sinto-me arder como um sol.

— Não. — Inclino a cabeça, deixando o pescoço ainda mais exposto.

— Me mande parar. *Por favor.* — O gemido angustiado é uma súplica.

Seu instinto parece saber que o que fazemos é um erro, que somos marionetes nas mãos da luxúria, embebidos no fogo abrasador que domina nossas almas e corpos e que se faz de surdo para a verdade, ambos carentes dessa explosão de endorfinas e desse desejo enlouquecedor.

— Não pare, Ron — peço quando seus beijos ficam ainda mais urgentes, os lábios úmidos roçando o decote do meu vestido, as mãos febris e irrefreáveis.

— Nailah... — Seus olhos contraídos e muito negros compreendem que sim, que eu realmente desejava seus carinhos, que eu estava falando sério.

Então Ron meneia a cabeça de maneira quase imperceptível, entregue a uma expressão de fascínio e submissão, de encantamento e paixão, de um jeito que nunca vi homem algum olhar para uma mulher. É tudo que preciso para me sentir inteira novamente, fértil, a mais linda de todas.

E, com um sorriso sedutoramente demoníaco, tão malicioso quanto cativante que poderia até me afogar nele, Ron me segura pela cintura e faz meu corpo girar, deixando-me de costas para ele. Com destreza impressionante, tão delicado a ponto de mal sentir a ponta de seus dedos roçarem minha pele, ele desfaz os laços do meu vestido. Mas, para minha agonia, Ron não vai adiante e apenas deposita mais beijos febris na minha nuca ao me abraçar por trás com palpável desejo.

— Nailah... — implora uma última vez, a voz muito rouca, a nota de urgência ainda mais destacada que das vezes anteriores.

Minhas mãos acabam de soltar a última fita. Mas minha coragem acaba por aí. Permaneço de costas e sem conseguir me virar. Escuto seu arfar. No instante seguinte, a camisa de Ron cai sobre meus pés, largada ao lado do meu vestido. Ele me abraça forte, suas mãos incandescentes deslizam por minha cintura, aquecendo e arrepiando tudo – cada célula – dentro de mim. As barreiras se foram e nossas peles se unem, nuas e ardentes, como se fossem apenas uma. Não sei mais se o tremor que me invade é meu ou dele, regozijo-me com as sensações que erupcionam das entranhas que julguei não mais possuir, e agora é certo: estou pegando fogo da cabeça aos pés, sou apenas chamas. Estremeço ao perceber que sou capaz de fazer Ron sentir isso também. Sinto prazer ao saber que tenho esse poder sobre ele, a excitação galopando nas pradarias e campos selvagens da minha alma, abrindo caminho para o desconhecido...

Ron gira meu corpo, toca meu queixo e ergue minha cabeça, quer que eu o veja – que eu o enxergue. E lá está, por detrás do olhar que me queima como ferro em brasa: a emoção que presenciei no altar enquanto ele me esperava, só que maior, infinitamente maior. *Infinita...*

E derruba minha última defesa.

Sou o soldado rendido. A guerra acabou.

Puxo-o para mim e caímos os dois na cama.

— Ah, Diaba... — Consumido pelo ardor, a voz dele falha.

Gosto disso. Adoro esse homem que me devora com seus beijos ardentes e me olha de um jeito que não tem explicação. Minha nudez e cicatrizes parecem algo natural ao seu lado, de uma forma que nunca imaginei ser possível. Sinto-me plena sob suas carícias enlouquecedoras porque, pela Mãe Sagrada, Ron sabe onde tocar e o que fazer. Pareço um presente adorado em suas mãos. Ele brinca comigo, se delicia, mas o realiza com tanto carinho e tanta veneração que me faz querer ficar assim para sempre, entregue a essas sensações arrebatadoras, tão... *divinas*.

— Linda... — ele arfa ainda mais forte assim que puxa o lençol sobre nós e se desfaz da calça comprida. Não sei se não quer que eu fique constrangida ou se é para proteger a si mesmo do complexo que sente da perna defeituosa. Não questiono. Nada poderia ser tão perfeito, toques tão audaciosos e, ao mesmo tempo, tão viciantes...

Os calos de suas mãos arranham minha pele, excitam-me, deixam-me maluca por algo que não sei o que é. Ron definitivamente tem jeito com as mulheres e parece saber disso, porque, de maneira tão delicada quanto lasciva, vai me mostrando o que fazer, as mãos mágicas desenhando círculos lentos pelos meus seios e entre minhas coxas, o corpo largo e em brasas queimando e aquecendo o meu de um jeito pungente, *protetor*, nossas peles fundidas como se fossem apenas uma... Sinto-me asfixiando de prazer, trôpega e em choque diante da enxurrada de sensações que me atingem de uma única vez. Não sei o que é isso que experimento, esse poder da carne que Ron possui, mas adoro tudo e não quero que acabe.

Não quero que acabe...

Ron me toma em seus braços, puxa-me para si, seu semblante urgente parece pedir permissão para ir além quando vejo uma erupção vulcânica ocorrer dentro de seus olhos. Um sorriso surge em meu rosto e eu assinto, sem saber ao certo o que devo fazer ou esperar. Então, depois de ser beijada e acariciada por horas, de receber mais carinho em uma noite do que numa vida inteira, de sentir Ron de todas as formas que uma mulher deveria sentir um homem arrebatado de desejo e experimentar na pele e na alma algo tão indescritivelmente maravilhoso, sou levada dali para uma terra encantada que tinha sido extinta da minha existência desde a morte da minha mãe e da minha irmã.

E, pela primeira vez na vida depois de onze anos, durmo um sono profundo, repleto de sonhos coloridos.

Mas, como era de se esperar, ele não duraria.

Porque outro pesadelo estava apenas começando.

Capítulo 27

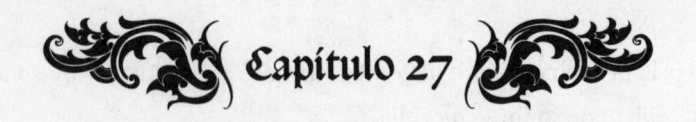

Por entre as frestas das venezianas o dia reluz com intensidade acima do normal. Acordo num sobressalto, o pulso de repente rápido demais, um emaranhado de emoções conflitantes ao retornar à realidade e me recordar dos eventos das últimas vinte e quatro horas, tão perturbadores quanto intermináveis, delírio e realidade amalgamados a ponto de eu não saber onde um terminava e o outro começava. O que eu faria do meu futuro a partir das peças avulsas que o destino ia lançando pela minha jornada cada vez mais sem rumo: saber que era uma prisioneira e que mulheres eram assassinadas por minha causa, o chamado sedutor da névoa negra, ter visto – *ou não* – o vulto da Amarela plainando no ar e o corpo da Coral morta em meus braços, o reencontro com Andriel e a inesperada e surpreendente noite de amor com...

Ron!

Checo o aposento em uma fração de segundo. Vejo a sacola de fuga largada no chão, mas não há nenhum vestígio dele.

Como encará-lo depois do que vivenciamos? Por que meu coração está batendo acelerado assim só em pensar no assunto?

Não posso dar para trás. Preciso arrumar um jeito de sumir daqui com Silver, esse é o plano. Obrigo-me a me manter lúcida quando as imagens do que acontecera poucas horas antes nessa mesma cama me atropelam. Visto-me, saio do quarto e, como de costume, vou para a varanda das begônias.

Algo diferente, pesado, paira no ar e, se não estivesse tão perdida dentro de mim mesma, eu teria compreendido logo de cara.

— Bom dia — digo ao colocar uma broa de milho na boca.

Margot apenas meneia a cabeça e me serve o café sem nada dizer. Acompanho seu olhar e observo o que acontece ao longe, na estrada de terra vermelha que dá acesso à mansão: uma fila de criados carrega vários baús para dentro da luxuosa Sterwingen dos Blankenhein, que, uma vez abastecida, sai acelerada de Greenwood.

— O que está havendo?

— Nada que interesse à senhora, pelo visto — devolve ela, azeda, encarando-me de um jeito acusatório e muito, muito triste.

— Há? — indago num sobressalto. Ela nunca me tratou assim. — O que houve?

— Tome seu café. Vai esfriar — resume-se a dizer e coloca um envelope com as iniciais AB sobre a mesa. — Isso é para a senhora. Ele disse... — Ela repuxa os lábios. — Ele disse que a senhora conseguiria ler.

Levanto-me num rompante, quero impedi-la de ir, mas perco a voz e a reação quando uma pedra de gelo derrete em meu estômago, a razão incapaz de aceitar o que a intuição captar em uma fração de segundo, o envelope pesando toneladas entre os dedos. Desabo na cadeira e, tremendo, abro o bilhete que apagou a alegria no rosto de Margot e deixou a casa nesse silêncio sepulcral. Mesmo sem saber seu conteúdo, já experimento a sensação de perda e de dor.

"Cara sra. Blankenhein,

Como já deve ter caído em si, o que aconteceu entre nós foi um erro. Sinto muitíssimo pela noite passada, pelo meu estado deplorável, por tê-la seduzido. Honestamente, gostaria que as coisas entre nós tivessem sido... diferentes, bem diferentes. Farei a partir de hoje o que devia ter feito há muito tempo: lhe dar o espaço que tanto deseja. Haverei de me manter distante. Acredite, sou bom nisso. Talvez até melhor do que nos meus blefes.

Quanto a ficar com Silver e te dar a anulação do casamento... Devo dizer que você é uma garota de sorte, seu desejo tem grandes chances de ser realizado. Preciso apenas de um tempo para pensar no assunto, fui pego de modo muito inesperado, esteja certa.

Está livre para ir embora se não quiser aguardar para ouvir meus termos, mas terá que pagar seu preço assim como acredito que estou pagando o meu. Se não suportar ficar sem seu adorado Andriel nem mais um dia sequer, se colocar os pés fora de Greenwood, se quiser partir agora mesmo... então vá e seja feliz.

Não farei queixa de adultério junto ao Gênesis, mas não tenho como impedir a sentença contra abandono de lar, que é o que vai ter de enfrentar se deixar este matrimônio sem o meu consentimento, a despeito da mentira descabida que seu amado tenha contado. Torço para que seu pretenso futuro marido esteja realmente disposto a enfrentar os abutres desta sociedade por você. Mas, como disse antes, isso não será mais problema meu, não é mesmo?

Entretanto, irá sem Silver Moon. Esse é o preço. Paguei muito caro por você, por ela, por seu pai e irmão. Nada mais justo que eu receba algo em troca.

Até um dia, talvez.

Ron."

Meu coração esmurra as costelas. Começo a sufocar.

Não pode ser! Ele não pode ter feito isso comigo! Silver é minha! Ela é tudo que possuo na vida! Saio correndo como um raio desgovernado pela propriedade, mais veloz que a súbita ventania que segue meus passos. Escancaro a baia dela e...

Está vazia.

— NÃOOO!!! — Meu ganido é de um animal mortalmente ferido.

Em desespero máximo, vasculho tudo, cada canto. Não há pegadas arrastadas na terra, nenhum sinal de resistência, como ela faria com qualquer outra pessoa.

Mas não era uma pessoa qualquer. *Era o Ron.* O nobre era o único além de mim que minha thunder não se importava que a montasse.

Silver tinha ido com ele por vontade própria. Ela também tinha me abandonado!

Não. Não. Não!!!!

A ventania vira um tornado, faz meu mundo rodar a uma velocidade apavorante, arranca-me o chão.

— Margot!

Volto com a mesma velocidade que saí, entro berrando como uma louca pela mansão. Procuro-a por todos os cantos, mas não a encontro em lugar algum. Vários criados pedem para eu me acalmar, mas suas fisionomias estão diferentes, vejo apenas desapontamento e condenação estampados em suas faces. Verona aponta para o quarto do pai de Ron ao compreender que não vou parar de berrar se não me derem uma resposta, que estou completamente fora de mim. Subo os degraus numa fração de segundo, entro como um tufão no aposento.

— Para onde eles foram?

— Shhh! — ela pede ao notar que o sr. Blankenhein me observa com os olhos arregalados. — Estou acabando aqui. A gente conversa lá embaixo.

— Agora! Você precisa me dizer! Para onde o Ron foi?

Ela meneia a cabeça, repuxa os lábios. *Não quer, não sabe ou não pode dizer?*

— Ele levou Silver! Ele arrancou minha thunder de mim!

— Sra. Blankenhein...

— Meu nome é Nailah!

— Pois bem, Nailah. Não é só você que tem problemas — dispara com a expressão sombria ao ajeitar a cabeça do patrão no travesseiro. — Sua chegada foi sinal de novos tempos e de que as feridas estavam cicatrizando, um sopro de esperança para uma família destruída e amargurada, para um rapaz cheio de cicatrizes... — ela enumera com força, mas mantém o olhar distante. — Acabou. Eles estão de volta.

— O que acabou? Quem está de volta, droga?

— As esperanças acabaram. Os fantasmas do passado retornaram.

— Sobre o que está falando? — Seguro seu pulso e a faço olhar para mim. Uma lágrima escorre por sua bochecha. Ela a enxuga rapidamente.

— O sr. Aaron se foi, senhora. Não sei o que aconteceu, mas lhe afetou profundamente. Dessa vez ele não deixou nada.

— Dessa vez? Como assim?

— Ele demorou anos para retornar quando ainda havia deixado as roupas aqui, mas agora... levou tudo. Ele tinha colocado o orgulho e as desavenças com o pai de lado por sua causa.

— Ele não tinha o direito de levar a minha thunder!

— Sim, ele tinha. Por mais que o sr. Aaron a deixasse fazer o que bem entendesse com a égua, Silver era dele. Não sei por que se ilude, senhora. É a lei. Todo mundo sabe que o thunder sempre pertence ao marido.

Sua frase é uma rasteira. Preciso me apoiar para não ir de boca ao chão.

Não pode ser verdade. Não no meu caso. Andriel afirmou que Silver ainda era minha, que... que... Mas e se ele se enganou? E se...

O mundo gira a uma velocidade ainda mais atordoante, minha visão escurece. Saio dali tropeçando nas próprias pernas, desorientada, sem saber que caminho tomar, sufocando em meio a essa jornada sem sentido. *Em quem acreditar?* Passo o dia inteiro olhando os ponteiros do relógio e vasculhando cada canto da propriedade. Começa a anoitecer. Nem sinal deles. Meu prazo chegava ao fim.

— Dane-se! Vou embora daqui! — Com o coração ameaçando sair pela boca, pego minha sacola e acelero até a saída sem olhar para trás.

Engulo em seco ao ver a mentira agora desmascarada: as toras foram removidas e o majestoso portão de bronze volta a se destacar. Do lado de fora de Greenwood, vigiadas por um número ainda maior de criados armados de Blankenhein, pessoas exclamam e se curvam à medida que me aproximo. Em meio à aglomeração, reconheço os olhos cor de prata que me aguardam, ansiosos, pelas frestas das esculturas dos thunders, exatamente como ele disse que o faria. Há um homem ao seu lado, de pé assim como Andriel, usando a cartola negra e familiar: um intermediador.

Os criados removem as travas do portão, escancarando-o. De cabeças abaixadas e sem proferir uma só palavra, eles abrem passagem para mim.

Meu coração estremece. Minhas pernas parecem chumbo de tão pesadas. A silhueta dos meus sonhos surge à minha frente envolta em escuridão, mas nada diz desta vez, apenas me observa. *Assim como os rostos das garotas mortas...* Relâmpagos riscam o céu de um lado ao outro e, posso jurar, dentro do meu peito também.

A noite cai com velocidade impressionante.

Andriel arregala os olhos. Não sei se é por presenciar o dia virar noite em questão de segundos ou por me ver congelar a poucos metros do futuro que por tanto tempo havíamos sonhado.

— Nailah — ele chama por mim ao captar meu estado perturbado, ameaça vir em meu auxílio.

Instantaneamente, os vigias de Blankenhein apontam as armas em sua direção.

Isso não está acontecendo. Não. Não. Não!

Meneio a cabeça em negativa. Andriel perde a cor. Não parece acreditar no que acontece bem diante de si.

Olho para ele. Olho para trás. Olho para as pessoas que me observam curvadas e caladas, as faces exibindo uma gama de emoções desencontradas. Vejo medo. Vejo esperança. Espremo a cabeça entre as mãos. Procuro pela crina prateada uma última vez. Imploro à figura dos sonhos que me oriente.

Em vão.

Mergulho num silêncio inclemente. O som do nada berrando a resposta com clareza terrível em meus ouvidos: eu teria que decidir por conta própria desta vez, fazer a escolha que selaria o resto da minha vida.

Silver ou Andriel? Escolher entre meus dois amores...

Libero uma risada amarga.

Blankenhein sabia jogar, eu tinha de admitir!

O maldito havia me encurralado contra a parede: eu poderia ser livre, correr para os braços do homem que eu amava, desde que... deixasse Silver para trás!

Seria uma batalha perdida de qualquer forma.

Pobre Andriel! Eu jamais lhe daria filhos, nós nunca teríamos um futuro juntos, no fim das contas. Mas garotas estavam morrendo! E, quanto a isso, eu tinha armas para lutar enquanto Silver estivesse comigo. Era na arena do Twin Slam onde eu os encontraria, o único local em que minha força se igualava à dos estupradores e assassinos, era lá que eu colocaria um ponto-final nessa carnificina. Uma causa maior, milhares de vezes mais importante do que meus sentimentos ou dores: salvá-las, vingá-las!

Mas se eu colocasse os pés fora de Greenwood...

Quanto tempo deverei esperar para ouvir os termos de Blankenhein? E se ele mudasse de ideia?

Não importa. Nada importa. Eu esperaria.

Com o coração despedaçado, faço sinal para que os criados fechem o portão.

— NAILAH! — Andriel berra, andando de um lado para o outro, atônito, desesperado.

Meneio a cabeça para ele.

Sinto muito. Muito mesmo.

Assim que o portão se fecha, vou com os joelhos ao chão. Começa a chover.

— Eu te odeio, Aaron Blankenhein! — Impossível conter o ganido que sai rasgando de dentro de mim e faz o chão trepidar em resposta.

Porque agora o cretino havia cortado minhas asas e colocado a pior de todas as grades: ao redor do meu coração.

Sem Silver, eu não teria vontade ou como voar.

Sem Silver, não haveria liberdade!

A tempestade, entretanto, acontece dentro de mim, mas não solto uma lágrima sequer. Haveria de suportar o que o nobre estivesse disposto a barganhar para ter minha thunder de volta em meus braços e minha vingança no prato.

Ergo-me de punhos cerrados.

Você acha que venceu, Blankenhein?

Vou deixá-lo acreditar que sim.

Por ora.

Capítulo 28

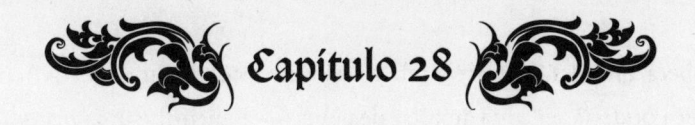

Silver se foi.

Os dias passam em seu cortejo interminável de minutos. Não sei mais se Ron a trará de volta, se ainda estou no Twin Slam. Tenho vontade de socar tudo pela frente, correr até que todo o oxigênio se vá de uma vez, me faça apagar e voltar a ser a Nailah de antes, a garota com quem eu sabia lidar. Não quero mais esse coração que não parece ser o meu, um intruso passional, exigente, perdido dentro de si mesmo.

— Socorr... Socorr... — O inesperado chamado vem do andar de cima.

Era o pai de Ron!

Subo os degraus de dois em dois e entro no quarto sem bater. Ele está caído no chão, há sangue em sua testa.

— Calma, senhor! — peço ao vê-lo se debater. Eu o levanto e o coloco na cama. — O corte foi pequeno. Vai ficar tudo bem — afirmo. Ele arregala os olhos e fica me encarando, encarando, encarando. — Babim não está. Vou chamar a Margot. — Começo a me levantar, mas ele me impede.

Puxo o corpo novamente e a atitude se repete. Ele quer que eu fique. Assinto e o acalmo colocando a mão sobre a dele. Seus dedos enrugados, carentes e gelados infiltram-se entre os meus e meu coração dá uma quicada estranha. Era como se eu visse a mão de Ron envelhecida junto à minha.

— Está bem — digo em tom gentil e ele parece entender, porque sua mão libera a minha. Vou até a cabeceira, umedeço uma toalha. — Acho que eu nunca poderia ser uma auxiliar de curas. — Lanço-lhe uma piscadela enquanto, sem jeito, limpo a ferida. Ele concorda com um aceno. Arregalo os olhos, surpresa, ao vê-lo reagir e ainda abrir um discreto sorriso. — Agora vejo de onde Ron tirou seu humor sarcas... — Mordo a língua, sem compreender de onde tirei essa comparação idiota.

— O que houve aqui? Sagrada Lynian! — Margot surge no aposento, a expressão de pânico a lhe deformar a face.

— Ele caiu. Mas o corte é superficial. — Abro caminho para ela.

— Nailah... — murmura ele. A voz é um sopro apenas, mas está articulada e os olhos muito vivos. Margot leva as mãos à boca, atônita. Estou na mesma condição. — Volte... Amanh...

Era um pedido!

Algo instantaneamente se aquece dentro de mim. A sensação que sempre me causou bem-estar, de poder ajudar e de ser útil, estava de volta.

— Tá. Mas não se jogue da cama sem eu estar por perto, ok? — brinco.

Ele assente. Escuto o arfar de Margot. Ao passar por ela, vejo um sorriso contido em suas feições, o primeiro desde que Ron se fora.

Agora eu tinha alguém para ajudar...

E me ajudar a não enlouquecer pela espera interminável.

<hr />

— Pode entrar. — Margot pede para eu ficar à vontade assim que coloco os pés no aposento, aponta para uma cadeira ao lado da cama. — O sr. Alton acordou muito disposto — confessa ela com a expressão emocionada. — Mas não disse mais nada desde ontem... Então não sei se... se ele não...

— Tudo bem. Eu entenderei se ele não falar, mas voltarei mesmo assim.

— Vou trazer chá — ela anui com a voz embargada e nos deixa a sós.

— Sr. Blankenhein, estou de volta. Eu est... — Toco sua mão de leve.

— Conte... sobre você — interrompe ele, deixando-me tão surpresa com o inusitado pedido quanto com a forma como ele o havia pronunciado.

— Não é uma história bonita, senhor.

Não sei como agir ou o que dizer. Acho a cena íntima demais para alguém que nunca teve um momento assim com o próprio pai.

— Conte — insiste ele de um jeito meio desesperado, como se sentisse que o lampejo de sanidade se esgotaria a qualquer instante, em uma tentativa de permanecer na superfície enquanto garras o puxavam para um mundo de penumbra e tristeza.

Então conto tudo.

Sobre minha infância normal e feliz até os sete anos de idade, sobre uma mãe que acreditava no amor e em sonhos encantados e uma irmã carinhosa que ficaram para trás, do surgimento de um homem cruel no lugar do meu pai, do meu irmão gêmeo, que, diante de tanto sofrimento, ficou gago e se fechou em seu mundo. Conto sobre o meu sangramento tardio, sobre Silver, a corrida e o casamento às pressas. Omito o estupro, a página arrancada com dentes do livro da minha vida.

— Pólvora...

— Há? — indago ao ver o trepidar de suas mãos, agora largadas sobre o lençol.

Ele não estava mais ali. Mal percebera que, perdida em meu relato, eu falava para mim. O pobre senhor já tinha retornado ao seu universo distante.

E esse padrão acontecia dia após dia.

A cada manhã, assim que Margot ia embora, ele pedia sempre a mesma coisa, que eu lhe contasse a história da minha vida, como se tivesse esquecido tudo, mas, a cada vez que eu o fazia, mais detalhes saíam da minha boca, livres das correntes que aprisionavam meus pensamentos. Eu tinha a sensação de que o sr. Blankenhein procurava algum fato no meu relato diário, algo que mudaria tudo, mas isso não acontecia e ele acabava delirando e murmurando *"pólvora"*, como se precisasse que eu o ajudasse a desvendar algum mistério. Contudo, no dia seguinte, quando eu perguntava sobre o que ele queria dizer com essa palavra, ele apenas me olhava como se fosse eu a pessoa com problemas mentais ali.

— Aaron...?

É uma pergunta direta. Ele quer saber sobre o filho, aquele que sempre mantive fora da minha narrativa. Os olhos, idênticos aos de Ron, analisam-me.

— Não está.

— Onde?

— Não sei — digo apertando as mãos, sem coragem de encará-lo.

— Ele se foi?

Assinto com um pesar que vem de algum lugar que não é da minha boca.

— Traga-o de volta, filha. Ele *precisa*... de ajud... por fav... — implora segundos antes de perder os sentidos.

É a vez de o meu coração se estilhaçar.

Ele havia me chamado de filha? Ron precisa de ajuda?

Por que o pedido de socorro de um homem delirante parecia mais lúcido que qualquer chamado da razão?

Após a estranha conversa com o sr. Alton, desço a escadaria de mármore com o peito triturado. Avanço pelos jardins como um relâmpago vermelho, corro por horas. Preciso me afogar nas rajadas do vento, quero que elas tragam minha razão de volta porque desde que entrei neste lugar me tornei uma estranha para mim mesma. Subo a pequena colina ao norte e, assim que alcanço seu topo, meu coração é cuspido para fora da boca, cai e sai rolando como uma bola de contentamento pelo gramado.

— Silver! — A exclamação sai baixa, um engasgo afônico, ao dar de cara com o meu grande amor.

Abro um sorriso gigantesco e, num piscar de olhos, as nuvens negras desaparecem do céu. Minha égua relincha de volta, balança a cabeça como se estivesse me chamando, mas está presa a uma trave do setor de treinamento. Imediatamente procuro pela bengala requintada e a figura elegante que estava sempre com ela.

Meu sorriso diminui.

É seu fiel escudeiro, o exótico homem moreno, quem está ali.

— Não preciso dizer que a égua também estava morrendo de saudades — afirma Oliver assim que elimino a distância entre mim e Silver em uma fração de segundo e me aninho nela, beijando-a sem parar.

— Você a trouxe de volta!

— Mais ou menos. Silver retornará comigo todos os dias, mas o sr. Blankenhein achou que vocês não deveriam ficar tanto tempo sem treinar, afinal, faltam poucos dias.

— E-então eu... e ela...?

— Se ainda estão no campeonato? — Ele arqueia uma sobrancelha e uma das suas argolas de ouro reluz. — Só depende de vocês.

— Ah, graças a Lynian!

— E ao seu marido — o lacaio completa sem pestanejar. — Meu senhor tem lá suas manias, mas é um homem generoso. E de palavra.

Engulo em seco. Ele tem razão.

— Posso...?

— Divirtam-se. — Oliver abre os braços.

Assovio, Silver se inclina, pego impulso e no instante seguinte estamos cavalgando pelo lugar, voando por sobre as traves como se elas nada fossem, a felicidade transbordando pelos nossos poros e almas. Calado do início ao fim, Oliver apenas nos observa atentamente, os olhos miúdos no rosto tranquilo focados em cada movimento que fazemos, estudando-nos.

— Acho que está bom por hoje, sra. Blankenhein — ele diz assim que a luz do dia perde a intensidade.

— Obrigada, Oliver. De verdade. — Diminuo a marcha, desço de Silver.

— Não é a mim que deve agradecer, senhora.

— Transmita isso a ele, então.

Ele assente com um movimento mínimo de cabeça e pega as rédeas de Silver. Vejo, satisfeita, que ela confia nele e, sem contestar, se deixa levar.

— Deixa eu ajudar — digo ao ver Verona vermelha como um tomate de tanto fazer força para arrastar uma saca de batatas que mal sai do lugar.

— Não! — ela guincha, checando ao redor às pressas. — A senhora enlouqueceu? Eu sou a criada aqui. Logo alguém vem me ajudar.

— É Nailah — corrijo-a. — Todos estão ocupados, mas eu não. Além do mais, trata-se de uma ordem.

— Hã? — A coitada estreita os olhos, confusa. Solto uma risadinha.

— A ordem é para você deixar eu te ajudar. — Pisco.

— Mas... Margot v-vai ficar uma fera... — gagueja ela. — E o sr. Aaron...

— De Margot cuido eu. Quanto ao sr. Aaron... Mesmo quando ainda morava aqui alguma vez na vida você o viu na despensa, por acaso? — devolvo, irônica. — Sem contar que, no tempo em que estamos discutindo, eu já teria feito o serviço. Dá licencinha, vai.

— Sagrada Lynian! — exclama a criada, com os olhos esbugalhados ao me ver carregar a saca com facilidade atordoante.

— É só questão de jeito.

— "Jeito"?!? Ernest parece que vai parir uma criança quando carrega uma dessas.

A resposta inesperada me faz gargalhar com tanta vontade que acabo perdendo as forças e deixando a saca ir ao chão. Verona tenta disfarçar, mas começa a rir também enquanto me ajuda a recolher as batatas espalhadas.

— Senti falta das suas risadas, Vê. — Toco sua mão de leve.

— A senhora já tem tantos problemas, não era para se preocupar comigo.

— Antes disso. — Aponto para o furo na pulseira amarela, o lance de um pretendente. — Você parecia tão plena, tão feliz aqui com... — A compreensão me faz perder o ar de repente. *Como não percebi isso antes?*

Os sorrisos genuínos e olhares que trocavam. A cumplicidade. A tristeza de Verona. O mau humor da amiga inseparável desde a mesma época.

— Vocês se amam... — arfo, num jorro de emoção.

— O-o quê?!? — Verona cambaleia, pálida como um defunto diante do assunto inaceitável, para o castigo que ambas receberiam se o fato chegasse aos ouvidos do Gênesis. — Não sei sobre o que está falando, senhora.

— Sabe, sim — sussurro. — Sobre você e Aleza.

Verona dá outro passo para trás, seu rosto se deforma e seus ombros tombam, não consegue mais manter a máscara no lugar. Desata a chorar.

— Eu lutei contra, muito mesmo. Mas não consegui. Sou uma vergonha.

— Shhh! — Coloco um dedo em seus lábios e a puxo para um abraço. — Você não tem que se envergonhar. Não fez nada errado, pelo contrário. Minha mãe dizia que quando o amor é verdadeiro não existe erro. Só sinto muito por não ter como ajudar. Sinto tanto...

— Será? — Ela se afasta para me encarar. — Apesar de Aleza odiar os deuses e tudo relacionado a eles, eu tenho fé. Acredito que existe uma saída para nós, *para todas nós!* O milagre enviado pela Sagrada Mãe para nos libertar. Estou olhando para ele agora — solta convicta, curvando-se à minha frente de maneira reverencial, assim como as pessoas do lado de fora do portão.

Milagre... eu?!?

Estremeço.

Porque em algum lugar – na minha alma, talvez – algo afirmava o contrário.

❧❦

Dois dias para a corrida. O treinamento não corre como eu gostaria. Silver captou minha ansiedade e seus saltos saíram curtos, desajeitados, a contragosto. Discuti com ela tantas vezes a ponto de Oliver ter de intervir.

— É melhor pararem agora — ele diz o que é óbvio para qualquer cego.

— Não — devolvo, sem saber como abrandar meus nervos.

As rajadas de vento pioram.

— Se continuar assim, podem perder a fé uma na outra. Há dias que não foram feitos para treinar. Hoje é um desses. Aceite e deixe sua thunder descansar. Você devia fazer o mesmo.

Apeio de Silver. Ela bufa forte e me encara, nossos olhos vermelhos dizem tudo: estamos furiosas uma com a outra. Solto as rédeas e, sem perder tempo, ela se afasta para beber água. Jogo-me no chão. Sinto uma exaustão diferente, uma espécie de dor que não vem dos músculos.

— Peça a Margot para lhe fazer um chá calmante. Está precisando mais do que imagina — Oliver aconselha, sentando-se ao meu lado. — Se lhe serve de consolo, a maioria dos hookers fica assim às vésperas de uma corrida.

— Como sabe disso?

Ele dá de ombros.

— É verdade essa história de que ninguém sabe quem é o hooker de Black Demon, que há sempre uma nuvem negra ao redor dele?

— Pelo visto, algum criado supersticioso andou batendo com a língua nos dentes... — Ele ri. — Dizem que existe algo sobrenatural rondando esse hooker, senhora. Algo... *perigoso*. As pessoas têm até medo de tentar descobrir. Murmuram por aí que na única vez em que o proprietário, o sr. Conveylan, tentou revelar o nome dele para a esposa, asfixiou-se de um jeito terrível, por pouco não morreu e, depois que acordou, nunca mais se atreveu a dizer uma palavra sobre o assunto.

— Sagrada Mãe! Você acredita nisso?

— Não sei... — hesita. — O sr. Aaron não acredita nessas coisas, claro.

— Quem é o hooker de Dark, afinal? Já que ele não está mais na competição, não há mal algum em dizer, né? — Aproveito a deixa e interrogo com atrevimento. Oliver me lança um olhar enigmático. — Ron vai assistir à corrida? — indago impaciente depois de aguardar a resposta, que não vem.

— Ah, ele não perderia por nada — desta vez Oliver responde de bate-pronto e, encarando o horizonte, confessa: — Sou eu quem cuida dos thunders dos Blankenhein há anos, senhora. Por isso aprendi muito sobre esse ofício.

— Você trabalha aqui desde quando?

— Desde que o sr. Aaron era um menino, se é o que deseja saber — diz com a expressão despretensiosa, o corpo reclinado de maneira elegante na grama.

Vejo de onde Ron herdou parte de seu jeito de ser e sua forma de falar. O gestual dizia tudo. Eles eram ainda mais íntimos do que eu imaginava.

— E... a perna? Como aconteceu? — vou direto ao ponto.

Ele nega com a cabeça, como todos. São proibidos de tocar no assunto.

— Mas ele teria sido um hooker excepcional. Aos treze anos, o sr. Aaron já montava como um campeão — afirma com orgulho e pesar. — A montaria está no sangue dele, assim como no seu. Por isso são tão parecidos...

— Parecidos? Nós? — É a minha vez de soltar uma risada debochada.

— Mais do que imaginam.

— Como ele está? — *Droga! De onde veio essa pergunta?* — Q-quero dizer...

— Eu entendo. — Um discreto sorriso surge em sua face morena. Sem graça, encaro minhas mãos. — Era linda, não?

— Há?

— A aliança que a senhora não está mais usando — comenta. — Foi uma demonstração e tanto de carinho.

Estranho o comentário. Ele se adianta.

— Não sentiu falta de uma das argolas de ouro do seu marido?

— O brinco era... — Meu coração começa a bater rápido demais, a intuição berrando para eu me calar, que eu ouviria o que não gostaria.

— A aliança de casamento era da mãe dele — confessa e me derruba. — Ele dizia que era a forma de jamais se afastar ou se esquecer dela. O sr. Aaron sempre foi um sujeito muito passional, já deve ter percebido. Imagine a minha surpresa quando, sem hesitar, ele arrancou o brinco da orelha e pagou ao ourives mais renomado de Unyan para transformá-lo novamente em uma aliança. — Afundo no lugar. *Ah, droga! E eu a havia dado a Andriel para a anulação desse casamento.* — Eu sei. Também fiquei assim. Não encontrei palavras para um gesto tão... — Oliver libera um suspiro.

Mesmo enquanto berrava de dor, tive orgulho de mim quando amputaram o dedo da outra mão, mas agora sou apenas remorso e vergonha.

Observo meu dedo anelar desnudo. A ausência da aliança pesa toneladas. Sinto-me péssima. *Preciso dar um jeito de reencontrar Andriel e recuperar algo tão cheio de significado para essa família.* Deverei ser eu a entregá-la a Ron e me desculpar pelo erro que cometi, ainda que sem intenção.

— Preciso ir. Silver não treinará amanhã. Ordem *dele* — dispara.

— Mas...?

— Fique tranquila, sua thunder passará a véspera da corrida aqui. O sr. Aaron teve de concordar comigo. Será bom para Silver, bom para as duas — afirma. — Mas se eu lhe fizesse um pedido, aquele que o meu patrão nega, mas que está prejudicando seriamente sua... — ele se interrompe. *Era sobre a saúde de Ron?* Oliver se corrige. — Que o está deixando enlouquecido...

— O que é? — pergunto de bate-pronto, a agonia insuportável a esmagar meus nervos. *Por que eu estava assim? Por imaginar que Ron estava doente?*

— Não corra. As paredes têm ouvidos, senhora. Há sussurros terríveis se espalhando por toda a Unyan, segredos obscuros como sombras na penumbra. Segredos a que apenas pessoas invisíveis como eu têm acesso.

— E?

— Todos afirmam que você e Silver não sairão vivas daquela arena.

— Por que se deu ao trabalho de me ajudar no treinamento se me pediria isso no final? — Decepcionada, meus punhos se fecham, levanto-me.

— Porque imaginava que sua reação seria essa — devolve sem se alterar, erguendo-se também. — Mas, para manter a consciência em paz, eu tinha que tentar. Pois que assim seja e que a Sagrada Lynian tenha piedade de todos nós.

— Me diga isso amanhã — respondo, sem perceber que acabava de pedir para ele retornar, que precisava da sua presença na véspera da corrida.

O gentil criado repuxa os lábios, nega com a cabeça e se afasta, conduzindo Silver com cuidado em direção à robusta wingen de carga que a transportava para o local onde Blankenhein se refugiara desde que fora embora de Greenwood. Engulo em seco. Oliver não ia voltar... Assim como Ron.

Como posso ser tão idiota? Como posso sentir tanta falta dele?

E eu odiava Ron por isso! Odiava-o de um jeito que nunca odiei ninguém, porque, bem no fundo, eu não sentia raiva dele. E me odiava por isso. Por querer odiá-lo mais do que tudo, e, simplesmente, não conseguir.

— Oliver! — chamo quando o nó de saliva em minha garganta fica grande demais para engolir. Ele se vira sem pressa alguma. — Eu não quis ser... rude. — Minha voz falha. — Eu simplesmente... *preciso*. Eu tenho que correr.

Ele me encara por um longo momento e, sem nada dizer, torna a se afastar.

— Oliver! — berro de novo, mas dessa vez ele apenas paralisa. E aguarda. Meus olhos ardem e as palavras despencam dos meus lábios, pesadas. — Diga a Ron que eu... — tudo em mim trepida — que...

O corpo do criado enrijece, ele torna a girar o rosto em minha direção.

— Que...?

Que eu sinto muito. Por tudo.

— Nada — murmuro, entretanto. — Não é nada importante.

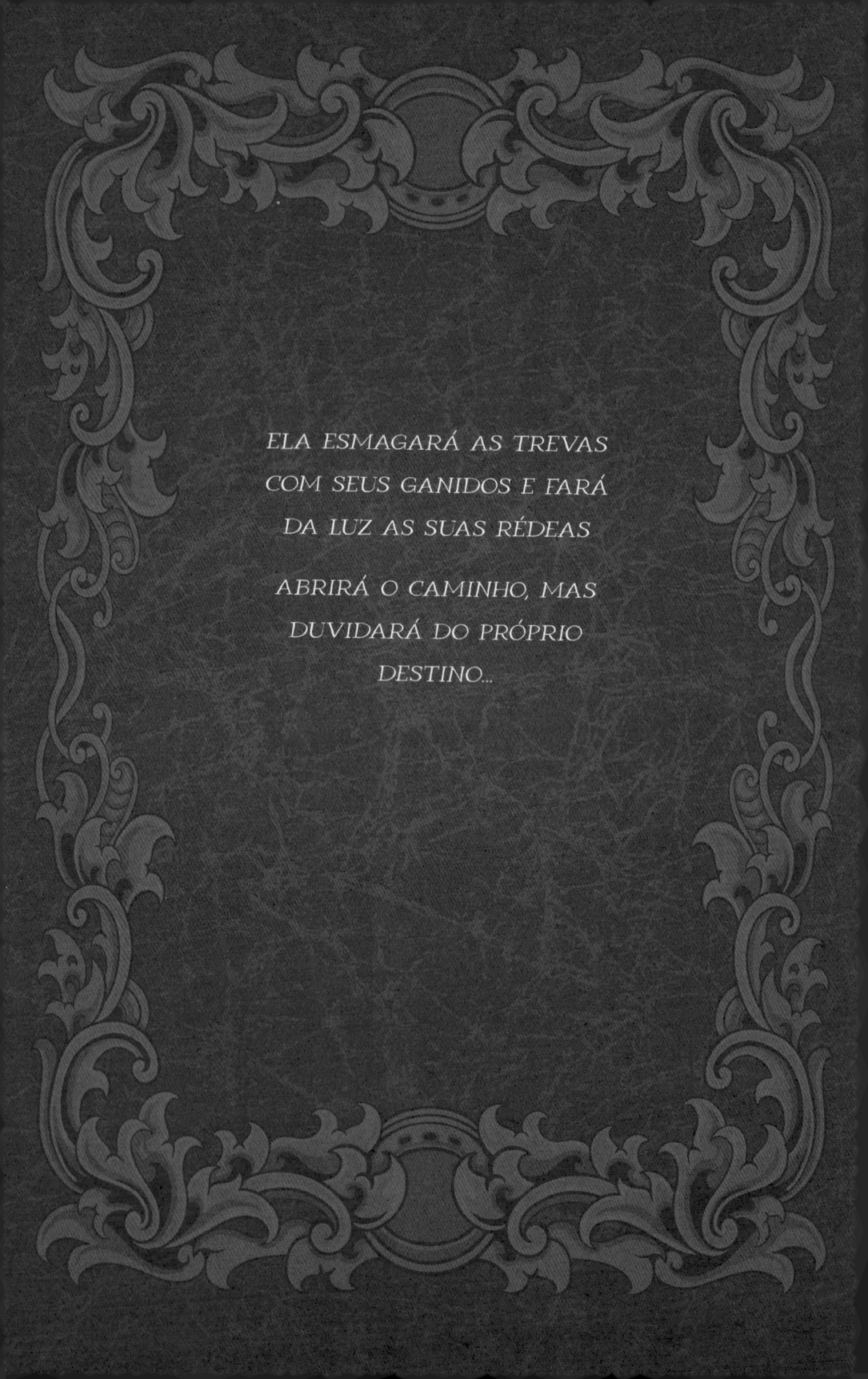

ELA ESMAGARÁ AS TREVAS
COM SEUS GANIDOS E FARÁ
DA LUZ AS SUAS RÉDEAS

ABRIRÁ O CAMINHO, MAS
DUVIDARÁ DO PRÓPRIO
DESTINO...

Capítulo 29

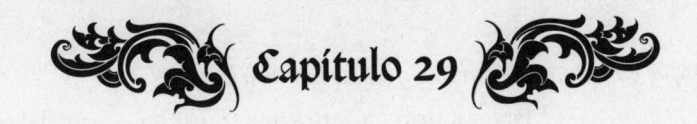

— Conseguiu a informação que lhe pedi? — indago num sussurro assim que Margot e Aleza retornam ao casarão.

A expectativa achata-me sob seu peso esmagador. Escutei dois vigias cochichando sobre outras mortes. *Dias de horror,* é o que me vem à mente, as palavras que mamãe usava para descrever o fim da civilização que nos originou.

— Nenhuma Amarela de Khannan foi atacada — diz a criada ao vir ao meu encontro na sala de chás.

— Você falou pessoalmente com Caroline?

— Falei com a mãe dela, a sra. Martin, que disse estar tudo em perfeita ordem. Ela me parecia muito tranquila — Margot afirma ao recolocar o avental.

— Então você não a viu?

— Era cedo e as três filhas ainda estavam dormindo. A sra. Martin foi solícita, disse que poderia acordá-las, mas eu não achei educado.

— Ah, droga.

— Se tivesse algo errado eu teria notado, senhora. Além do mais, há sempre fofoqueiras de plantão prontas para colocar suas línguas para funcionar se houver recompensa em jogo. Aleza detecta mentiras melhor que qualquer pessoa e concorda comigo. Não aconteceu nada, fique tranquila.

Apesar das nossas divergências, respiro aliviada em saber que Caroline está viva e bem. Por outro lado, sou lambida por uma nova onda de pavor.

Porque eu a vi flutuando em sangue naquela noite.

Porque eu não podia mais confiar nos meus sentidos!

— Nailah... — Margot murmura, esfregando as mãos no avental de linho.

— O que foi? — Engulo em seco. Ela me chamar pelo meu nome a essa altura do campeonato não me parece um bom sinal.

— Volte para a gente.

O pedido é uma pancada.

Então... ela sabia que, se eu sobrevivesse à corrida de amanhã, eu apenas aguardaria os termos de Ron para ir embora daqui para sempre?

— Por que eu não o faria? — devolvo, evasiva, sem entender o porquê de uma parte de mim ficar incomodada, quase hostil, com a ideia.

— Visita para a sra. Blankenhein — Ernest interrompe a tensa conversa.

A porta se abre e meu irmão entra devagar. Incapaz de conter o jorro de felicidade, voo em sua direção.

— Nef!

— Nai... — Ele arfa, emocionado, quando o abraço com vontade, louca de saudades. Meu irmão me envolve por um momento, deposita um beijo demorado na minha testa, mas, tímido como sempre, retrai-se. — Eu... t-trouxe uma pessoa que q-queria muito te ver. — Nefret abre espaço para o homem grande e moreno às suas costas. O rosto amigo surge com um sorriso indeciso nos lábios. *Samir!* Com a presença de meu irmão ali, Samir hesita, sem saber se deve dar um passo à frente ou não. — Vou deixá-los à vontade, mas p-preciso falar com você a sós d-depois, ok? — Nefret diz com educação e, girando o rosto, dirige-se a Margot: — Senhora, s-se importaria se eu observasse as p-pinturas do salão de gala enquanto eles c-conversam?

— Ah, claro que não. Ernest, acompanhe o sr. Nefret.

Meu irmão não consegue resistir à paixão que sempre teve pelas artes. Em uma das cartas, ele me contou que cogitava voltar a desenhar agora que morava em um lugar longe das piadinhas odiosas do nosso pai.

Assim que ele se vai, Samir sorri abertamente, segura uma das minhas mãos. Sorrio de volta, invadida por uma sensação de bem-estar. Margot, entretanto, roça a garganta e franze o cenho, deixando claro sua presença e que a nossa demonstração de carinho não era bem-vinda, visto que eu era uma mulher casada, e ele um homem solteiro, ainda mais em se tratando de Samir, cuja presença podia ser vista de longe. O papel de hooker lhe caía bem, eu tinha de admitir. O esporte fora feito para homens com o porte imponente como o dele.

— Vem cá! — chamo-o para o sofá. — Margot, poderia trazer um chá?

Ela concorda com uma careta, mas não sem antes chamar Verona e pedir para ela ficar "por perto" para o caso de precisarmos de algo mais.

— Ah, Samir! Senti tantas saudades, estou tão feliz em te ver.

— Eu também, irmãzinha — ele diz de um jeito tão carinhoso que vejo minha infância refletida em seu rosto, quando nossas mães eram vivas e nossos corações ingênuos eram capazes de rir de tudo, quando a vida parecia mais cheia de vida. — Eu precisava ver com meus próprios olhos se você estava bem. E agora que finalmente permitiram a minha entrada...

— Sim, eu sei — murmuro, constrangida.

Será que toda a Unyan sabia que eu era prisioneira do meu próprio marido? Rechaço o pensamento para longe.

— Nailah, preciso ir direto ao ponto. Não há tempo a perder.

— O que foi?

Ao perceber que a criada não desgruda os olhos de nós, Samir repuxa os lábios e se coloca de costas para Verona:

— Eu sei que não tenho o direito de me intrometer em assuntos tão... *íntimos*, mas... — Ele torna a segurar minha mão. — Seu marido tem frequentado as noitadas novamente. — *"Novamente"? Até parece! Ron nunca deixou de ir...* — Soube que ele e você não... não estão... — Com a voz ainda mais baixa, quase um sussurro, solta a bomba: — Que não estão juntos *de verdade*. Em uma de suas bebedeiras, Blankenhein perdeu o controle e, antes que o criado o retirasse do antro às pressas, ele berrou para qualquer um que pudesse escutar que a esposa mais cara de Unyan não o desejava em sua cama, que tinha nojo dele, que não queria ter se casado com alguém... *como ele*.

Meu coração bate em falso. Não consigo mapear a sensação que me toma como uma onda, algo entre a vergonha e a raiva.

De mim. A estúpida inconsequente que, ao contrário do que Blankenhein havia bradado, quis ir para a cama com ele.

De Ron. Por ser um covarde que se escondia atrás de sua muralha de complexos e autocomiseração.

— É verdade que vocês ainda não...? — Samir insiste, os astutos olhos cor de café cravados nos meus.

— Isso não é da sua conta! — Puxo a mão de volta, ultrajada.

— Claro que é!

— Ah, é? Pode me dizer o porquê?

— Porque pode mudar tudo! Tudo! — brada ele, e, encarando-me de um jeito intenso demais, coloca as cartas na mesa: — Porque se vocês ainda não tiverem consumado o casamento... se houver algum motivo muito sério para isso estar acontecendo, se por acaso você foi *forçada* a entrar nesse matrimônio contra a sua vontade, mesmo tendo o direito de escolher o pretendente...

Congelo dos pés à cabeça, sem saber o terreno em que estou pisando. *O idiota do Nefret havia batido com a língua nos dentes!*

— "Motivo muito sério"? — Faço cara de desentendida e coloco lenha na fogueira, ciente de que há algo além do que é dito pairando no ar.

— Ora, Nailah, você sabe muito bem a que me refiro.

— Sei? — devolvo, sarcástica. — Não, acho que não. Na verdade, começo a achar que não sei de nada, que estou fazendo papel de idiota nessa história, que você, assim como todo mundo, me esconde coisas. Coisas sérias...

— Não estou escondendo nada! Estou é preocupado, muito preocupado!

— Preocupado? Hum hum... Muito suspeito você aparecer na véspera da corrida querendo ter acesso aos fatos íntimos da minha vida, não? Por sinal, como sabia sobre a minha pneumonia se estava sem falar com Nefret naquela época? — disparo, mais ácida e rancorosa do que poderia imaginar.

— Eu nunca deixei de falar com seu irmão! Ele é que tem andado sumido e mais calado que o normal desde que essa égua ensandecida entrou nas suas vidas. Aliás, você também mudou, tudo mudou depois da chegada dela. Tudo!

— Como é que é? Você está chamando minha égua de louca também?

— Sua cega! Isso não tem nada a ver! Eu vim te ver, várias vezes por sinal, mas só hoje os homens de Blankenhein permitiram que eu entrasse porque vim acompanhado do seu irmão — ele ruge, o rosto deformado ao segurar meus ombros com força exagerada. — Tudo que fiz, tudo que faço... — Libera um gemido e capto uma emoção estranha, pesada e ameaçadora no ar que nos envolve. Verona roça a garganta, um sinal nada sutil para que ele se afaste de mim. Samir estreita os olhos perturbados na direção da criada e, tragando uma golfada de ar, recompõe-se. E me solta. — Preciso que me escute.

— Ótimo. Vá direto ao ponto e diga logo a razão de sua ilustre visita.

— Não corra amanhã. — É mais que um pedido. Ele está implorando. — Há um esquema sendo montado — confessa e meu pulso dispara. — Um esquema *mortal*.

— Como é que é?!?

— Todos estão apostando, e apostando alto, que você ficará com o crânio esmagado naquela arena amanhã. Até seu marido...

— O que tem ele? — indago num sobressalto, a pulsação nas alturas.

— Não gosto de Blankenhein, acho que é um homem que esconde algo sério, que mente — Samir continua, sem se importar em maldizer o dono da casa perto de uma serviçal —, mas não acho que ele tenha falado para valer, provavelmente eram apenas palavras de um bêbado, de um viciado...

— O que Ron disse? — insisto, feroz, zonza.

— Que seria feita justiça! Que ao menos ele ficaria com uma das éguas bravas no final das contas!

Meu oxigênio evapora, meu coração para de bater.

Porque reconheço as palavras.

Porque sei que é verdade, a mais pura e aniquiladora verdade.

Ron estava jogando comigo, como sempre fez. O cretino jamais pensou em me dar a anulação deste casamento. Seu sumiço, a tática perfeita. Ele estava apenas dando tempo ao tempo e a corda para que eu mesma me enforcasse! Ele jamais sairia derrotado neste jogo...

Ele ficaria com Silver para si após a minha morte!

— É só isso? — Mantenho o queixo erguido ao me colocar de pé, o orgulho falando alto demais, obrigando-me a esconder o tsunami de decepção que me toma. — Então muito obrigada. Se me der licença, preciso descansar.

— Você não escutou nada do que eu disse, inferno? — Samir não desiste, colocando-se também de pé.

— Margot o acompanhará. — Aponto a porta de saída no exato instante em que ela surge na sala. A criada arqueia as sobrancelhas ao perceber o clima tenso entre nós.

Samir segura meus pulsos com força e me obriga a olhar para ele. Margot ordena que ele se afaste, ameaça chamar os vigias, mas Samir não lhe dá ouvidos, ou melhor, dá, e, sem tirar os olhos de mim, diz para ela fazer isso mesmo, para chamar quantos homens fossem necessários porque ele não ia sair ainda, não enquanto não colocasse para fora tudo o que tinha vindo dizer, não antes de me alertar para o perigo de morte iminente que eu corria.

Ao ouvir essas palavras, Margot paralisa no lugar.

Que ótimo. Agora os dois tinham algo em comum.

Tento me afastar, me livrar da sua pegada, mas é inútil. Samir é o homem mais forte que já vi na vida.

— Você vai morrer se entrar naquela arena, Nailah! Pelo amor à Sagrada Lynian, seja razoável ao menos uma vez na vida. Se nada do que eu lhe disse vai demovê-la de seu propósito, pense naqueles que deixará para trás, pense no seu irmão, na sra. Alice, pense em... — Ele não consegue completar a frase e, arfando, envolve meu rosto com as mãos imensas. Seu tremor se espalha por minha pele, afeta-me. — Você não tem que correr ou provar mais nada. Não precisa continuar nesse casamento de mentira, droga! Há quem a acolheria de braços abertos. Seja lá o que ele esteja barganhando para mantê-la presa a esse lugar, eu lhe afirmo, Blankenhein está blefando. É só o que ele faz. É só o que ele sabe fazer — gane em desespero. — Mas muitos precisam de você, muitos a amam... Não corra amanhã, eu lhe imploro. Por favor! Por favor!

Enfim, a verdade...

O real motivo que o trouxe aqui: mentiras!

Tantas mentiras, por todos os lados, de todas as pessoas...

— É você que não entende, querido Samir. Eu não posso — murmuro com pesar porque não tenho mais em quem confiar, porque não importava mais se Blankenhein estava mentindo e se esse casamento sempre fora uma mentira, porque eu também mentia ao ocultar que carregava um ventre estéril, porque nada mudaria meu destino. Aquela arena, entretanto, era a única verdade nessa trama em que eu fora arremessada, o único lugar onde a vida seguia o curso que eu tomava por vontade própria, onde minha força era real e eu poderia fazê-los pagar com as minhas próprias mãos. — Mas você já sabia a resposta antes mesmo de colocar os pés aqui, não é?

— Sua tola inconsequente! — ele esbraveja, os olhos injetados, as mãos na cabeça. Escuto o arfar de Margot ao longe. Verona mal esconde as lágrimas. — Não sei por que me dei ao trabalho de vir! Volte aqui! Eu não acabei ainda, Nailah! — ele solta um impropério horroroso ao me ver lhe dar as costas e deixar a sala. — Você não pode correr! Eles vão te matar amanhã!

Meneio a cabeça em negativa, mas permaneço de costas para ele.

— Amanhã...? — Solto uma risada fria. — Não, Samir. Não corro mais esse risco.

Capítulo 30

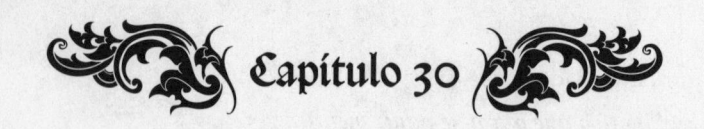

As palavras de Samir ricocheteiam em minha mente e, sem olhar para trás, levanto a bainha do vestido e saio em disparada pela imensa Greenwood. Preciso de oxigênio. Preciso do vento em minha face para me acalmar. Passo pelas baias, nem sinal de Silver ainda.

Que horas Oliver vai trazê-la, afinal? Se é que ele vai mesmo trazê-la...

Estou perdida em minha própria batalha, incapaz de diferenciar aliados de inimigos. Sinto-me rodando em círculos, fraquejando, asfixiando... Há pinceladas de sangue no céu. Como se, por trás das pesadas nuvens, o sol estivesse tão ferido quanto o meu espírito, despedindo-se...

Corro forte, mas, quanto mais corro, mais ela cresce.

Sim, sempre ela...

Escura como a meia-noite e o meu coração. A sombra da minha alma nos momentos em que eu perdia a fé na vida e em mim mesma...

Meu refúgio. Meu flagelo.

Um erro?

Porque uma parte dentro de mim afirmava que ela era parte de mim e era para ela que eu devia correr a despeito da minha sanidade dizer o contrário.

Preciso mais do que nunca da sua escuridão para esconder minhas dúvidas e dores, para me esconder... Sorrio quando a vejo, pela lateral dos olhos, se avolumando em meu encalço, jogando seus tentáculos ao redor do meu pescoço e no mundo sem sentido que me rodeia.

Venha para mim...

— O que quer de mim? — indago para a névoa, tão sedutora quanto traiçoeira enquanto avanço veloz por um percurso desconhecido.

Ou seria ela que me empurrava para ele?

É você que me chama quando precisa de mim. É sempre assim.

— O que quer de mim? — insisto, perplexa, ao ouvir a voz da escuridão responder a uma pergunta minha pela primeira vez na vida.

Nada que você já não saiba em seu íntimo...

A bruma negra ganha corpo. Engole o meu ar.

— Eu não entendo... Por que eu?

Porque é como deve ser. Porque você é parte de mim e eu sou parte de você.

— Não! Nunca! — devolvo, com descontrole, quando as palavras de mamãe, para eu nunca me afastar da luz, me trazem de volta à realidade e reverberam forte em meus ossos e alma. — Vá embora!

Corro e corro.

Em minha agonia crescente, mal percebo que o caminho termina em um bosque abandonado. Empurro tudo que vejo pela frente, arranho os braços e as pernas, afastando as folhagens de qualquer maneira, lutando para escapar do poder que a negritude exerce sobre mim.

Ainda que uma parte de mim se sinta fascinada por ela, que queira ir com ela...

Chuto. Ataco. Esbravejo. Mas não há como vencer essa luta.

O inimigo está dentro da minha cabeça.

O inimigo sou eu!

— Me deixa em paz — peço quando as pernas fraquejam e vou ao chão.

Largada à própria sorte, procuro pela silhueta dos meus sonhos para me guiar, qualquer saída, mas é apenas o som da escuridão que emerge, claro e cristalino em minha mente, como se fosse a minha própria voz.

Venha para mim...

Ah, não. Não. Não! Não estou ficando louca! A névoa escura fica cada vez mais densa e intransponível. Seguro a onda de terror. Recuso-me a aceitar o mesmo destino que o da minha mãe...

— O que é você?

A resposta, uma risada amarga.

Ah, Lynian, me ajude. Preciso de forças para me libertar. Preciso lutar!

Não há como lutar contra o destino. Nunca houve. Além do mais, você já saiu vitoriosa, diz a voz, ciente do que eu havia acabado de pensar.

— "Vitoriosa"?

Depois de tudo que lhe aconteceu, você os venceu. Não se sente realizada?

— Não! Eles continuam destruindo vidas, dia após dia! Só ficarei "realizada" — destaco a palavra — quando arrancar essa coisa sombria que os estupradores colocaram dentro de mim, essa fera faminta que me devora a cada instante. Essa coisa de que você se alimenta!

É meu último aviso. Desista do que tem em mente, ameaça a voz.

Da loucura ou da razão?

— Nunca! — Levanto-me e, ainda que tropeçando nos próprios pés, vou avançando às cegas bosque adentro. — Me larga! Nada me impedirá de lutar!

A sensação de sufocamento cresce vertiginosamente. Levo as mãos ao pescoço. Meus pulmões imploram por oxigênio quando a sombra se espalha pela minha pele, alastra-se para dentro de mim, gelada, insuportável. Vou me arrastando, os passos cada vez mais débeis, o ar se esgotando rápido demais. Estremeço por inteiro. A bruma escura nunca havia chegado tão longe. O devaneio avança. Sou atropelada por visões aterrorizantes, de mim mesma morrendo. Sempre morrendo. Incontáveis vezes.

Foi você quem pediu...

— Acha mesmo que suas ameaças me assustam? Alguém que foi violentada e esterilizada a sangue frio como eu? — arfo. — Se é mesmo parte de mim, como não é capaz de sentir? Eu já estou morta há muito, muito tempo.

Ao proferir as últimas palavras, tropeço feio.

Ou minhas pernas foram puxadas?

Vou de cara ao chão, sinto o gosto de terra, meus braços mergulham no vazio, uma repentina rajada de vento me lambe a face e, graças aos céus, devolve oxigênio aos meus pulmões. Como encanto, a nuvem escura da loucura se desmancha diante dos meus olhos. Um raio poderoso risca o céu.

Mas, paradoxalmente, não é claridade o que ele traz nos braços.

— Meeerda! — Puxo o corpo para trás, horrorizada.

Meu coração dá uma quicada violenta ao encarar a boca arreganhada e pronta para me devorar, engulo sua baforada de ar tão frio quanto mortal.

Um precipício!

Congelo da cabeça aos pés ao compreender o que teria acontecido se eu tivesse dado um passo a mais.

Coincidência? Sorte? Milagre?...

Em breve, eu descobriria que não era nenhum dos três.

O caminho de volta pelo bosque é penoso. A vegetação alta deixa a visibilidade péssima enquanto vou tateando o terreno pé ante pé, atenta à possibilidade de haver outro cânion assassino camuflado entre as folhagens. O sensato seria não arriscar e só retornar com a claridade do amanhecer, mas isso é impossível com a ansiedade a mil por causa da corrida. Ando sem rumo de um lado para o outro quando um feixe de luz surge no meu campo de visão e, em seguida, escuto o som inconfundível.

Uma wingen!

— Aqui! — berro.

— Sra. Blankenhein! Graças aos deuses! — Escuto a exclamação de alívio de Ernest. Ele toca uma corneta, como um código. Outras cornetas respondem, uma após a outra. Em seguida, vem ao meu encontro, checa meu corpo de cima a baixo. — A senhora está bem?

— Estou, sim. Só... exausta.

— Infinita Lynian! Essa região é muito perigosa, cheia de desfiladeiros.

A senhora correu grande risco — afirma enquanto me guia em direção à rústica wingen que faz o transporte de mantimentos de Greenwood.

— Que horas são? — pergunto ao me acomodar ao seu lado no veículo.

— Já passa da meia-noite. Margot estava em pânico. Todos estavam.

Encaro minhas mãos, sem graça. *Sim, o tempo sempre passava de modo diferente quando eu estava dentro de uma crise de sonambulismo...*

A wingen avança a uma boa velocidade por um longo percurso. O lugar onde eu estava era mais distante da mansão do que eu podia imaginar. *Não tinha ideia de que eu havia me afastado tanto assim...* Feliz em me ver, Ernest fala e fala, mas estou sem condições de conversar. Preciso apenas acalmar meus nervos, esquecer o que acabei de passar, que eu podia ter morrido minutos atrás, naquele precipício... Teria sido um fim tão sem sentido, tão... insignificante. Lutar tanto para morrer daquele jeito.

Vida e morte separadas por um fio invisível, a um mero passo...

— Margot fez a torta de morangos que a senhora ama — Ernest continua.

— Oliver já trouxe a Silver? — indago num sobressalto quando o veículo desata a subir a pequena colina e visualizo as baias no meio do caminho, incapaz de conter a urgência inexplicável que surge em meu peito ao me lembrar do fiasco que foi nosso encontro na véspera.

Se tivesse morrido naquele desfiladeiro eu teria perdido a chance de acariciá-la uma vez mais, de pedir desculpas, de me despedir...

— Foi o patrão que a trouxe.

— O sr. Aaron está em Greenwood?!? — indago num jorro de euforia, o pulso de repente rápido demais. Ele assente. — Onde?

— Sra. Blankenhein, não contamos ao patrão sobre o seu sumiço, só que tinha cochilado; ficamos preocupados que isso o deixasse... Sabe como ele é.

— Onde? — insisto, com força e autoridade.

Ernest aponta para onde minha intuição já imaginava: o estábulo.

— Vou descer aqui.

— Mas e o jantar? Margot...

— Obrigada, Ernest!

Mal espero a wingen parar para saltar. Descalça e descabelada, avanço a passos rápidos e, ainda assim, nem de longe chegam perto da velocidade com que as lembranças rodopiam em minha mente, ao me recordar da última vez que o vi, quando consumamos esse casamento às avessas... Chego sem fazer barulho e, à medida que me aproximo, escuto o sussurro da voz que, sem que eu possa evitar, mexe comigo de um jeito que não consigo entender.

Perco a coragem. Perco o raciocínio.

O que falar depois de tudo que havia acontecido entre nós e o que ainda estava por vir?

A ideia de que eu podia ter morrido instantes atrás é como uma nova trinca na perspectiva do mundo que me envolve. Minhas convicções se desintegram diante dos meus olhos. Escondo-me na baia ao lado, onde Dark fica. Não quero que Ron me veja. Desejo apenas... observá-lo, saber o que ele ainda está fazendo aqui a essa hora da noite. Assisto, encantada, à forma hábil e carinhosa com que o nobre faz Silver experimentar as partes metalizadas do novo Zavoj, de um roxo púrpura brilhante com rajadas prateadas. Minha thunder não relincha ou arrasta os cascos, muito menos gira a cabeça em minha direção.

Mas, em meu íntimo, eu sinto que ela sabe que estou escondida aqui.

— Não vai jogar a proteção da cabeça longe outra vez, vai? — Ron diz, com jeito terno. Silver bufa, mas permite que ele vá colocando tudo, peça por peça. — Não conte a Dark, ele ficaria desapontado, mas o coitado não tem chance alguma diante da sua beleza. Você é a thunder mais linda que já surgiu em Unyan, menina — confessa, olhando dentro dos olhos dela assim que acaba de prender a peça com um estalo.

Suas palavras mexem comigo de um jeito que me faz sentir acesa. Tenho a sensação de que um relâmpago acaba de transpassar minha coluna enquanto algo quente e agradável alcança as pontas dos meus dedos. Meu coração acelera sem qualquer motivo razoável.

Ron tem os cabelos desgrenhados, perdeu peso e olheiras escuras destacam-se na pele alva como o mármore. Todo o glamour e os trajes impecáveis de outrora agora deixados de lado. A calça preta está amarrotada e caída abaixo da cintura, a camisa branca aberta expõe parte do tórax ainda mais definido do que me recordava.

Um feno estala sob minha sandália. *Droga!*

Ron gira o rosto, os olhos estreitados, a postura na defensiva. Mas então sua expressão se modifica quando me vê surgindo lentamente por detrás da baia de Dark, sua face ganha cor e seus olhos reluzem, intensos, *diferentes...*

Estão vermelhos e desfocados, como quando eu o encontrei quase se afogando naquele rio. O curioso é que dessa vez ele nem tenta disfarçar e continua a me encarar sem piscar. Seu peitoral sobe e desce com velocidade, como se ele não soubesse o que dizer, mas uma sombra travessa dança em seu rosto, cresce e cresce, exibindo a seguir – *para mim* – seu sorriso irretocável, largo e acolhedor.

— Olá, docinho — diz com a voz anasalada, como se tentasse soar displicente.

E, quando dou por mim, estou sorrindo de volta, caminhando em sua direção, o coração dando pinotes no peito, inexplicavelmente feliz demais em vê-lo mais uma vez.

— Oi — murmuro.

Para variar, nunca sei o que dizer nos momentos mais importantes.

— Tinha um palpite que, com Silver vindo passar a noite em Greenwood, você apareceria em algum momento.

— Vou dormir com ela esta noite.

— Não vai ficar com o corpo moído para a prova de amanhã?

— Não ligo para isso.

— Eu sei que não. — Ele solta o ar. — Mas imagine se souberem que a grande campeã da primeira fase passou a noite largada em uma baia. Esse feno pinica como o diabo. Por que não usa a saleta dos cuidadores? Lá ao menos tem um sofá de onde dá para ficar de olho em Silver, se é essa a sua preocupação.

Ele pisca, alarga o sorriso. Suas reações me parecem estudadas, como um bom jogador avaliando o adversário. Chacoalho a cabeça com tal pensamento. Ele não precisaria disso. Ron sempre sabia o que se passava em minha mente.

— Mandarei um criado trazer uma coberta e algo para você comer.

— Obrigada.

— Seria impossível disfarçá-la, então achei melhor caprichar na proteção. As partes metalizadas desse Zavoj são feitas de um material ultrarresistente, as juntas também serão protegidas por uma malha especial, o problema é o pescoço — explica, mudando de assunto, ao captar a estática no ar. — Silver não tolera a proteção da cabeça, fica nervosa, e...

— Vai tentar arrancá-la a todo custo — completo.

— Será seu ponto fraco. — Ele confirma com um suspiro resignado. — Terá de ficar atenta a qualquer aproximação nessa área.

— Tudo bem.

— Eu sei que vocês duas voam quando estão sem esses apetrechos, mas é para a sua segurança e para a segurança dela. Não arrisque — adverte.

— Bom, está checado. — Ele remove o elmo. Silver solta um barulhinho de alívio. — Ah! Mandei fazer um Kabut novo para você também. Está no salão de gala, num baú marrom. As chaves estão dentro do vaso Shyn. Cuidado ao pegar. Sabe que tenho loucura por aquela peça.

— Se tem tanto medo, então por que colocou lá dentro?

— Porque nenhum criado teria a audácia de passar perto — devolve, petulante. Acho graça.

— Não é preciso. Já estou acostumada com o meu antigo e...

— Muitos hookers vão mudar suas cores bem na hora H. É a melhor estratégia para as primeiras voltas — ele me interrompe, decidido, embora alguma coisa em seu discurso esteja fora de contexto e sua preocupação me pareça tão... *artificial?* — Pessoa alguma deverá saber qual é a sua cor. Não confie em ninguém a partir de agora.

— Somente em você — alfineto.

— Como a vida é cheia de surpresas e contradições, não é mesmo? — Ele alarga o sorriso malandro. — Mas acredite, não quero perder o *status* de ser o único nobre na história de Unyan a ter dois thunders em um mesmo Twin Slam, ainda que Dark tenha participado apenas da primeira etapa.

Bom argumento.

Ron fecha os botões da camisa e, apoiando-se na requintada bengala, dá alguns passos, parando bem à minha frente. Ele me encara com os olhos injetados, de quem tem as forças exauridas ou não dorme há muitas noites.

Que vício era esse que lhe cobrava um preço tão alto?

— Boa sorte amanhã, Nailah. — A voz sai rouca como cascalho. Um calafrio agourento, como um mau presságio, finca suas garras na minha nuca. — Se não fizer nenhuma tolice, dará tudo certo.

— Como pode ter certeza disso? — Apesar de saber que Ron é o mestre dos blefes, apesar de sentir que ele esconde algo sério e Samir afirmar que ele está mentindo, *apesar de tudo*, minha intuição, por mais ilógico que possa parecer, acredita em seus julgamentos.

— Porque está escrito nas estrelas, como diziam nossos antepassados.

— Hã?

— O significado do seu nome.

— Como assim?

— Ninguém lhe contou? Eu pensei que talvez... — Ele arqueia as grossas sobrancelhas. — Então não sabe mesmo... — balbucia atônito, mais para si, após estudar minhas reações. — Quem foi que o escolheu?

— Mamãe, quando soube que éramos gêmeos.

— Visionária. — Ron fica com o olhar aéreo.

— Por que diz isso?

— Para os povos ancestrais, Nefret significava belo.

— Meu irmão é muito bonito.

— Sim, confere.

— Qual o significado do meu nome, Ron? — adianto-me.

Ele me encara por um inquietante momento.

— Vitoriosa.

— Você está de brincadeira comigo. — Solto uma risada tensa ao escutar a mesma palavra em um intervalo de tempo tão curto.

Foi assim que a névoa negra me chamou antes de...

— Nunca falei tão sério na vida — diz com cautela ao perceber o conflito de emoções na minha face. *Seria possível? Mamãe fora tachada como louca porque havia previsto tudo isso?* — Bom, é isso, benzinho. Agora preciso ir.

— Não vai tentar me convencer do contrário e manter as duas "éguas bravas" em vez de apenas uma? — Imprenso-o ao colocar as cartas na mesa. Não teríamos outro momento e eu precisava saber sua versão dos fatos. — As notícias correm...

— Estou vendo — responde quando seus olhos miram meu dedo anelar sem a aliança. Fecho as mãos ao lado do corpo. Sua expressão fica sombria por um segundo, mas no instante seguinte ele a camufla esboçando um sorrisinho. — Não falei para valer, eu estava com a cabeça quente, mas acredite no que quiser — diz. — Entretanto, quero que saiba que, por mais que meu sexto sentido esteja me enlouquecendo, alertando-me incessantemente que você corre um risco terrível se quiser fazer justiça com as próprias mãos, ainda que não haja mais nada entre nós... — enumera ele. Encaro meus pés. Não sei como reagir a tal comentário, sem compreender o que mudou dentro de mim desde então. Ron coloca o indicador embaixo do meu queixo e eleva minha cabeça, quer que eu olhe dentro dos seus olhos, mas não enxergo nada além da imensidão vermelha e impenetrável.

— Como posso ir contra o que mais admiro em você? Como furtar Unyan de assistir ao espetáculo mais estupendo de sua história? Como não dar às mulheres um símbolo, alguém por quem torcer e acreditar? Como apagar a chama da esperança em meio a essa vida de sombras em que são obrigadas a viver, sufocadas e sem voz? Se ainda não se deu conta, você é a porta-voz de todas elas, Nailah. Seu sangue selvagem, *sua alma guerreira...* Você é a pólvora que faltava nesse mundo decadente. Vamos ver se seu fogo é suficiente para fazer tudo ir pelos ares.

"Pólvora"?!?

Meu coração é catapultado para a boca.

Era a palavra que o pai dele dizia todos os dias. O sr. Alton não estava delirando, afinal!

— Ron... — Agarro seu braço ao vê-lo se afastar, mais ligada a ele do que poderia imaginar, como se um elo invisível, uma teia de sentimentos estivesse sendo tecida, unindo-me a este homem tão peculiar de maneira pungente e inesperada.

Anjo ou demônio? O que é você, Aaron Blankenhein?

Porque com uma das mãos você me aprisiona aqui em Greenwood e com a outra me dá asas, a liberdade que, em meu íntimo, eu sabia que homem algum permitiria: montar um thunder em um campeonato.

Mas não importa mais. Estupidez ou não, quero que ele fique.

Não apenas por causa dos seus carinhos e beijos enlouquecedores, mas porque preciso da sua presença, da sensação de segurança e plenitude que meu espírito experimenta ao seu lado, dos seus conselhos tão esdrúxulos quanto acurados. Somente ele é capaz de me fazer gargalhar e enxergar a vida como ela é, só que de um jeito leve, tão perfeito quanto distorcido, tão...

Mas nenhuma palavra se atreve a sair da minha boca.

Não me acho no direito de dizer nada depois de tudo que aconteceu e do que não posso lhe dar em troca, do que preciso fazer caso eu sobreviva à corrida de amanhã: ir embora assim que ele passar Silver para o meu nome e me der a anulação desse desastroso casamento.

Algo se contorce em meu peito. Sufoco-o. Não estou raciocinando direito. A tensão cresce vertiginosamente a cada segundo que a corrida se aproxima, ao me deparar com os rostos dos estupradores em minha mente a cada pulsação. Ron parece captar meu desespero. Seus dedos deslizam pela minha face, gentis, os ônix negros banhados em sangue cravados nos meus lábios, a respiração descompassada de quem tem tanto a dizer, mas que guarda para si.

Ele se aproxima e sou capaz de sentir o calor emanar do seu corpo e cobrir o meu. A sensação desestabilizadora está de volta e me envolve, diferente e ainda melhor, não mais de um jeito febril, mas penetrante, dolorosamente delicada...

E me faz perder a noção de tudo.

— Ron... — Agarro sua nuca e o puxo para mim num fervor galopante, sem ter certeza se a voz que sai da minha boca é de fato minha ou de outra mulher de tão estrangulada. Há uma confusão de emoções desencontradas dentro do meu peito. *Eu o desejo realmente ou é somente desespero porque sei que meu tempo está acabando, que não haveria despedidas, que em poucas horas poderei estar morta?* — Sinto muito pelo que aconteceu, não tive a intenção... Não sei mais se eu...

— Shhh — ele sussurra em meu ouvido, os lábios roçando meu pescoço e me gerando calafrios, o corpo largo grudado ao meu.

Mas as palavras, aquilo que realmente nos une à outra pessoa, o que dura quando o tempo e as tragédias destroem tudo – *o que importa* –, se negam a sair de sua boca e permanecem a milhas de distância de mim. Sem compreender o porquê, isso triplica minha angústia.

Ron se afasta, meneia a cabeça, encarando-me do jeito que só ele sabe fazer. Vejo paixão, adeus, inconformismo, ira e tantas outras coisas revolvendo na escuridão de sua alma, e sou tomada por nova onda paralisante, de certeza e de perda.

— Fique tranquila. — Sua voz é pura rouquidão. — Vou lhe dar o que tanto deseja. Mandarei os termos da anulação após a corrida. Adeus, Nailah.

E, com um giro fluido da bengala, vai embora sem olhar para trás.

Todas as palavras se tornam desnecessárias diante da única verdade.

Sobrevivendo ou não, o final já estava traçado.

Capítulo 31

O ATORMENTADO

Preciso arrumar um jeito de afastá-la do Twin Slam. Por bem ou por mal.

Sinto muito, mas nada, nem a nobre causa ou suas lágrimas amargas, pode interferir no plano que fora traçado havia muito tempo. Ainda mais agora, *que falta tão pouco...*

Não permitirei que se coloque em risco novamente, não antes da hora.

Por que insiste em lutar uma guerra que não lhe pertence, que nunca pertenceu? Tampouco o vilão da trama maldita sou eu, e você sabe disso melhor que ninguém.

Releio cada uma das estrofes pela milionésima vez, perdido nas entrelinhas do enigma dessa jornada de tormentas na qual fomos arremessados.

Os versos...

Tantas verdades em meio às mentiras.

Sobre a salvadora deste mundo.

"Aquela que silenciará os trovões, mas dará voz aos mudos
Que domará o sol, mas permanecerá acorrentada às sombras do passado..."

E então, para deixar tudo ainda mais insano, você surgir... *assim!* Tão impressionante, tão poderosa, tão... "guerreira"!

Exatamente como nos versos!

Comprimo a cabeça entre as mãos. Não, não era um presságio apenas. Era mais, muito mais. A força havia muito apagada dentro de mim fervilha incessantemente, mais elétrica do que nunca, e afirma que é uma bússola, um mapa para um destino diferente.

Para qual de nós?

Porque era óbvio que havia um segredo camuflado nessas estrofes que penderá a balança para um dos lados, um mistério a ser desvendado por apenas um de nós dois.

Aquele que pode – *que vai* – mudar tudo.

Depois de tanto tempo, depois de tanto sofrimento…

Será que quero isso?

> **"Sempre seduzida pelo reluzir da luz que não é luz**
> **Sempre cega para a mais bela das chamas**
> **A escuridão que não é escuridão…"**

Há uma tempestade de meteoros acontecendo dentro do meu peito.

O que os versos querem dizer com isso?

Por que tenho a despropositada sensação de que foram escritos para mim?

Seria para que, escondido atrás dos seus sonhos e desejos idiotas, você finalmente conseguisse me enxergar? Para que sua energia radiante quisesse enfim se aninhar em minha escuridão por vontade própria?

Maldição!

Por que algumas frases rabiscadas séculos atrás num pedaço de papel são capazes de arruinar minhas certezas e turvar meu caminho como a mais potente das armas?

O que está havendo comigo? Enlouqueci de vez?

Não importa. Nada importa!

Preciso ir adiante, não posso fraquejar, não agora.

Querendo ou não, nossa má sorte fora traçada desde o início.

Sim, não havia escapatória, tudo acabaria em breve, mas, antes disso, eles haveriam de pagar pelo que lhe fizeram.

Pelo que me fizeram.

Sim, tudo acabaria em breve, mas nesse pouco tempo que ainda teremos juntos, eu serei o senhor do nosso destino, meu amor.

Posso não ter escrito o primeiro parágrafo, mas serei eu a colocar o ponto-final nessa história amaldiçoada desde o começo.

Meu reinado.

Meu flagelo.

Capítulo 32

Abro ligeiramente os olhos.

A primeira coisa que vejo são as migalhas da torta de morango e a jarra de suco pela metade sobre a bandeja de prata que Margot mandara um criado trazer. O silêncio impera. Espreguiço-me no minúsculo sofá da saleta dos cuidadores e, instintivamente, giro o rosto à procura dela, as imagens ainda nubladas pelo sono e então...

Meu coração se revira em uma quicada abrupta, meu instinto berra alto ao dar de cara com a porta do lugar fechada.

Não pode ser! Ele não teria coragem. Ele não fez isso comigo!

Voo até ela e, como minha intuição afirmara, tinha acontecido.

A porta está trancada!

Pior. Não há janelas no lugar.

Aaron Blankenhein havia me prendido ali depois que peguei no sono!

— NÃO!!!!!!!!!

Desato a xingar, socar com violência, chutar. A porta nem se mexe.

— Silver! — chamo, mas em meu íntimo sei que minha thunder não está.

O silêncio é um soco em cheio. O estábulo está vazio e, para piorar, fica a uma boa distância da mansão. Berro a plenos pulmões, chamo por Margot, Verona e todos os nomes que conheço, mas, como haveria de ser, não há ninguém por perto. Ainda que houvesse, ninguém me escutaria, claro. Blankenhein já havia comprado o silêncio de todos.

— MANCO MISERÁVEL!!!!!!!!!!!

Analiso a claridade no céu, pela pequena abertura no telhado.

Não. Não. Não! A corrida não podia começar sem mim!

Meus punhos se contraem, prontos para lutar.

É isso! Tem que estar em algum lugar por aqui.

Vasculho o local e lá está, escondida sob o feno, o que Blankenhein não havia previsto porque não sabia de seu paradeiro: a escada que os cuidadores tentaram usar para escovar Silver, mas que ficara abandonada ali, afinal, minha thunder só deixava três pessoas fazerem isso: eu, Ron e Oliver. Subo até o último degrau. Mesmo na ponta dos pés, não é o suficiente para alcançar a abertura entre as telhas.

A única chance é se eu pular...

Olho para baixo. Se eu não conseguisse, ia me machucar feio.

Não tenho opção. Era isso ou nada.

Sem titubear ou tempo a perder, tomo impulso e...

— Argh!

A escada se espatifa no chão e um bocado de feno é lançado no ar.

Mas eu havia conseguido!

Pendurada, puxo meu corpo para cima, saio pelo buraco do telhado, escorrego estábulo abaixo e disparo em direção à mansão. Vários criados arregalam os olhos, as faces pálidas de culpa, quando passo por eles como um relâmpago de fúria.

— S-Senhora?!? — Ernest engasga ao me presenciar entrar como um tornado no salão de gala, arrancar a redoma de vidro e segurar o vaso de porcelana.

— Sagrada Lynian! Não! — implora ele ao me ver sacudir a obra de arte predileta de Ron. Escuto o barulhinho. Ao menos nisso o cretino não havia mentido: a chave estava ali dentro. Vasculho o majestoso lugar e avisto o baú marrom onde ele disse que estaria meu Kabut. — Por favor, senhora, esse vaso é precioso demais. É o único Shyn que restou no mundo! Tem milhares de anos!

— E poderá sobreviver a outros milhares. Só depende de você. Aliás, seu patrão saberá que *você* podia ter impedido. — Abro um sorriso cruel. Sinto pena por ter de destruir o raro objeto, mas nada me deteria.

Nada. — Arrume uma wingen para me levar para a arena do Gênesis agora ou... — Deixo o vaso escorregar lentamente pelos meus dedos.

— Eu não posso, sinto muito. Foram ordens del...

O sorriso perigoso se alarga. *Ernest acha que estou blefando?*

Sem hesitar, vou até uma estatueta de uma mulher curvilínea, arranco a proteção de vidro que a envolve e a arremesso ao chão.

— Ah, não! Mãe Sagrada! — Ele arfa, pálido como um defunto ao ver o valioso objeto se espatifar em pedaços, e corre em minha direção.

— Mais um passo e o próximo a ir ao chão será o Shyn. Não arrisque, Ernest. Não estou blefando. — O vaso escorrega um pouco mais. — Separe uma wingen. Agora!

— Não tem nenhuma em Greenwood, senhora! Eu juro! — ele guincha.

— E as de carga?

— O patrão mandou levar tudo!

— MALDITO!!!!

Outra armadilha que o mentiroso havia montado para mim. Blankenhein era inteligente demais para deixar uma wingen dando sopa por ali. Tudo tinha sido tramado havia muito tempo.

Ele, Oliver, todos me enganaram o tempo inteiro!

Encaro o objeto com ira anormal. Solto uma risada estridente no mesmo instante em que uma trovoada faz o chão estremecer. Ergo o vaso ao ar.

Pois todos vão me pagar...

— Margot! Verona! — Desesperado, Ernest desata a berrar. — Ah, não! Por favor! — O criado leva as mãos à cabeça e vai de joelhos ao chão, curvado em uma postura submissa. — Eu lhe imploro, senhora!

Em minha espiral de ira crescente, deparo-me com o horror refletido nos olhos do pobre homem. Paraliso. Sinto dó. Sinto nojo de tudo.

Se eu quebrasse este vaso ele seria castigado por minha causa?

Eu sei o que é ser castigada. Não quero isso para ninguém. Puxo uma grande golfada de ar, empurro a fera sombria que habita em mim para o fundo e, repentinamente, tudo fica tão claro.

No fim das contas, minha prisão chegara ao fim.

Viva ou morta, hoje isso acabaria!

Jogo a chave longe, mas recoloco o valioso objeto em seu devido lugar.

— Você é um bom criado. — Toco seu ombro de leve. O coitado me observa em estado aturdido. — Despeça-se de todos por mim, Ernest.

Sem olhar para trás, vou embora de Greenwood. Só uma coisa era certa agora: nenhuma prisão de nenhum tipo, física ou mental. *Nunca mais!*

— Se não me deixar passar, vai ter que me matar — aviso ao vigia que vem à frente do grupo assim que alcanço o portão principal. Ele aponta a arma para mim, mas vejo o tremor crescer em suas mãos; ele percebe a gravidade do momento. — Abra — ordeno e dou outro passo em sua direção. E mais um. Ele faz sinal para que os outros não se aproximem ao perceber que não pretendo mudar de ideia. Recua minimamente. — Abra essa droga ou me mate logo, merda! — brado com fúria anormal, encostando o cano da pistola no meu próprio peito.

Relâmpagos explodem ao nosso redor, parecem cada vez mais perto, mas não sei dizer, a ira me cega. Os subordinados soltam exclamações. O sujeito tem a expressão assombrada, suor escorre por sua testa, tenta recuar novamente, mas agarro com força a mão que segura a arma, sobre o gatilho. *Algo tão pequenino capaz de separar a vida da morte, bastaria eu...* Outra trovoada chacoalha o lugar.

— Abra ou me mate!

O homem nega com um tremor de cabeça, apavoradíssimo.

Então, que assim seja...

Um ruído alto nos atinge de repente.

— Não ouviu o que a sra. Blankenhein disse? Abra o portão! Temos a ordem aqui! — comanda a voz querida. Giro o rosto e me deparo com Margot sacudindo uma folha de papel dentro de uma Sterwingen quase tão majestosa quanto a de Ron. Ao seu lado Verona acena para que eu entre depressa. Volto a mim, e, ainda que atônita com a cena, eu o faço.

— Que wingen é essa? — indago assim que o criado, assustado até o último fio de cabelo, acaba de conferir a assinatura e o brasão e nos dá liberação para passar.

— Da mesma pessoa que deu a autorização: o sr. Alton.

— Como ele assinou se...

— Ele mandou alguém que sabe imitar a assinatura dele como ninguém.

— Babim? — indago, boquiaberta.

— Ficará ainda mais surpresa ao saber que a ideia partiu dele quando a viu choramingando pelos cantos.

— Mas...

— Pois é. Outra relíquia dos Blankenhein. — Margot sorri, triunfante. — A diferença é que essa não cabe dentro do salão de gala.

— Quem a está conduzindo?

— Alguém que sempre teve o sonho de dirigir uma wingen. — Verona abre um sorriso enorme.

— Aleza?!?

Elas assentem, satisfeitas.

— Vocês serão punidas por minha causa!

— É possível, senhora — Margot devolve com a expressão desafiadora. — Mas lhe devemos desculpas... por tudo. O sr. Aaron não podia... — Ela meneia a cabeça.

— Você é a nossa única chance! — afirma Verona, emocionada. — Aleza está certa em uma coisa: precisamos fazer esse mundo nos enxergar e entender a nossa força. Só a senhora tem condições de mudar isso.

— É um caminho sem volta — aviso.

— Vamos pagar para ver — devolve Verona, determinada, petulante. É a primeira vez que a vejo falar assim.

Sinto orgulho e medo por ela. *Por todas elas.*

— Mesmo com essa autorização, mesmo sabendo que estou no campeonato, é muito provável que me prendam, que... — arfo. — Vocês não podem arriscar aparecer comigo por lá. Essa batalha é apenas minha.

— Não, senhora. A batalha é de todas nós — Verona me corrige.

— Temos um contato de peso lá dentro. O oficial do Gênesis que é o responsável pela entrada na arena esteve aqui ontem, parece que soube dos boatos que rondam Unyan, e se ofereceu para ajudar. Em segredo, claro.

Ele, assim como outros oficiais, acredita que você é a enviada de Lynian, que é chegada a hora da nossa redenção, o momento pelo qual nosso povo tanto esperou desde a vinda da Grande Mãe. Esse oficial deixou uma Sterwingen do Gênesis a postos para nos dar cobertura caso mudássemos de ideia, parece que já sabia o que lhe aconteceria, me disse o que fazer quando chegássemos lá. Apavorada que fosse alguma cilada, neguei a ajuda, fui uma covarde, mesmo vendo a emoção e a fé cristalina nos olhos dele — Margot confessa e meu queixo vai ao chão com a notícia jamais imaginada. É boa demais para ser verdade, quase um... *milagre*.

— Mas e Silver? Será que Ron...? — pergunto, os pensamentos atropelados, a mente girando ininterruptamente.

— Quanto a isso, fique tranquila, senhora — ela me interrompe, apressada. — Nenhuma fazenda cometeria a tolice de não fazer seu thunder comparecer, ainda que saiba que ele não correrá. É considerado um desprestígio, perda de status. O sr. Blankenhein tem orgulho do sobrenome que carrega e é vaidoso demais para abrir mão disso, esteja certa. Mas, por ora, nosso maior obstáculo é chegar lá a tempo. Teremos que ser muito rápidas. A senhora tem uma corrida pela frente e um bando de homens para botar para comer poeira! — A gentil criada pisca com atrevimento e olha para Verona, que exibe um sorriso travesso enquanto mostra a chave que eu deixara para trás.

À sua frente vejo o baú marrom com o meu Kabut.

Solto uma gargalhada e as abraço com vontade.

Milagre ou não...

Eu estava de volta ao jogo!

— Graças à Sagrada Lynian! A senhora veio! — O oficial-guia que me acompanhara na prova anterior dá um pulo ao me ver entrar no lugar às pressas e já completamente vestida.

— E Silver? Trouxeram ela? — Preciso da confirmação.

— Sim — responde ele, agitado.

Respiro aliviada. Aos trancos e barrancos – e uma centena de palavrões que jamais imaginei que elas seriam capazes de soltar –, Verona e Margot conseguiram me montar com a Sterwingen sacudindo como um terremoto. Aleza se mostrou uma boa condutora para uma primeira viagem, mas não foi nada fácil em meio a uma quantidade absurda de solavancos e freadas bruscas. O mais incrível de tudo não foi o esquema montado para que eu entrasse às escondidas, foi ver as caras abobalhadas dos oficiais que nos ajudaram ao testemunhar uma mulher conduzindo o pomposo veículo que me trazia escoltada por outras mulheres, duas simples criadas.

Dessa vez, o Gênesis nos colocou em outro tipo de vestiário privativo para evitar qualquer contato entre os vinte hookers. Daqui sairei por um túnel que vai desembocar na minha baia. Devido ao atraso, meu consorte fora dispensado. Engulo em seco. *Não pude nem ao menos me despedir do meu irmão.* Queria tanto seu abraço e palavras serenas. Só ele para me acalmar em momentos difíceis. *Como esse...*

— Rápido! Todos os hookers já foram para a suas baias! — solta o guia, nervoso.

Paraliso por um segundo em frente ao espelho para colocar a última peça que faltava: o elmo. Encaro o deslumbrante Kabut púrpura com frisos prateados que me cobre inteira. O que usei na primeira prova pareceria uma lata velha perto deste.

Cerro os dentes. Nada aqui faz sentido, absolutamente nada.

Por que Ron mandaria fazer algo tão lindo se sabia que me prenderia no final?

— Venha, sra. Blankenhein! — O guia pede com a voz trepidante e o rosto pálido enquanto checa a trava do elmo. Na certa, notou a nuvem escura sobre o meu semblante. — Saiba que muitos estão torcendo pela senhora, homens e mulheres, de todas as camadas da sociedade, mas... — Sua voz falha, parece ter dificuldade para engolir. — Mas também tem muita gente querendo a sua cabeça. Ouvi sussurros pelos cantos... Por favor, não deixe o elmo cair.

— Não deixarei.

— A Silver... — murmura ele com a expressão taciturna.

— O que tem ela? — Meu coração dá um disparo e a sensação ruim que vinha me rondando desde a véspera se aloja em minha nuca.

— Sua thunder está estranha, parece apática — diz num engasgo ao me conduzir pelo claustrofóbico corredor. O lugar estreito abafa os sons de fora, transformando a confusão de vozes num ruído de fundo constante. — Eu preferia quando ela me atacava, sabe? — confessa e, a poucos passos da baia, segura meu braço. — E-eu posso perder a cabeça por isso... — Ele saca um pedaço de papel de dentro do bolso de maneira afoita. Uma gota de suor escorre por sua testa. — Jogaram por debaixo da porta, mas quando a abri não havia ninguém. Não sei se estou agindo bem, eu não...

Arranco a mensagem das suas mãos. Ele arregala os olhos, incapaz de imaginar que uma colona rude como eu seja capaz de ler.

"Cuidado com o verde e o azul com frisos pretos."

Minha pulsação dá um pico, cambaleio.

Seriam as cores dos meus algozes? Alguém estava me ajudando ou era uma isca para eu morder?

— Existem três hookers com armaduras verdes, senhora — o guia se adianta. — Assim como a senhora, os demais cavaleiros também mudaram suas cores, menos Black Demon. Precisa ter cuidado. O hooker dele é implacável. Não é à toa que o demônio nunca mostrou sua face, dizem que é um enviado das trevas. Até a arena escurece quando ele está correndo. Por favor, não o deixe se aproximar — alerta de um jeito sinistro. A primeira sirene reverbera e faz o chão trepidar em resposta. Ao menos disfarça a tremedeira em minhas pernas. — Que a grande Lynian a proteja! — finaliza, abrindo a baia.

Silver surge à minha frente com a crina trançada, deslumbrante no *Kavoj* também púrpura cintilante. Ela não busca carinhos ou implica comigo. Apenas me encara – imóvel – com seus olhos vermelhos.

Insondáveis, pesarosos...

Meu coração encolhe dentro do peito, a aflição crescente.

Minha égua sempre teve a alma guerreira. Entrar no campo de batalha fazia parte da sua essência, do que ela amava fazer.

Então por que Silver estava assim?

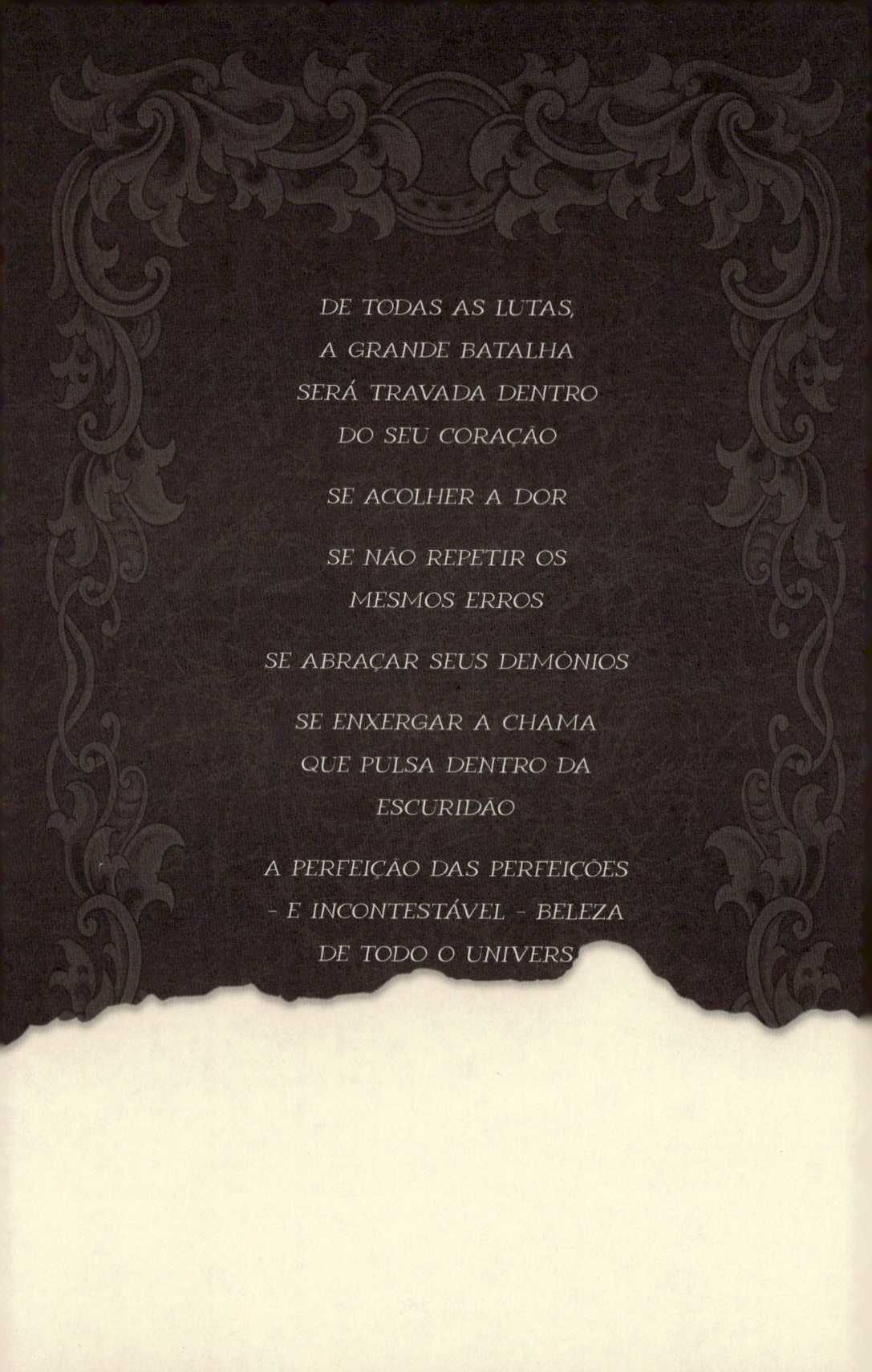

*DE TODAS AS LUTAS,
A GRANDE BATALHA
SERÁ TRAVADA DENTRO
DO SEU CORAÇÃO*

SE ACOLHER A DOR

*SE NÃO REPETIR OS
MESMOS ERROS*

SE ABRAÇAR SEUS DEMÔNIOS

*SE ENXERGAR A CHAMA
QUE PULSA DENTRO DA
ESCURIDÃO*

*A PERFEIÇÃO DAS PERFEIÇÕES
- E INCONTESTÁVEL - BELEZA
DE TODO O UNIVERS*

Capítulo 33

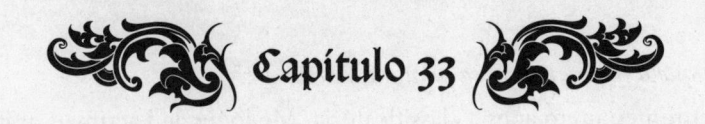

As apresentações são feitas como na etapa anterior, mas dessa vez não há números pintados nos Zavojs dos thunders. O público não é capaz de saber quem são os vinte concorrentes até que a primeira volta esteja completa e o locutor revele seus nomes e posições, o truque que faz parte do espetáculo que o Gênesis tanto adora. As cores e os modelos diferentes de Kabuts e *Kavojs* em relação à corrida anterior, no entanto, se tornaram um trunfo valioso, uma forma de enganar os adversários no momento mais crítico da prova: a largada. Todos sabem que é preciso sobreviver até a primeira volta estar completa, quando a corrida começa para valer.

A sirene reverbera. Seguro o ar.

Minha baia abre e saímos galopando pela pista ao lado dos demais animais. Finalmente posso assistir ao esplendor que me fora furtado da vez passada, em minha estreia atabalhoada. A plateia vai ao delírio, de pé, aplaudindo com efusão a passagem dos vinte animais mais poderosos de Unyan, dos milagres com quatro patas que ainda resistem neste mundo em vias de extinção.

"Os cavalos são o grande milagre. A única certeza de que ainda não fomos abandonados de vez pelos deuses, que poderemos ter um futuro melhor", a fala de mamãe atropela meus pensamentos acelerados.

Futuro...

Engulo forte, mas não há saliva em minha boca.

O que o futuro reservava para mim desta vez?

Perdi meu útero após a classificatória. Me livrei de Lacrima Lunii e me casei após a primeira prova.

Estaria morta ou vingada ao término desta corrida?

Escuto os gritos efusivos da torcida e meu corpo se arrepia. De início, vozes masculinas chamam por Black Demon, deixando claro por quem torcerão no massacre prestes a acontecer. Cavalo e cavaleiro são assustadoramente lindos e me fascinam em seu trotar de cabeça erguida, majestosos, os deuses de Unyan. Sem me deixar abalar, procuro pelo brasão do jatobá no camarote dos Blankenhein, queria ver a reação do cretino ao descobrir que consegui fugir, que estou aqui, mas sou arrancada dessa busca quando vozes estridentes sobrepujam o bradar masculino.

Não é possível! São berros de mulheres?!?

Deparo-me com rostos emocionados de várias idades e, para meu espanto, femininos. Mulheres que, de alguma forma que não imagino como, convenceram seus maridos a trazê-las aqui. Elas aplaudem, sorriem, chamam por Silver e depois por mim. Para meu mais absoluto atordoamento, vários homens berram meu nome também, como se esperassem mais de mim, aquilo que nem eu imagino o que seja.

Algo dolorido se retorce em meu peito.

Eles contavam comigo?

Isso me arranca o ar. De assalto, o rosto da sra. Alice, dona Cecelia, Verona, Margot, Aleza e todas elas me vêm à mente quando as duas feras digladiam ferozmente dentro de mim. Enquanto uma delas implora para eu realizar a corrida que fará a diferença e nos dará voz, para eu esquecer essa ideia de vingança, afirmando que fazer justiça dessa forma era me tornar um monstro igual aos meus algozes, a outra, no entanto, é irredutível e inclemente, relembra-me o que eles fizeram comigo e continuam a fazer com elas, e sem compaixão mostra os pescoços degolados das garotas e as almas destruídas de suas famílias, ordena-me a ir adiante com o plano para acabar com a raça dos malditos estupradores, afirma que essa era a única forma de colocar um fim na carnificina.

O que eu faço, Silver?

Mas Silver permanece estranha durante a volta de apresentação, como se captasse a dúvida dentro de mim, como se tivesse perdido a fé, deixando-me ainda mais desnorteada dentro da minha própria batalha. Alcançamos a linha de largada e, zonza com tudo, só agora meus olhos rastreiam os demais competidores.

"Cuidado com o verde e o azul com frisos pretos", dizia o bilhete.

Black Demon — sempre de negro — tem a melhor posição por ser o grande campeão, duas baias à minha esquerda. Procuro pelos três hookers de Kabuts verdes e o azul com listras negras. Eles estão espalhados pelas demais raias, mas, em meio à confusão da largada, sei que mudarão rapidamente de posições, que tudo pode acontecer.

O locutor faz mais um pronunciamento repleto de palavras difíceis. Não escuto nada a não ser os ecos do meu coração esmurrando o Kabut. A energia no ar é pesada, a expectativa massacrando os nervos dos frágeis.

Mas aqui não existe isso. Somos os mais fortes de Unyan.

Os cavalos relincham alto, seus cavaleiros bradam gritos de guerra. A fita de largada, dourada e reluzente, faz sua escalada para o alto exatamente como da vez anterior. A Sterwingen-guia se afasta. O locutor exige silêncio.

— Iniciando a contagem! — anuncia a voz no megafone. — Três. Dois...

Num estranho magnetismo, giro o rosto no mesmo momento em que o cavaleiro negro se vira na minha direção e meneia a cabeça de um jeito tão... *familiar?!?* Tudo ocorre num ínfimo instante, mas sou lambida por um calafrio dolorido, uma energia tão pungente quanto visceral trespassa todas as minhas células. *Eu o conhecia?*

— Um.

Silver permanece numa apatia preocupante, como se estivesse dopada ou em algum tipo de transe. Não relincha, não bufa, não faz nada. Enquanto isso minha pulsação acelera ao ponto máximo. Batidas frenéticas de expectativa e vingança, expectativa e vingança, expectativa e vingança marcam o descompasso do meu coração.

O ar paralisa. O mundo fica mudo. O silêncio sepulcral envelopa tudo. Até o terremoto acontecer!

Boom!

O tiro explode ao mesmo tempo que a multidão ganha força e, como uma massa de voz e de energia, lança seu tufão de berros sobre nós e catapulta os vinte animais mais velozes do planeta para dentro da arena de gladiadores montados.

Mas, em meio à confusão da largada, antes mesmo que Silver ganhe aceleração...

Uma trombada violenta nos acerta pela esquerda!

— Cai! — vocifera um hooker quando meu corpo é lançado bruscamente para o lado. Seguro-me, mas, antes que eu consiga me recompor, Silver é atingida por outra pancada, agora vinda da direita.

— Morre! — grita outro cavaleiro socando a cabeça de Silver.

— Vai se ferrar! — Novo golpe por trás.

— Cai logo, mulher! — torna a atacar o primeiro.

São xingamentos atrás de xingamentos, pancadas atrás de pancadas.

— Corre, Silver! — ordeno, sem ter como me defender das bordoadas por todos os lados, mas, para minha frustração, Silver aceita as agressões resignadamente. — Corre! — comando uma vez mais, mas é em vão.

Minha égua não reage ou acelera.

Os golpes continuam, calculados e impiedosos. Estamos cercadas e, com a apatia da minha thunder, sinto-me sem asas, incapaz de escapulir da armadilha montada, muito menos contra-atacar. Avanço como posso, agarrada com unhas e dentes não à sela, mas ao meu orgulho, mal conseguindo enxergar a pista, aprisionada na teia de covardia e poeira. Em meio ao borrão de imagens, à confusão de cavalos que nos atacam sem parar, Zavojs se chocando com estrondo, bufadas, ganidos e palavrões, capto a cacofonia de sons vinda da plateia, um misto de murmurinhos e risadas me atinge a face num tapa feroz, quiçá mais violento que todos os socos juntos.

Então me dou conta do que Silver já havia pressentido desde o início, o porquê dos demais cavaleiros, inclusive Black Demon, não se importarem com a liderança da prova e permanecerem embolados ao meu redor, o motivo dos thunders não acelerarem para assumir a pista interna e garantir melhores posições.

Eu era o alvo!

A trapaça ia além do que eu podia imaginar. Eles já sabiam que era eu quem estava por baixo deste Kabut púrpura. Pior. Não eram apenas três assassinos sob disfarce de hookers com os quais eu deveria me preocupar.

Todos eles queriam me destruir. *Todos!*

A cada soco que dou, vários outros me acertam as costelas. Vejo minha fé se esvaindo. Seguro-me como posso quando sei em meu âmago que não tenho como lutar contra todos. *Covardia era moeda de troca!* Rio da minha ingenuidade. Tolamente pensei que aqui nessa arena eu teria o mesmo peso que eles, que lutaríamos de igual para igual, que venceria o melhor.

A verdade cruel amarga em minha boca...

Num mundo onde homens ditam as regras, o que poderia esperar uma mulher que ia contra elas?

— Vai, Beta! Por favor! — imploro e finalmente Silver aumenta o ritmo, apesar de poder correr muito mais.

No instante em que começamos a descolar, os cavaleiros atacam com força redobrada, aumentam a velocidade também. Um hooker de Kabut vinho me acerta uma cotovelada violenta, a armadura pontiaguda afundando com tudo em meu crânio.

— Argh! — A dor é tão lancinante que minha visão turva e todo o lado esquerdo do meu corpo fica paralisado. Agarro-me à vida com a mão direita quando perna e braço esquerdos não respondem aos meus comandos, meus dedos ardem pelo esforço sobre-humano, um suor gelado escorre pela palma da minha mão como um mau presságio, vou com a testa no dorso de Silver. Sou capaz de sentir as batidas do coração dela acelerarem, mas minha thunder não quer entrar na batalha comigo.

Ela me abandonou.

Engulo em seco diante da verdade escancarada, o que teria acontecido se não fosse pelo elmo... Não foi um ataque como os anteriores.

Aquele hooker queria me matar!

Com o lado esquerdo dentro de um formigamento terrível, capto o arfar de satisfação do cavaleiro de Kabut vinho, do prazer de ser o homem que liquidaria a "intrusa" entre eles. Travo os dentes, determinada a nunca mais ser jogada no chão por homem algum, e, ciente de que meu corpo permanece sem condições de reagir, seguro-me como posso enquanto aguardo um golpe ainda mais violento que o anterior. Sinto sua presença se aproximando e então...

Um uivo furioso. Forço a visão e, em meio às imagens fragmentadas, vejo o Zavoj vinho em uma luta corpo a corpo com o temido Black Demon, que o encurralara pela esquerda. O cavaleiro negro joga seu animal para cima do adversário, que revida com um golpe violento, armaduras contra armaduras gerando sons que me fazem estremecer.

Perco o ar. Nada faz sentido.

Black Demon tinha vindo em minha ajuda?!?

— Primeira volta completa! — anuncia o locutor pelo megafone. — Os animais ainda estão embolados, mas os dois grupos já se separaram. Ashes, Black Demon e Firebolt lutam pela primeira posição, cabeça a cabeça. Silver Moon vem logo atrás do trio e é seguida de pertíssimo por Nightmare e Shark. A diferença entre os seis primeiros competidores é mínima. Há muito tempo não víamos uma largada tão emocionante!

Quarto lugar é o que o locutor afirmou.

Encurralada por todos os lados é o que me vem à mente.

— Vamos lá, garota — peço em seu ouvido quando começo a recobrar a visão e os movimentos do lado esquerdo.

E, de repente...

Um berro de dor e outro de cólera extrema!

Silver bufa alto, remexe a cabeça no cacoete apavorante que sempre antecede o pior. Ao menos saiu da apatia, penso de início, mas congelo quando a onda de frio glacial lambe meu corpo de cima a baixo.

Não. Não. Não pode ser!

Horrorizada, perco o controle das rédeas ao testemunhar a grande farsa e compreender outra sinistra verdade, o porquê da sua hegemonia absoluta.

Assisto ao hooker de Ashes, aquele que tentara acabar comigo, levar uma das mãos ao pescoço e sangue espirrar pelo seu Kabut vinho antes de ele perder o controle do thunder e desmoronar na pista. O golpe é veloz, mais rápido que uma pulsação, mas eu o enxergo com clareza impressionante, *como se meu instinto pressentisse que aconteceria.*

Em choque, vejo o brilho da lâmina retrátil, que é projetada como um raio para fora e, depois de perfurar o adversário, retornar com a mesma incrível velocidade para seu anonimato no antebraço do Kabut preto. O golpe é calculado, camuflado pela briga, em uma manobra tão cruel quanto sinistramente sincronizada aos movimentos.

Aquilo estava errado. Muito errado.

Black Demon jogava sujo!

Sem o dono, Ashes corre a esmo pela pista. Silver tropeça, mas consegue desviar bem na hora H. O cavaleiro negro gira o rosto na minha direção, para mim.

Ele sabe que eu sei. *Que eu vi.*

Em meio à corrida insana – por entre as estreitas aberturas dos elmos –, nossos olhares se prendem por um breve e perturbador momento e, ainda que não consiga enxergar seus olhos, sinto-me mergulhar na escuridão.

O cavaleiro de Black Demon povoava as brumas dos meus pesadelos?

Ele era um dos que me violentaram?

O hooker sinistro diminui a distância, como se estivesse saboreando o horror em minha face, estudando-me. Forço e forço, mas continuo correndo de maneira mecânica, atônita, vendo tudo através de uma névoa escura e intransponível. Ele se aproxima rápida e perigosamente, faz um movimento com o braço, prepara a lâmina mortal e avança. Jogo o corpo para o lado no mesmo instante em que um thunder tromba em Silver pela direita. O locutor narra tudo com euforia. Diz que o animal que emparelha conosco agora é Nightmare.

Giro o corpo para reagir, e de novo o impensável acontece.

Meu ataque estanca no ar ao dar de cara com o olhar assassino. *Não é possível! Ele era um dos estupradores também?*

Encaro o Kabut. Dourado?!?

Então… O bilhete era falso?

Uma, duas, três traves surgem no caminho, dando-me tempo para trazer meu foco de volta.

Não importa a cor! Não posso deixar passar a oportunidade!

Mas, assim que os obstáculos se vão, o inesperado acontece: Shark passa por nós como um relâmpago e, ao verem que ficaram para trás e que não sou mais uma ameaça, os hookers de Black Demon e Nigthmare disparam em direção ao cavaleiro escarlate.

Um thunder amarelo com frisos marrons, Death, segundo anuncia o locutor, surge ao meu lado. Acelero tudo o que posso, mas Death me segue como uma sombra. Alcançamos Shark, que, pelo visto, tinha sido sobrepujado por Black Demon e Nightmare. Silver ultrapassa Shark por dentro da pista enquanto Death o faz por fora, mas não é tão fácil como parece, porque o cavaleiro vermelho impõe pressão em seu thunder, fazendo os três animais correrem emparelhados, cabeça a cabeça. De canto de olho, vejo o hooker amarelo acertar vários golpes no adversário, mas o hooker de Shark tem uma resistência extraordinária e mal se abala. Então Death acelera forte e o fecha pela frente, aproximando-se de mim e espremendo Shark contra Silver na parte interna da pista.

O plano é óbvio: fazer os animais se atacarem e com isso eliminar dois adversários com uma única tacada!

Mas o hooker de amarelo vai além. Ao ver que Shark ficou meio corpo atrás, fecha o ângulo, instiga Death a cravar os dentes em Silver. Espremido entre os dois animais, Shark também lança mordidas para ambos os lados. O locutor brada. A plateia fica ensandecida com a loucura em andamento. Três animais se digladiando entre si perigosamente próximos da linha delimitadora. Os sons me atropelam, entro em pânico ao ver a crina prateada se embolar nos dentes de Death e ser puxada, em assistir à agonia de Silver. Lanço cotoveladas e socos, tento libertá-la a qualquer custo, mas minha posição é péssima e meus golpes saem fracos. Em meio à luta montada, o hooker de Death agarra meu braço e desata a me puxar para fora da sela.

Se eu tentar me afastar, Silver terá sua crina arrancada a sangue frio; se eu não resistir, serei lançada ao chão.

Um ganido de ira animalesco. A respiração de Silver retorna ao normal, Death se afasta repentinamente e seu cavaleiro me larga quando o próprio corpo é levantado no ar pelo hooker de Shark espremido entre nós. Fico abobalhada com tamanha força e equilíbrio e, principalmente, pela atitude impensável. O hooker de Death urra, tenta revidar, mas seus golpes apenas acertam o ar antes que ele seja lançado ao chão com estrépito. Consigo me desviar, mas não a ponto de me defender da trombada com o cavaleiro escarlate, que, em sua onda de fúria, resolve dar o bote em nós também, lançando seu thunder para cima de Silver. Shark é forte e vai fechando nosso trajeto. Guiado pelo hooker, ele dá outra pancada, e mais outra, cada uma mais violenta que a anterior. Quer nos jogar para fora da linha demarcatória e da corrida.

Busco forças dentro de mim para contra-atacar, mas sou eu quem por pouco não vai de boca ao chão de vez, razão e traumas duelando em minha mente levada ao extremo quando, numa fração de segundo, nossos olhares se encontram.

Eu também o vi em meus pesadelos?
Conhecia esse olhar como conhecia os anteriores?

Cerro os dentes, sem querer aceitar que o dano tinha sido mais profundo do que eu imaginava, que entrar nessa pista tinha sido um erro estúpido, que eu via os olhos dos estupradores em todos os lugares, em todos eles...

Ah, não! Eu estava entrando em outro delírio!

O hooker vermelho tromba seu thunder em nós, agora com potência redobrada. Tento acelerar, mas Shark não dá trégua. Ele mantém meio corpo à frente e faz um percurso fechado, imprensando o musculoso animal para cima de Silver, quer nos jogar para fora da pista a qualquer custo. Forço e forço, mas é em vão.

Sem conseguir conter o tremor que me invade, escuto a advertência do locutor no megafone quando as duas patas de Silver tocam a linha amarela. *Se as quatro patas a ultrapassarem, acabou!* Dentro do meu pesadelo particular, vejo a mão escarlate se aproximar com o punho fechado, pronta para o golpe final.

— Merdaaa! — xingo alto e, com o que restou dos meus reflexos, puxo as rédeas com violência, desacelerando abruptamente e saindo da mira de Shark. Seu hooker se assusta com nossa manobra inesperada. Minha thunder patina feio na pista, nervosa e em busca de equilíbrio. — Silver, não! — Meus instintos me fazem jogar o corpo para o lado quando outra sombra surge sobre nós.

Argh! Ardência se alastra pelo meu pescoço. *Uma faca?!?*

Por um milagre, o ataque inescrupuloso passara de raspão. Preparo-me para contra-atacar, mas um olhar envolto em superioridade dentro de uma armadura verde cintilante é tudo que surge em minha visão fragmentada.

Eu também o conhecia? Ah, não! Não. Não. Não!

Seguro a onda de tontura, ciente do delírio em ascensão, certa de que, assim como minha égua, eu estou sucumbindo. Chacoalho a cabeça, imploro para a realidade voltar para mim em meio às imagens que me nublam a visão. O vento uiva alto, toma proporções assustadoras. Novos berros e xingamentos me atropelam, zunidos de metais apunhalam meus ouvidos. Capto o locutor bradando que enlouquecemos na pista, mulher e égua, que corridas de cavalos não eram para seres de nervos fracos. Assisto aos lampejos de lucidez embrenhando-se na escuridão, a razão abandonando definitivamente o corpo que as carrega.

A verdade é insuportável: estou enlouquecendo, perdida em minha própria batalha.

Assim como minha mãe...

Vejo morte, queda e olhos assassinos por todos os lados, e, em meu martírio e derrocada, compreendo o que todos tentaram me alertar: essa luta estava além das minhas forças porque havia maldade e falcatrua, porque eles jamais aceitariam que uma mulher os afrontasse em seu próprio jogo. Aceitar isso seria admitir que somos muito mais do que nos permitem ser.

O mundo continua a girar num ciclone infernal, presencio minhas esperanças se transformarem em pó e serem levadas para longe pelo vento e pelos cascos. Berros me desestabilizam. Não sei mais se vêm de fora ou se estão dentro da minha cabeça.

— Morra, vadia!

Argh! Curvo-me para a frente, mas não pela fisgada inesperada. É por causa da voz que reconheço e das palavras que assombraram toda uma existência.

Levo uma das mãos ao local da ardência e lá está, o líquido quente e viscoso que me é tão familiar... Fecho os olhos com força, sem saber se devo obedecer ou lutar contra a coisa faminta, sombria e descontrolada que cresce em meu âmago. Vejo o mundo com outros olhos. Vejo lugares em que nunca estive. Vejo oceanos calmos e horizontes infinitos. Vejo sóis brotarem das minhas mãos. Vejo rostos lindos e a outra face deles, *tão... horrível*. Escuto os berros de dor e de horror, os pedidos por socorro que nunca são atendidos. São tantos. De novo e de novo. *Eram meus?!?*

Reabro os olhos. Lágrimas vermelhas espalham-se pela crina prateada e escorrem pelo Zavoj púrpura.

Meu sangue...

Silver estremece abaixo de mim e, pela conexão, sei que sofre ao visualizar o sangue escorrer pelas feridas do meu corpo, assim como sinto seus olhos guerreiros finalmente despertarem e sua energia selvagem se expandir como uma estrela que acaba de nascer, unindo-se à minha em uma explosão cósmica, primal e mais implacável do que nunca, tão...

Poderosa. Irrefreável. Inexplicável.

Poderia jurar que somos apenas um corpo agora. Uma força do universo.

A força do universo.

Enlouqueci de vez? Pouco importa. O mundo ainda trepida, mas, por mais incrível que pareça, encontra seus eixos, os sons tornam a fazer sentido. O locutor avisa que faltam quatro voltas, que estamos na última colocação.

Um sorriso febril, vingativo, irrompe de dentro das minhas entranhas.

Era mais que o suficiente!

Capítulo 34

Deito-me sobre o dorso de Silver, a aerodinâmica perfeita, um único corpo voando pela pista, o espetáculo que Unyan desejava assistir. Avançamos como uma bola de fogo incandescente e vamos deixando tudo para trás: traves, hipocrisia, poças e, inclusive, a mais implacável de todas as forças: *o tempo*.

— Três voltas para o fim! — avisa o locutor, e a multidão vai à loucura ao perceber a aproximação do asteroide púrpura dos demais animais.

— Aquele, Silver! É o Jet! — digo ao visualizar o Kabut azul com listras negras a quatro posições de onde estamos.

Passamos por dois adversários como se nada fossem. O cavaleiro que está logo atrás do nosso alvo tenta nos impedir. Silver o atropela na pista. O hooker idiota ainda tenta se segurar, mas não consegue e vai ao chão. A plateia vibra. Está fora.

— Rápido, garota! — comando, com fúria galopante.

Quem nos conduz são as rédeas da loucura e, no entanto, nunca me senti tão bem, tão mortal, tão... *viva!*

— Silver Moon se aproxima de Smoke com velocidade assustadora! — comunica o locutor, de maneira eufórica.

Smoke...

Jet gira a cabeça para trás. *Seria capaz de captar o chamado da mensageira da morte? Conseguiria prever que esses seriam seus últimos minutos?*

Avanço ainda mais.

Um borrão surge ao longe e uma ideia floresce em minha mente acelerada. Jet tenta me fechar. Tarde demais. Já estou ao seu lado.

O cretino não é capaz de ver, mas minha expressão perturbada deve deixar claro que meus dentes estão expostos, um sorriso a rasgar meu rosto ao meio. Fecho o cerco, jogando Silver de um lado para o outro à sua frente. Jet xinga, tenta escapar da nossa armadilha, mas é inútil, não tem o talento necessário para se livrar da teia que eu e minha thunder estamos tecendo. O imbecil cairá nela como o verme desprezível que é. Deixo-o forçar seu animal sobre nós, finjo que estou cedendo aos seus ataques, estimulo-o a esquecer o mundo, quero que sua ira o cegue e o faça focar apenas em mim, na certeza vã de poder e de superioridade que um estuprador acredita possuir quando se compara às suas vítimas.

Mas não ao que ele me transformou!

Porque esse crápula e seus comparsas destruíram a garota que havia em mim e esculpiram a criatura que os aniquilaria, tão monstruosa quanto todos eles...

Em meio aos seus ataques e cólera desenfreada, puxo as rédeas de Silver num rompante. *Tudo acontece exatamente como planejei!* Posso captar os olhos do idiota se arregalarem, compreenderem o erro fatal antes mesmo de virar o rosto. Em seguida, o dano está feito: cavalo e cavaleiro se chocam com violência contra a mais espessa das traves de metal e seu corpo afunda por baixo de Smoke quando ambos vão ao chão com a força do choque. Escuto o berro de dor excruciante.

Não sinto pena. Não sinto nada.

Sou um bloco de gelo. Fria. Insensível.

Pego impulso e salto por sobre a trave, por sobre os dois. Em meu voo vejo, numa fração de segundo, que o castigo não podia ter sido mais preciso. A arma que sabotava a corrida e não tinha permissão de estar na disputa, aquela que havia cortado minha panturrilha, agora dilacera sua própria carne. Há sangue espirrado para todos os lados.

O desgraçado tinha provado do próprio veneno!

O locutor comunica que entramos na penúltima volta, que somos dezesseis na pista. Aperto o ritmo e deixo o décimo segundo e o décimo primeiro colocados comendo poeira. A multidão vai à loucura ao ver nossa aproximação alucinada do primeiro pelotão. Passo por outro deles como um gigante passa por uma formiga. Estou focada no que está logo à minha frente, no cavaleiro de Kabut verde reluzente, o bandido cuja arma havia, para seu azar, apenas resvalado e não transpassado o alvo desejado – *meu pescoço* –, outro que havia me violentado. Ele está por dentro da pista, então acelero por fora e, imprensando-o contra a faixa amarela, faço com ele exatamente o que Shark tentou fazer comigo. Ele me lança socos a esmo, nervoso demais para um hooker experiente.

Teria escutado os comentários ensandecidos do locutor sobre o anjo vingador que veio executar suas sentenças?

Porque era óbvio para todos que a vitória era o que menos me importava.

Eu queria a cabeça dos estupradores! Nada mais servia!

No momento em que estou prestes a acabar com a sua raça, o hooker se desequilibra, seu elmo se desloca e dou de cara com dois profundos olhos azuis arregalados. Meu soco estanca no ar.

Ele não era um deles!

Ainda que envenenada de ódio até a alma e com a cabeça rodando num ciclone de destruição, recuo. Loucura ou instinto, não sei dizer qual deles aguça meus reflexos de maneira impressionante. Nenhum detalhe me escapa. Detecto outro Kabut verde ao longe, logo atrás de Shark.

Ótimo! Verde e vermelho. Vou acabar com os dois cretinos em sequência!

— Rápido, Beta!

Vamos cruzando a pista a uma velocidade assombrosa, um cometa em chamas vindo não do céu, mas do inferno, a plateia gritando o nome de Silver de maneira ensandecida, fel escorrendo pelos meus lábios.

É sangue o que querem, não é?...

Inclino-me ainda mais e forço minha égua ao máximo. Dá certo. Silver imprime um ritmo alucinante. Os thunders que nos separam do nosso alvo se transformam em meros borrões, sombras que desaparecem num piscar de olhos.

Fire gira a cabeça para trás. Meu sorriso mortal se expande. A força predatória que me conduz está de volta. *Vim te buscar, desgraçado!*

Emparelho.

— Piranha maldita! — ele xinga alto.

Exatamente quem eu imaginava: Mathew!

— Agora, Silver! — comando.

Minha égua não hesita e avança sobre Fire. Mathew se descontrola, ordena seu thunder a reagir, mas o cavalo não responde de acordo e, perturbado, retrocede, seu instinto animal compreendendo aquilo que seu condutor não consegue admitir: que nossa superioridade sobra na pista, que somos sua derrota e humilhação, logo nós...

As únicas fêmeas na competição!

— Última volta! — brada o locutor. A arena inteira vibra, o chão treme, e unindo-se ao terremoto que nos atinge por todos os lados, tudo estremece: vida, momento, verdades.

— Acabou, canalha! — rosno e pressiono Fire ao extremo.

Mathew gane em desespero e, como o covarde que é, clama por socorro. Estremeço de satisfação ao presenciar seu descontrole.

Idiota! Ninguém o ajudaria, assim como ninguém me ajudou enquanto ele me rasgava por dentro.

O miserável tenta se defender dos meus ataques, mas não consegue, perde o equilíbrio e as rédeas de Fire, agarrando-se debilmente ao pescoço do animal, que, por sua vez, está tão perdido na pista quanto o dono. Estou pronta para acabar com sua raça quando, de repente...

Um golpe violento pelas costas. Meu corpo ricocheteia para a frente e para trás. Silver emite um barulho estranho. *Um aviso? Dor?* Volto a mim e compreendo o que acabara de acontecer: outro hooker veio em auxílio do comparsa! O covarde num Kabut azul aproveitara-se da briga que eu travava com Mathew para dar o bote. Minha ira entra em ebulição, mais febril do que nunca, enquanto as engrenagens do meu cérebro compreendem tudo:

Claro! Era ele o elemento-surpresa do qual Ron tinha medo! O quarto estuprador!

— Quinhentos metros! — berra o locutor.

Tenho que fazê-los pagar e tem que ser agora!

Sinto relâmpagos zunindo por meus ouvidos e um jorro de energia em meu cerne, cada uma das minhas células ricocheteando freneticamente em minhas veias. Silver é a extensão do meu corpo em chamas, pura luz e potência, e forçando por dentro abre passagem por entre Fire e o traiçoeiro thunder azul.

— Black Demon mantém a liderança seguido de perto por Nigthmare, mas a grande disputa acontece pelo sexto lugar entre Fire, Iron e Silver Moon, que está de volta ao páreo e comete a loucura de se espremer entre os dois no último instante. Pelos deuses! — vibra o locutor. *Iron! O maldito thunder azul era Iron!* O locutor continua: — Shark não suporta o ritmo alucinante, cai várias posições. Ele é ultrapassado por Brave e, em seguida, pelo trio Fire, Iron e Silver Moon embolados em uma disputa acirradíssima. Quinze animais na pista! Poucos metros para a prova acabar e, a continuar nesse ritmo, tudo pode acontecer!

A multidão vai ao delírio ao compreender a loucura em vias de acontecer. O locutor berra e berra, diz que a nossa corrida é insana e sem sentido, algo nunca visto nas pistas de Unyan. Mas não lhe dou ouvidos. Sou apenas fúria e confronto.

— Vai, Beta. Preciso saber quem é o desgraçado! — comando ao captar a sombra vermelha de Shark rondar nossas costas.

Merda! Seria ele mais um dos comparsas?

Os hookers de Fire e Iron forçam seus animais contra nós, querem nos esmagar, mas dessa vez não me deixo abalar. Fico propositalmente uma cabeça atrás, mantendo Silver entre eles. Dá certo. Seus thunders reclamam.

Mas Silver também.

Aguenta só mais um pouco, garota!

Mathew xinga, nervosíssimo. O hooker de Iron permanece em uma concentração perturbadora e, quando se joga em minha direção, desvio o corpo a tempo, mas nossos Zavojs se chocam e, por um mísero instante, vejo olhos tão...

Eu também o conhecia?!?

Perco o ar e a reação por um instante. Silver bufa, capta minha hesitação.

— Trezentos metros!

A névoa negra torna a se esgueirar pelas laterais dos olhos.

Ah, não! Agora não! Não posso permitir! Esses monstros têm que pagar!

— Duzentos metros!

Estou em uma batalha sem volta. Tudo aqui é falso. A trave se aproxima. A poça mais profunda também. Contrariando a lógica e qualquer senso de juízo, forço Silver ao extremo. Os animais pressentem o perigo e, refutando as ordens de seus hookers, abrem caminho diante da massa de músculos e poder incontestável daquela que é a dona das pistas.

Preparo o bote.

— Cem metros! — brame o locutor, com a voz delirante.

— Já sabe o que fazer, garota — comando ao ficar de pé na sela e liberar as rédeas. Aceno para ambos, desafiando-os a me alcançar, a me atacar, um metro e oitenta de pura petulância e insensatez.

Silver acelera ainda mais. A plateia entra no patamar da loucura.

São berros demais, um rugido ensurdecedor. Nada me abala. Estou blindada em minha bolha, dentro do momento mais decisivo da minha jornada desde que fora arremessada nessa vida de tormentos. Sinto a sombra de Shark crescer sobre nós e a tensão dos dois hookers diante de uma atitude tão impensável, tão... *suicida*.

Eles fecham o cerco, vêm para o ataque definitivo. *Perfeito!*

— Agora, Silver!

Dou o bote, agarrando os Kabuts de ambos pelos braços em uma manobra inesperada e intempestiva, atrelando-os entre si embolados junto ao meu corpo enquanto os seguro com todas as minhas forças.

E não solto.

Não os soltarei em hipótese alguma!

Então tudo acontece num piscar de olhos: Mathew me socando, sem equilíbrio e descontrolado por não conseguir se libertar da minha fúria desenfreada, algo reluzente rasgando o ar, um ganido gutural de pavor, Shark trombando em nós e em Iron, Silver estremecendo de repente, suas patas afundando de forma estranha na água, o hooker de Iron libertando-se da minha pegada no último instante, a trave surgindo como um paredão à nossa frente.

Conto os tempos mentalmente como Oliver ensinara, espero o máximo que posso e então, quando não há espaço para mais nada a não ser saltarmos, empurro Mathew abruptamente. Em meu voo, ainda plainando no ar, escuto o baque alto e o grito de dor antes de assistir ao corpo do cretino cair retorcido na pista, seu *fogo* covarde apagado para sempre. Mas Iron e Shark conseguem saltar a trave em cima da hora. Assim que seus cascos tocam o chão, eu os vejo se afastar e passar pela linha de chegada.

Então o inimaginável acontece: Silver para de correr.

E choraminga.

A multidão desata a berrar enlouquecidamente.

— O que houve, garota?!? — indago, aflita, o coração esmurrando o peito ao vê-la caminhar de maneira desgovernada pela pista.

Olho para baixo, checo suas patas, estão em bom estado. Faltam pouquíssimos metros para cruzarmos a linha de chegada e, no entanto, parecem quilômetros. *O que está acontecendo?*

— Morre! — Um hooker soca a cabeça de Silver e me xinga ao passar por nós.

Outro deles também a golpeia em sua passagem acelerada.

E mais um...

— Não!!! — Urro em desespero e a abraço, tentando proteger seu corpo com o meu.

Não posso ir ao chão para conduzi-la. Seria desclassificada se o fizesse. Outro thunder passa. Xingamentos. Risadas cruéis. Silver ziguezagueia pela pista, o corpo apavorantemente frouxo. Abraço-a ainda mais, imploro em seu ouvido para não desistir. Ela mexe as orelhas, faz força colossal para dar apenas algumas passadas, para suportar meu peso. Suas pernas tremem, os cascos se arrastam. Outro animal passa por nós.

Em que lugar estamos? Fomos desclassificadas?

E, de repente, isso não tem a menor importância. Nenhuma importância.

Giro o rosto para a plateia, desorientada, sem saber o que procuro, e me deparo com bocas arreganhadas, rostos deformados, expressões horrorizadas. Elas são a resposta terrível, a prova de que é ainda mais sério do que minha intuição afirmava.

Elas confirmam a perda irreparável.

Nuvens negras invadem o céu num átimo de segundo, encobrem tudo: o dia, minhas chagas, minhas certezas.

Há escuridão apenas. Novamente ela. Sempre ela.

A mortalha do silêncio é tão asfixiante quanto um punhal cravado na garganta. Mãos invisíveis tecem furiosamente sua colcha de relâmpagos, perfuram minha face, rasgam tudo. Raios e mais raios explodem por todos os lados.

De nada adianta. Escuridão avança por meus poros.

É um pesadelo. Outro pesadelo. Precisa ser.

Nada faz sentido, nada mais interessa. Vejo o mundo e minhas falsas convicções se estilhaçarem em milhares de fragmentos de dor e derrota diante dos meus olhos.

Finitude. Perda. Morte.

A vida se esvai...

Tento contê-la a todo custo, mas é em vão. Ela é drenada de mim num rio caudaloso e feroz. Tudo perde o foco porque o calor úmido que conheço como a palma das minhas próprias mãos é o selo de partida e, indomável – invencível –, escorre pelos meus dedos e me dilacera a carne, sua lâmina fria, afiadíssima, a punição por ousar enfrentá-los em seu próprio jogo.

Vermelho...

A cor maldita é o brasão de uma trajetória condenada desde o início; o sangue em abundância que sai do pescoço inocente, a coroação do nada, do que causei à única que me amou cegamente para entrar nessa batalha perdida comigo...

— Silver, não. Não. NÃOOO!!!!!!! — O horror desintegra minha voz e, sem saber se eu já havia ultrapassado a linha de chegada ou não, pouco me importando com esse torneio miserável, sem imaginar como consigo respirar em meio à onda sufocante de pânico, pulo da sela.

Assim que o faço, minha thunder tomba ao meu lado. Arranco seu elmo de forma atabalhoada e me deparo com o que meus dedos já haviam me confessado, mas que meu espírito se negava a acreditar: a profunda perfuração em seu pescoço.

Bando de assassinos!

Minhas forças se vão e o mundo não apenas escurece.

Ele se desmancha.

O choque a me conduzir de volta para o inferno, o lugar de trevas e de flagelo de onde eu nunca devia ter saído, o preço a pagar por eu ter sobrevivido e levado meu desejo por justiça até suas últimas consequências, até *aqui*...

— Não! Não me abandone! SILVERRR!!!!!!

A dor é insuportável. O sangue de Silver me asfixia, me aniquila. Mas, rasgando com os dentes a voz aprisionada no peito, meu grito em forma de ganido sai com estrondo pavoroso, o bramir de mil condenados sendo cruelmente torturados, o que restou da minha energia rachando, quebrando, esfacelando tudo ao redor.

Há apenas trincas. Sou somente trincas.

Berros. Terremoto. Mais escuridão.

O fogo é impiedoso. As lágrimas secam antes mesmo de serem liberadas. A erupção de dor e de ira me queima, me sufoca, me destrói. De novo e de novo. Sou um oceano de chamas e ruínas.

— Beta, fica comigo! Por favor, por favor, por favor!!!

Ela me encara com seus olhos vermelhos, mas não se mexe, não faz nada. As pupilas dilatadas e a expressão distante confirmam que está partindo, me deixando...

Gotas geladas se espalham por minha pele. Muitas e muitas. Um tsunami delas. Uma forma de o céu abrandar o incêndio que me devasta.

É em vão.

O caminho se tornou um pântano de fogo e areia movediça. Começo a afundar, as forças drenadas antes de mim, para bem longe, o fundo do fundo, ao reconhecer o que se passa à minha frente. As labaredas desse incêndio arrasador já haviam desintegrado o melhor de mim e agora retornavam, ainda mais implacáveis, para finalizar o massacre. Entro em choque. Carbonizo.

Não havia armas para isso. Eu não tinha mais como lutar.

Era um olhar vazio. Olhar de despedida.

— Não. Não. NÃOOOOO!!!!!! — clamo aos prantos. Eu a estava perdendo para sempre, assim como perdera minha mãe e minha irmã. *Como agora perdia a razão para continuar...* — Ajudem Silver! — de joelhos, imploro aos brados, mas ninguém se aproxima. Ao contrário, capto oficiais do Gênesis sinalizando para os Bersands não entrarem na pista e virem em seu socorro... — Por favor! POR FAVORRRR!

Agarro-me a Silver com todas as minhas forças, o peito em espasmos incontroláveis, incapaz de conter a dor que se alastra pelo meu espírito, punhais em brasas rasgando tudo e cauterizando em seguida para, implacavelmente, tornar a rasgar, rasgar e rasgar.

— Não me deixe — sussurro em sua orelha, mãos e alma maculados com o sangue amado, afogando em meio às lágrimas do universo que inundam a pista e os cacos que restaram de mim. — Me desculpa, Beta. — Soluços me engasgam. — Eu te amo tanto. Eu te am...

A pulsação em seu pescoço desaparece sob meus dedos.

Silver fecha os olhos.

Ah, não!

Há tempestade violentíssima, relâmpagos e tumulto generalizado do lado de fora, no mundo que não me pertence mais. Bramidos de pavor. Tensão. Caos. Estou encharcada da cabeça aos pés, os sentidos esvaecendo em contrações violentas, derrotada dentro da minha própria batalha, dentro de mim mesma.

Tremores. Trovões. Tormento.

— Acabem logo com isso. A thunder está morta. Prendam a mulher! — Há inegável satisfação no comando bradado.

É a punhalada final. Vomito sangue.

Em meio aos borrões de imagens, capto o batalhão branco e dourado vindo em nossa direção, mas thunders entram em seus caminhos, atacam e relincham, selvagens demais, recusam-se a obedecer aos seus hookers, que, por sua vez, gritam e xingam, descontrolados.

"*A thunder está morta. Prendam a mulher.*"

Minha visão esvanece, mas, tão traiçoeira quanto a vida, dá-me a rasteira final ao focar no número gravado no painel, ao lado do nome de Silver: décimo primeiro lugar. Nem ao menos isso eu tinha dado às mulheres, o orgulho de poder dizer que uma de nós havia chegado à final do Twin Slam.

Um som histérico e confrontador sai galopando da minha garganta.

Enlouqueci de vez?

Gargalho alto. Furiosamente. O universo continua a sucumbir, sem oxigênio ou definição. Correria. Comoção generalizada. A névoa escura reaparece em meio ao pânico – sorrateira, traiçoeira –, lança seus tentáculos frios em todas as direções, embrenha-se pelas minhas chagas, mas, paradoxalmente, a membrana da realidade se desfaz diante dos meus olhos e tudo fica tão cristalino...

Novas ordens bradadas, com ferocidade agora. Os soldados se aproximam, mas recuam quando raios e mais raios caem com precisão assustadora ao redor de mim e de Silver, flechas divinas nos protegendo do ataque desse mundo hediondo. Atordoados, alguns apontam suas armas para mim, mas outros se jogam ao chão, de joelhos.

Incapaz de ser contida, a multidão chega ao patamar da loucura e, ainda assim, é tão insignificante, *tão nada* diante do que acontece dentro do meu peito.

Sim, lá está ela, *sempre ela*: a insidiosa névoa negra. *Fascinando-me, cercando-me...* Seus dedos frios e reconfortantes deslizam sobre minha pele em chamas, acariciam-me a carne num convite tentador. Seu sorriso de ônix cintila em meio às trevas da minha alma.

Venha para mim...

Uma parte dentro de mim parece feliz e aliviada com a ideia, enquanto a outra...

O que é você? Quem é você?, indago debilmente, num misto de horror e encantamento.

Pouco importa. Delírio ou não, por mais que a luz da vida tenha me abandonado e a noite tenha se apoderado da aurora do mundo, eu sabia o que a sedutora bruma negra queria, *o que sempre quis desde o começo...*

A tempestade piora, açoita minhas costas com força impressionante, mas o fogo que continua a me lamber por inteiro vem de dentro, do caminho a tomar e que sempre esteve dentro de mim.

Luz e escuridão.

Teria apenas que escolher...

Fogo. Ruínas. Dor.

Relâmpagos se alastram por minha pele.

O universo, o que restou do meu futuro e as pessoas bramem em agonia.

Chega!

Cerro os olhos, tapo os ouvidos. Mas a ópera dos horrores chega ao seu clímax, massacra-me a alma em notas cada vez mais ressoantes. Sinto dor e compaixão e pavor e fúria e mais um milhão de sentimentos que me assombram e me derrubam.

O dia vira a mais escura das noites.

— Nailah, NÃO!!! Fica comigo! — implora alguém, em desespero máximo.

Essa voz... Ela corria em meu socorro quando nenhuma outra foi capaz?

Meu pulso dá uma quicada violenta. Ainda que cambaleante, uma mínima fração dos meus sentidos desperta em meio ao caos que acontece dentro de mim e, liberando-se com os dentes das amarras da loucura e da desesperança, retornam à superfície com velocidade atordoante.

— NAILAH!!!!!!!!!!!!!

Essa voz...

Seria ela capaz de dar corda ao coração amaldiçoado que carrego no peito?

Arfo, emocionada, quando sua luz sutil me faz reviver dentro do sono da morte e me permite enxergar a beleza dentro do improvável: ela sempre esteve ali, nunca me abandonou.

Amor... Meu condenado amor...

Um frio terrível me racha os ossos. Sinto a energia sombria cada vez mais forte dentro e fora de mim, seu chamado hipnotizante, *definitivo*.

Venha para mim...

Abro um sorriso derrotado ao encarar o mundo que me envolve.

Choro muito. Gargalho ainda mais alto. Curvo-me aos seus pés.

— Salve Silver — imploro ao que restou afinal, à escuridão presente em todos os finais.

Se eu conseguir salvá-la, o que me dará em troca?

Enfim, chegávamos ao motivo de tudo. Desde o início.

— É a mim que você quer. É a mim que sempre quis.

Isso soa como música para os meus ouvidos.

— Eu vou com você.

É um caminho sem volta.

— Eu aceito.

Não existe beleza no curso que tomaremos.

— Não me importo. Apenas salve Silver.

Sem resposta.

— Por favor! — torno a implorar.

Silêncio.

— POR FAVOR!!!

A orquestra do nada é inclemente, cruel. Não suporto mais. Vou com a testa ao chão.

Eu, a ré sentenciada.

Eu, a súdita que ainda barganhava com a senhora da vida ou com o deus da morte.

— Salve Silver e eu lhe darei o que quiser — incapaz de escutar os clamores desesperados da minha intuição, incapaz de enxergar o erro abissal que eu cometia, faço a insana proposta, ingênua proposta...

Eu não estava selando apenas o meu destino.

O que eu quiser?... – finalmente indaga a voz da bruma, agora mais baixa que um sussurro.

— Sim. O que você quiser.

Aguardo por um momento interminável, e então...

Um clarão ofuscante! Uma explosão de proporções colossais!

Presencio o universo ser desintegrado de dentro para fora. Escuto gritos terríveis, gemidos e ranger de dentes. Vejo estrelas virarem pó e o mais lindo dos sóis ser apagado num mero piscar de olhos. Testemunho claridade sendo engolida por... *escuridão!*

Escuridão faminta... Há somente isso.

Escuridão engolindo escuridão.

Escuridão engolindo tudo, engolindo todos eles.

Condenados. Todos condenados.

Por minha causa?

— Sinto muito — balbucio, arruinada, ao ver a negritude infinita devorar a arena, e Unyan se abrir em feridas e sangrar como eu.

A hemorragia da última das civilizações...

Uma dívida a ser paga com o sangue inocente.

O fim.

Uma gargalhada estrondosa, primitiva, sela o término daquilo que não devia ter começado, do erro que eu carregava em minha carne e destino desde os primórdios, a maldição que – sem que eu pudesse imaginar – corria em meu próprio sangue.

Então, a voz da escuridão profere a mais terrível de todas as sentenças:

Que assim seja!

OH, ALMAS INOCENTES!

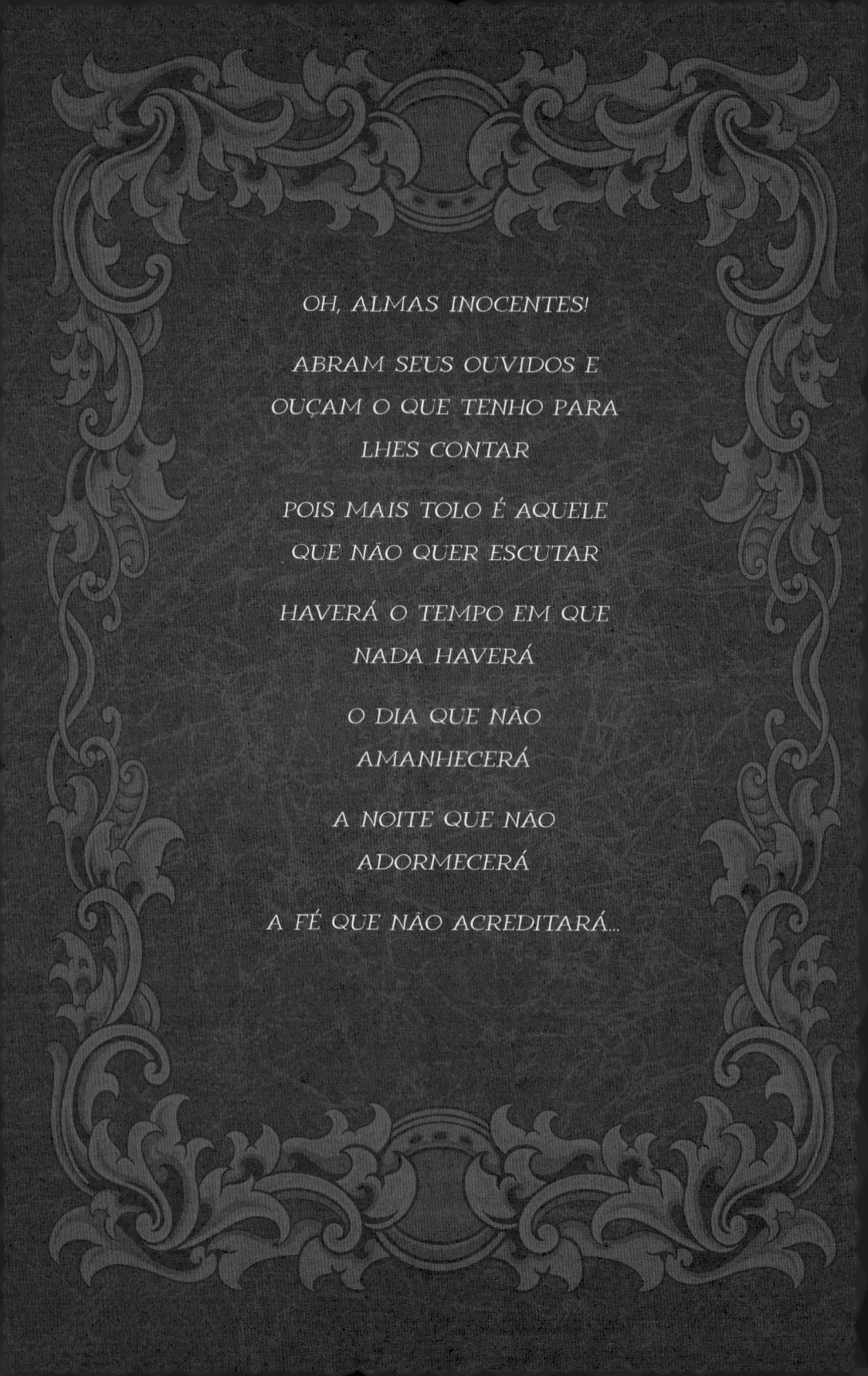

ABRAM SEUS OUVIDOS E OUÇAM O QUE TENHO PARA LHES CONTAR

POIS MAIS TOLO É AQUELE QUE NÃO QUER ESCUTAR

HAVERÁ O TEMPO EM QUE NADA HAVERÁ

O DIA QUE NÃO AMANHECERÁ

A NOITE QUE NÃO ADORMECERÁ

A FÉ QUE NÃO ACREDITARÁ...

ENTÃO VIRÁ AQUELA QUE TUDO PODE MUDAR

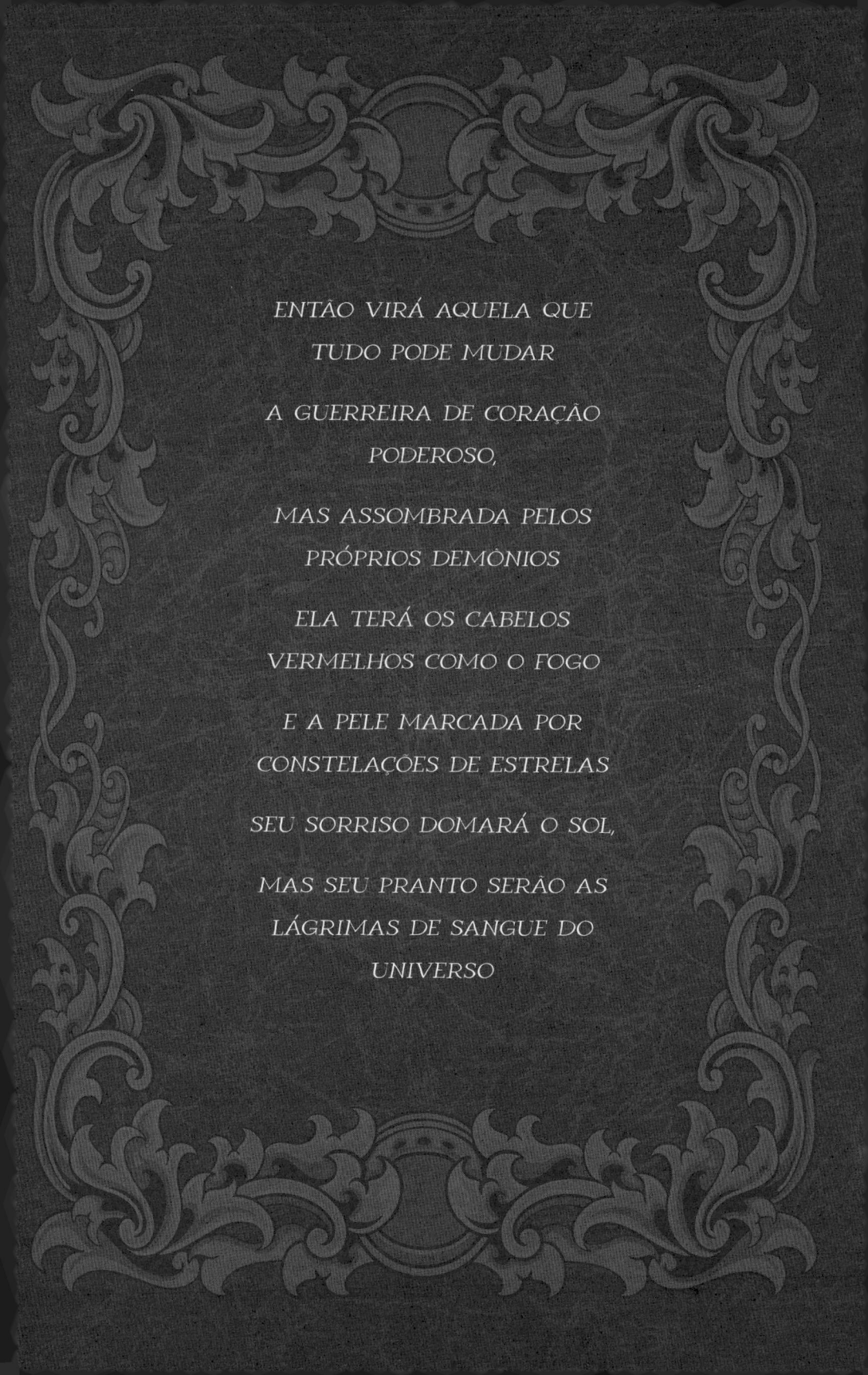

A GUERREIRA DE CORAÇÃO PODEROSO,

MAS ASSOMBRADA PELOS PRÓPRIOS DEMÔNIOS

ELA TERÁ OS CABELOS VERMELHOS COMO O FOGO

E A PELE MARCADA POR CONSTELAÇÕES DE ESTRELAS

SEU SORRISO DOMARÁ O SOL,

MAS SEU PRANTO SERÃO AS LÁGRIMAS DE SANGUE DO UNIVERSO

OH, ALMAS INOCENTES!

SE TÊM OUVIDOS, COMPREENDAM

SE TÊM OLHOS, ACREDITEM

SE TÊM BOCAS, PROCLAMEM:

TODO O MAL QUE A ELA FIZEREM A VÓS RETORNARÁ

NO VENTRE SECO REPOUSARÁ A SEMENTE DO AMANHÃ

A filha de Lynian ressurgirá entre o entardecer da vida e a aurora da morte

Aliada à força prateada, revelará o elo divino entre o céu e a terra

Ela esmagará as trevas com seus ganidos e fará da luz as suas rédeas

Abrirá o caminho, mas duvidará do próprio destino

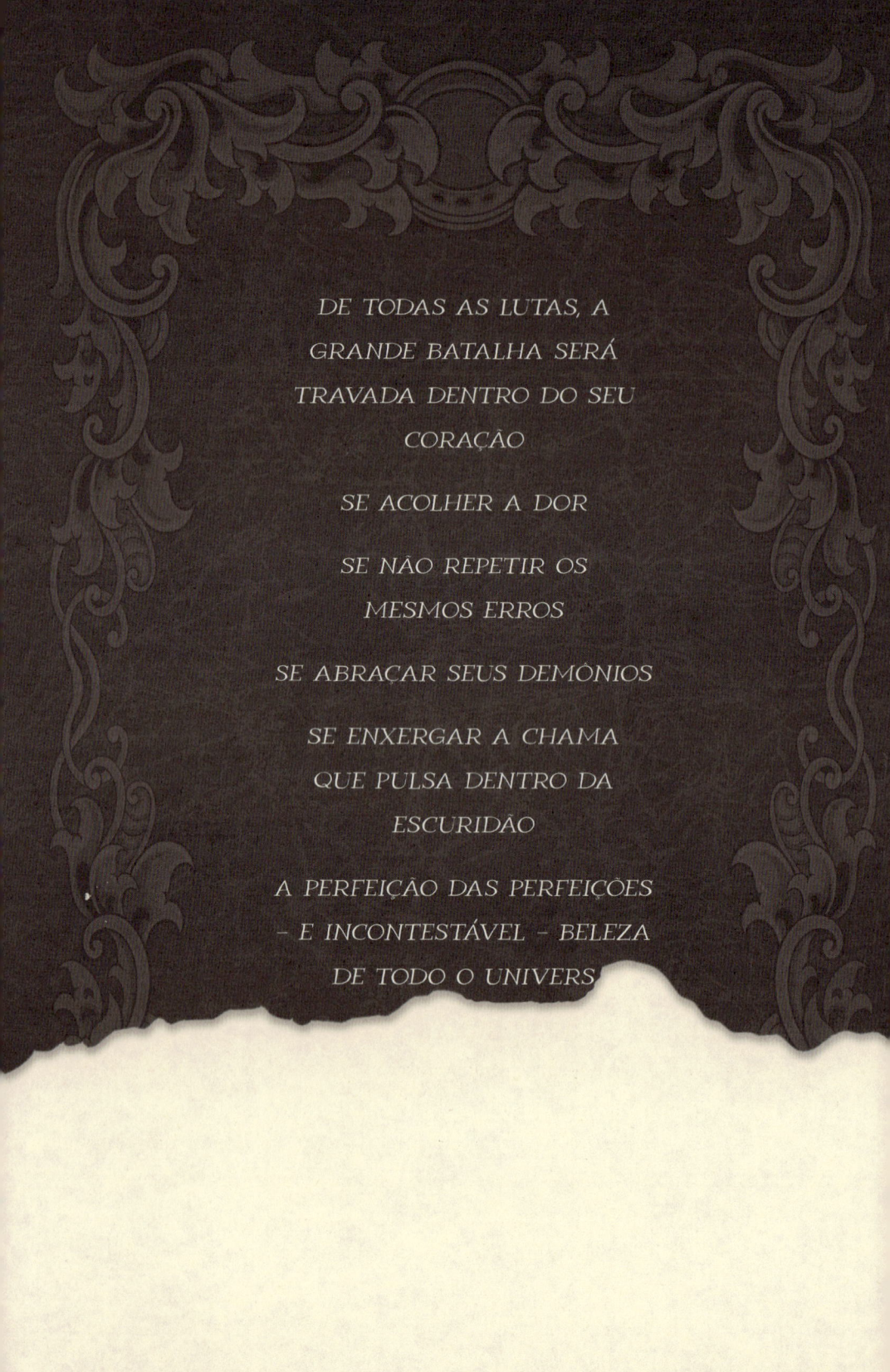

DE TODAS AS LUTAS, A
GRANDE BATALHA SERÁ
TRAVADA DENTRO DO SEU
CORAÇÃO

SE ACOLHER A DOR

SE NÃO REPETIR OS
MESMOS ERROS

SE ABRAÇAR SEUS DEMÔNIOS

SE ENXERGAR A CHAMA
QUE PULSA DENTRO DA
ESCURIDÃO

A PERFEIÇÃO DAS PERFEIÇÕES
— E INCONTESTÁVEL — BELEZA
DE TODO O UNIVERS

GLOSSÁRIO

Parte 1
MULHERES DE UNYAN

Branca – cor usada pela menina criança, mulher que ainda não teve o sangramento. É considerada pura para a sociedade de Unyan.

Amarela – cor usada pela mulher que sangrou nos últimos três anos e que, por estar no seu período mais fértil, é disputada pelos aristocratas de Unyan (ou seus *Prímeros,* conforme as normas estabelecidas pelo Gênesis). Essa cor confere à mulher o status de adulta.

Coral – cor usada pela mulher que sangrou, mas não recebeu lance de nenhum aristocrata nos três anos após seu sangramento, ficando apta pelos três anos seguintes a receber lance apenas do segundo escalão masculino, ou seja, dos colonos.

Vermelha – cor usada pela mulher nos três anos após seu casamento, enquanto tenta engravidar.

Verde – cor usada pela mulher casada que está grávida.

Azul – cor usada pela mulher casada que conseguiu gerar filho(a).

Roxo – cor usada pela mulher que não conseguiu gerar filho após o casamento.

Marrom – cor usada pela mulher que sangrou, mas nunca recebeu lance.

Preto – cor usada pela mulher viúva.

Cinza – mulher considerada estéril por chegar aos dezoito anos sem sangrar. Nunca vista oficialmente e pertencente ao imaginário das pessoas; seria a cor que as mulheres usariam durante os temidos "desaparecimentos", ao serem levadas pelos oficiais do Gênesis para *Lacrima Lunii.*

Parte 2
DIVINDADES DE UNYAN

Topak – Deus do dia.

Kapak – Deusa da noite.

Zurian – Deus da morte.

Lynian – Deusa da vida e maior divindade de Unyan, também conhecida como a Mãe dos Sobreviventes.

Tanys – Deus da paz.

Mersys – Deus da guerra.

Parte 3
GERAL

Auxílero – hooker reserva acionado caso alguma eventualidade impeça o *Prímero* de montar o animal sagrado durante todas as fases do Twin Slam, com exceção da prova classificatória.

Berdok – soldado montado do Gênesis responsável por recolher os hookers abatidos durante uma prova do Twin Slam.

Bersand – soldado montado do Gênesis responsável por recolher os thunders abatidos durante uma prova do Twin Slam.

Burchen – reclusão obrigatória apenas para o sexo feminino durante eventos importantes.

Checagem – procedimento feito por um curadok do Gênesis para monitorar as condições do aparelho reprodutor feminino e saber se a Branca está próxima do sangramento e/ou averiguar se já sangrou para que ela participe do próximo *Shivir*.

Consorte – homem responsável por guiar o animal sagrado e seu hooker durante as festivas paradas públicas.

Curadok – funcionário do Gênesis que se ocupa da saúde humana, diagnosticando, tratando e curando as doenças que podem gerar risco à vida e, em especial, ao processo de reprodução humana.

Gênesis – governo central feito exclusivamente por homens, detentor da ordem e das modernidades, cujas normas todos devem obedecer, sejam aristocratas ou colonos; criado após a noite do grande milagre de Lynian para conter atos que possam conduzir à extinção da espécie humana, assim como cuidar e dar melhores condições de vida às linhagens detentoras dos "bons genes".

Hooker – prestigiado cavaleiro que monta um thunder.

Intermediador – estudioso das leis, responsável por cuidar dos legítimos interesses das pessoas perante o Gênesis.

Kabut – requintado traje de montaria utilizado pelos hookers.

Khannan – colônia número 20 de Unyan, situada na área mais baixa e quase ao nível das ondas violentas e, portanto, considerada a mais desprestigiada e perigosa das vinte colônias existentes.

Lacrima Lunii – a sentença de morte para onde eram enviadas as mulheres consideradas estéreis ou insubordinadas às regras do Gênesis.

Landmeister – líder local, maior autoridade de cada colônia.

Lua de Kapak – lua cheia capaz de ser vista mesmo entre as nuvens eternas que cobrem o céu de toda a Unyan.

Patremeister – grande líder, maior de todas as autoridades de Unyan.

Prímero – hooker principal de uma fazenda cadastrado para o torneio do Twin Slam. Somente ele ou o proprietário do thunder podem montar o animal na corrida classificatória para o Twin Slam.

Sangramento – primeira menstruação e momento de passagem de uma garota do status de Branca para Amarela, tornando-a adulta para a sociedade de Unyan e apta a participar do *Shivir*.

Servo(a) da Mãe Sagrada – referência atribuída à pessoa que pratica o bem em devoção à Lynian; pessoa de fé.

Shivir (ou Cerimônia de Apreciação das Amarelas) – anual, sempre às vésperas do Twin Slam, trata-se de uma cerimônia festiva que ocorre em cada uma das vinte colônias, assim como nas fazendas aristocráticas, onde os nobres aptos para o casamento avaliam as Amarelas para que possam dar seu lance naquela que lhe interessar.

Sterwingen – categoria acima das *wingens,* para uso de poucos ocupantes, trata-se de requintado veículo motorizado utilizado pelo Gênesis e grandes aristocratas.

Thunder – criatura sagrada para o povo de Unyan por ter surgido miraculosamente após séculos de extinção, justamente na noite do grande milagre de Lynian; animal conhecido pelos ancestrais como cavalo.

Twin Slam – torneio anual composto de três provas cuja vitória significa não apenas dinheiro, terras, poder e status, mas também dá ao proprietário do thunder vitorioso a possibilidade de escolher primeiro sua candidata entre as Amarelas de toda a Unyan.

Unyan – única faixa de terra ainda não inundada pelas chuvas ininterruptas e oceanos turbulentos.

Zavoj – pintura divina usadas nos thunders durante as provas do Twin Slam. Sobre ela podem ou não ser colocadas proteções metalizadas da mesma cor.

Wingen – veículo de carga do Gênesis responsável por distribuir os produtos das colônias e fazendas aristocráticas por toda a Unyan.

AGRADECIMENTOS

Não existem palavras suficientes para agradecer às *beta-readers* mais apaixonadas e apaixonantes de todas as galáxias: Juliana Queiroz, Laura Leite, Luana Muzy e Nádya Macário!!! Só Deus sabe o quanto vibro de felicidade ao ouvir os gritinhos empolgados (e com um sotaque delicioso) da Juliana, o quanto fico embasbacada com a leitura voraz e precisa (a mil quilômetros por hora, no mínimo) da Nádya, o quanto sonho acordada, com um sorriso bobo no rosto, por causa das considerações da romântica Laurinha, ou o quanto me contorço de rir com as broncas na madrugada e teorias mirabolantes da Luana. Isso sem contar os incomparáveis memes (especialmente os de gatinho) que vocês me mandam e que definem as cenas com mais precisão do que um milhão de palavras! Obrigada, lindas! Sou uma pessoa de sorte por ter vocês na minha vida!

Meu agradecimento especial a você, meu querido editor Mateus Erthal, não apenas pelo entusiasmo e carinho com que me recepcionou, mas por receber DEUSAS de braços abertos, como um pai a acolher um filho desejado. Obrigada. De coração.

Todo o meu afeto à incansável equipe da LVB&Co e à Luciana Villas-Boas. Muito mais do que ser minha agente literária, você é inspiração, uma mestra, uma amiga e, como sempre digo, minha feiticeira de mão cheia, que agita sua varinha e faz a mágica acontecer.

E, principalmente, quero agradecer à razão de tudo: você, querido(a) leitor(a)! Você é o oxigênio para os meus pulmões, a força para eu continuar a escrever e a acreditar que é possível, sim, alçar voo e dar asas a todos os mocinhos, vilões e mundos fantásticos que existem dentro de cada um de nós. O sonho só é possível porque você faz parte dele!

Com carinho imenso,

**Acreditamos
nos livros**

Este livro foi composto em Adobe Garamond Pro e impresso pela Geográfica para a Editora Planeta do Brasil em junho de 2024.